a

komma

Klaus Siblewski

punkt

Ein Leben in Texten und Bildern

ernst

Luchterhand

jandl

»Man kann sagen, das Nichts,
das an dieser Stelle herrschte,
wurde erst in dem Moment deutlich,
als sich dort etwas befand.«

Ernst Jandl

Ernst Jandl kommt aus einer Familie, die in gehobeneren kleinbürgerlichen Verhältnissen lebt. Der Vater arbeitet bei einer Bank, die Mutter hat sich der Familie verschrieben. Die ökonomischen Einbrüche am Ende der zwanziger Jahre treffen die Familie aber weniger hart als andere: Der Vater behält seine Arbeit. Politisch gehören Jandls Eltern keiner der extremen Gruppierungen an, weder rechts noch links; Politik zählt ohnehin nicht zu ihren bevorzugten Themen. Wenn, dann begeistern sie sich für Kunst. Der Vater wäre lieber Maler als Beamter und geht seinem Beruf nur nach, damit die Familie materiell versorgt ist, sagt er, und die Mutter unterstützt ihn in seinem Hang zur Kunst. – Große Erschütterungen werden in das Leben dieser Familie durch ein privates Ereignis hineingetragen: Die Mutter erkrankt, und der Ausbruch ihres tödlich verlaufenden Leidens muß als Geburtsstunde des Schriftstellers Ernst Jandl angesehen werden. Als Reaktion auf diese Erkrankung beginnt die Mutter zu schreiben, ihr Leben wird ihr, solange sie mit Wortwahl und Syntax beschäftigt ist, weniger bedrohlich vorgekommen sein, und kurz nachdem sie das Schreiben für sich entdeckt hat, fängt auch der Sohn an, seine ersten Gedichte zu verfassen. – Seit die Mutter gestorben ist, ergibt sich für Jandl noch ein (insgeheim sich auswirkender) Grund für sein Schreiben. Mit seinen Versen kann er das Gedächtnis an seine schreibende Mutter wachhalten und mit jedem Vers nicht nur seinen aufkeimenden und stärker werdenden literarischen Ambitionen folgen, sondern auch mit jeder eigenen Arbeit an dem Denkmal zu ihren Ehren weiterbauen.

Ernst Jandl und die Familie

Der Vater, Viktor Jandl, geboren 24.12.1894, kommt aus unbegüterten Verhältnissen. Sein Vater war Buchbindergeselle in Wien und hatte eine Frau aus einer Arbeiterfamilie geheiratet. Viktor Jandl kann eine höhere Schule besuchen. 1913 macht er die Realschulmatura, danach ist er kurz an der Bauingenieurschule der Technischen Hochschule Wien eingeschrieben und entscheidet sich dann für die Arbeit bei einer Bank.

Anton Rappel (1884–1936), der Großvater mütterlicherseits

Maria Späth (1852–1935), die Großmutter väterlicherseits

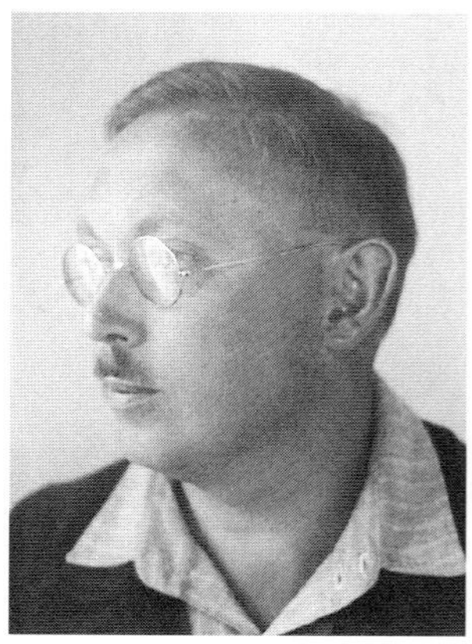

Viktor Jandl

Luise Rappel

Die Mutter, Luise Rappel, wird am 3.12.1902 geboren. Sie wächst in Wiener Neustadt auf, zieht mit ihren Eltern nach Wien. In den zwanziger Jahren absolviert sie eine Ausbildung zur Lehrerin; die sich an das Studium anschließende praktische Ausbildung tritt sie nicht mehr an. Zuvor hat sie geheiratet und ist schwanger.

Luise Rappel um 1924, während ihrer Ausbildungszeit

Verlobungsfeier von Viktor und Luise Jandl

Am 5.10.1924 heiraten Luise Rappel und Viktor Jandl. Am Tag darauf fahren sie für eine Woche nach Lussigrande, Italien, ihre Hochzeitsreise. Im Mai 1925 schreibt Luise Jandl in einem Brief: »Es strampelt fest herum und streckt plötzlich ein Händchen so stark hervor, daß ich es fassen konnte.«

Diese Zeit wird im Familiengedächtnis als »Glücksjahr« haftenbleiben. – Bis zu ihrer Heirat wohnt Luise Jandl bei ihrem Vater, Landstraßer Gürtel 9. Dort bleibt sie auch nach der Heirat wohnen, Viktor Jandl zieht mit ein, und die Familie beginnt sich dort nach und nach auszubreiten.

das Hochzeitsfoto

um 1926

»Meine früheste Kindheitserinnerung ist der Versuch, im Wald sitzend Tannenzapfen zu verspeisen.« Diese Szene, auf die Jandl in einem seiner späten Gedichte zu sprechen kommt, hat sein Vater auf einem Foto festgehalten. – Jandl wird in eine Familie hineingeboren, die einen Hang zum Künstlerischen besitzt. Der Vater zeichnet und malt gerne, seinem Beruf geht er mit weniger Freude nach. Außerdem ist er ein jähzorniger Mensch, jedem seiner Vorgesetzten sagt er seine Meinung direkt ins Gesicht; das behindert stark sein Fortkommen. Die Mutter verfolgt nach Jandls Geburt ihre Lehrerausbildung nicht weiter; sie hat sich dazu entschieden, ihre Kraft ganz in den Dienst der Familie zu stellen, und unterstützt ihren Mann in seinen künstlerischen Ambitionen.

Der Vater zeichnet und malt nach dem Objekt. Seine Gegenstände sucht und entdeckt er in der Umgebung. Bald nach Jandls Geburt schenkt ihm seine Frau einen Fotoapparat, und er beginnt ausführlich das Leben der Familie festzuhalten. Jandl: »... seine fotomotive fand er, daheim und im urlaub, innerhalb der familie, mit dem badezimmer als dunkelkammer – fesseln, die er als solche vermutlich kaum spürte. auch die fotografie betrieb er als kunst, und kunst ging ihm nahezu über alles ...« Daß sich im Prinzip jeder Lebensmoment zur Herstellung von Kunst eignet, bekommt Jandl früh mit. – Die Familie wächst, und die als angenehm empfundene Zweisamkeit mit der Mutter ist vorbei. Am 12. August 1929 wird Robert Jandl geboren, am 1. März 1932 kommt der jüngste Bruder zur Welt, Hermann Jandl. – Die Familie hat unter den Folgen der Weltwirtschaftskrise zu leiden, kann jedoch aus eigenen Kräften für sich sorgen. Der Vater behält seine Arbeit, muß aber Lohnkürzungen akzeptieren. Zur Aufrechterhaltung des Lebensstils auf einem bescheideneren Niveau reicht sein geringeres Gehalt noch aus.

in einem Wiener Park, vor 1929

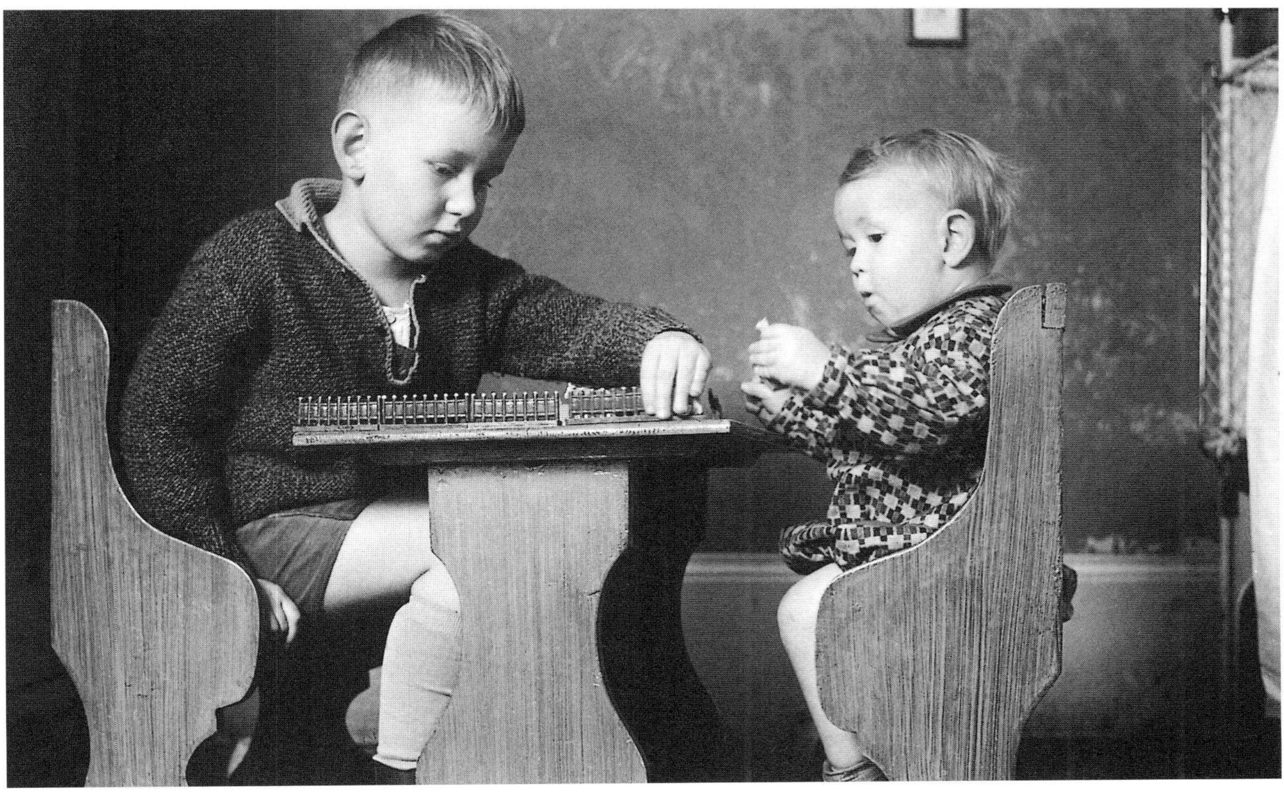

mit Robert, 1931 beim Spielen

während eines Landaufenthalts, vor 1929

mit Säbel

als Soldat

als Pfadfinder

mit Speer und Schild

Mit sieben Jahren erkrankt Jandl schwer. Zu Masern kommen Wassersucht und Nierenentzündung mit urämischen Erscheinungen. Besonders im Gedächtnis haften bleiben ihm die Heilungsbemühungen seiner Mutter. Jandl: sie »... betete mich gesund und hatte auch ein fläschchen mit lourdeswasser für mich besorgt, obwohl sie gewußt haben mußte warum wir zum abendgebet immer sagten: laß mich lieber sterben als eine todsünde begehen, wozu damals noch die gelegenheit bestanden hätte ...« – Nicht unbemerkt bleiben die Inkonsequenzen, in die sich die gläubige und auf die Einhaltung der Glaubensregeln achtende Mutter verstrickt, während sie ihrem Sohn wieder zur Gesundheit verhelfen möchte.

im Gitterbett 1932, offenbar begeht er seinen Namenstag

mit Laubfroschhäuschen, April 1933

Die Kinder besitzen ein eigenes Zimmer, an dessen Fenster in Richtung Jacquingasse zur Vorsicht ein Gitter angebracht worden ist. Untersagt ist, mit Karten zu spielen. Ein Onkel der Familie hat sich noch vor dem Ersten Weltkrieg wegen Spielschulden beim Kartenspiel erschossen. Etwas Derartiges darf sich unter keinen Umständen wiederholen.

der Großvater an Fronleichnam 1927

Die Familie wächst und drängt den Großvater in dessen Wohnung ins kleinste Zimmer, das Kabinett, zurück. In welchem Verhältnis seine Mutter zu ihrem Vater gestanden haben mag, beschäftigt Jandl.
Als sich dessen Tod ankündigt, hat die Mutter den Söhnen untersagt, ihm zur Hilfe zu kommen. In einer Stanze, entstanden Mitte der neunziger Jahre, muß Jandl wieder an diese über sechzig Jahre zurückliegende Szene denken: »hööfz, hoda geschrian, kinda hööfz! / soi man grossvoda rettn? / hod sei dochta xogt: kinda bleibz / schee brav in de bettn.« Jandl verehrt den Großvater. In seinem Zimmer »hing eine rote Ampel aus geschliffenem Glas«. Er besitzt einen antiquierten Charakter und versteht es, sich von den Lebensgrundsätzen seiner Tochter nicht vereinnahmen zu lassen: Seine Aschenbecher sind bis zum Überquellen gefüllt, und er hält sich lieber im Wirtshaus als in der Kirche auf. Bei Familienstreitigkeiten, wenn die Teller krachend zu Boden fallen (siehe das Gedicht »neuigkeiten aus der großen weiten welt«), verläßt der Großvater mit den Kindern die Wohnung und kommt mit ihnen zurück, wenn er glaubt, die Situation habe sich beruhigt. Diskussionen werden zwischen den Eltern geführt, »ob der Großvater nicht durch seine allzu große Nachsichtigkeit, und dadurch, daß er den Kindern immer wieder Bonbons oder sonstige Sachen zusteckte, die Kinder verziehe«.
Am 1. Februar 1932 stirbt Anton Rappel.

Jandl (Mitte) 1934 bei der Fronleichnam-Prozession, die an der Elisabethkirche im vierten Wiener Bezirk vorbeiführt; dort wird Jandl später getraut

Im Frühsommer 1934, bald nach der Geburt des dritten Sohnes, erkrankt die Mutter schwer. Die Symptome wechseln. Es gibt Tage, an denen sie z. B. ihre Arme kaum anheben kann. Beeinträchtigungen wie diese geben sich wieder und weichen der Zuversicht, daß sie ihren Arbeiten wie früher nachgehen kann. Sie beginnt Hüte zu tragen; es soll nicht auffallen, daß sie ihre Augenlider nicht mehr vollständig anheben kann. Die Diagnose lautet auf myasthenia gravis, eine zunehmende Schwächung der Muskeln, die mit dem Erstickungstod endet.

mit der Mutter und den Brüdern 1934 im Schweizer Garten

die Mutter mit Hut

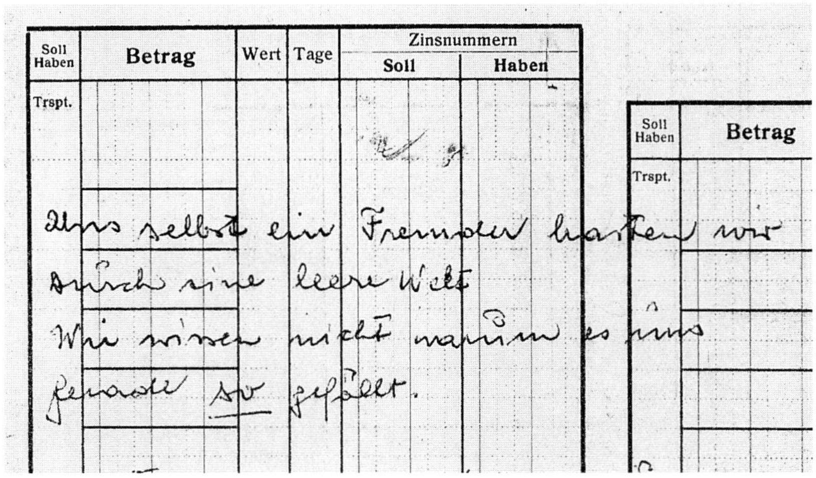

Notizzettel von Luise Jandl

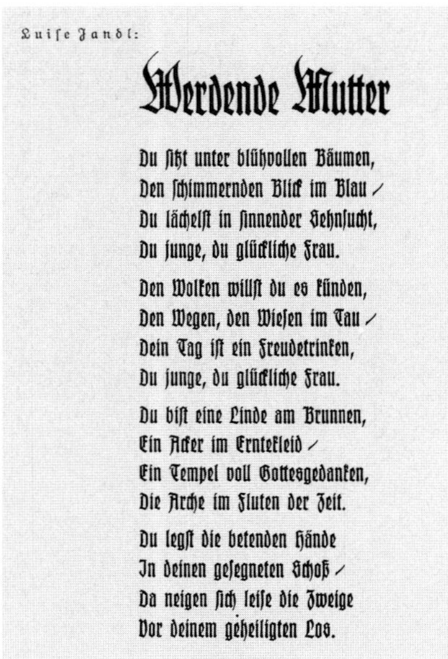

Luise Jandl:

Werdende Mutter

Du sitzt unter blühvollen Bäumen,
Den schimmernden Blick im Blau /
Du lächelst in sinnender Sehnsucht,
Du junge, du glückliche Frau.

Den Wolken willst du es künden,
Den Wegen, den Wiesen im Tau /
Dein Tag ist ein Freudetrinken,
Du junge, du glückliche Frau.

Du bist eine Linde am Brunnen,
Ein Acker im Erntekleid /
Ein Tempel voll Gottesgedanken,
Die Arche im Fluten der Zeit.

Du legst die betenden Hände
In deinen gesegneten Schoß /
Da neigen sich leise die Zweige
Vor deinem geheiligten Los.

Abdruck eines ihrer Gedichte , in: »Die deutsche Familie«, 1938, Heft 5

Nach dem Ausbruch der Krankheit beginnt die Mutter Gedichte und Prosa zu schreiben. Später kann sich Jandl nicht mehr vorstellen, wann sie das bei ihrem ausgefüllten Tag – sie will trotz ihrer beeinträchtigten Gesundheit die Familie so lange wie möglich ohne fremde Hilfe versorgen – getan hat. An verschiedensten Stellen der Wohnung sind Zettel und Schreibzeug zum Notieren von Einfällen verteilt. Die mit Hand geschriebenen Gedichte nimmt der Vater mit ins Büro und tippt sie dort ab. Abends werden sie im Kreis der Familie vorgelesen und diskutiert. – Nicht lange nach der Mutter muß Jandl ebenfalls zu schreiben angefangen haben. In seiner Erinnerung verbindet sich dieser Vorgang mit keinem festen Datum; um die neun Jahre wird er alt gewesen sein. Besonders imponiert ihm, daß man Gedichte vorzeigen und damit Interesse wecken kann. Mit Geschriebenem läßt sich in die Welt hinaustreten. Nach kurzem Rückzug lassen sich soziale Kontakte wiederherstellen, und vor allem ist leicht abzusehen, wann der Dichter aus seiner befristeten Isolation wieder heraustreten kann und in der Welt von neuem vorhanden ist. Dieser Wechsel hat es Jandl angetan. – Über die dunklen Seiten seines Schreibens aber, die es sicher gibt, spricht Jandl nicht. Das Ausprobieren von Wörtern jedenfalls besitzt für ihn eine solche Anziehungskraft, daß sich der Entschluß rasch eingestellt hat: Er möchte Schriftsteller werden. Allerdings ist dieser Wunsch mit erstaunlich realitätstüchtigen Begleitüberlegungen verbunden. Schriftsteller ist für Jandl kein Beruf; im Gegenteil, es bedarf eines Berufs, damit er überhaupt Schriftsteller werden kann. Zeitgleich mit seinem Wunsch, Schriftsteller werden zu wollen, stellen sich bei Jandl auf ökonomische Absicherung bedachte Überlegungen ein.

Nur zum Vergnügen der Familie und zu deren Erbauung hat Luise Jandl ihre Gedichte nicht geschrieben.

die Mutter, Nussdorf am Attersee 1934

Sie ist von einem weiterreichenden Ehrgeiz geleitet gewesen, ihre Gedichte und kürzere Prosa auch veröffentlichen zu wollen. Sie findet Zeitschriften, die ihre Arbeiten publizieren – ein zum Schreiben gehörender Vorgang, der von Jandl ebenfalls genau beobachtet wird. Das Vortragen seiner Gedichte in der Öffentlichkeit und sie in eigenen Büchern veröffentlicht zu wissen, sieht Jandl als einen Teil des Schreibens (seine notwendige Fortsetzung) an.

die Mutter beim täglichen Gebet

In seinen autobiographischen Schriften betont Jandl stets, daß sich die Religiosität seiner Mutter seit dem Ausbruch ihrer Krankheit verschärft habe: Jeden Tag nähert sie sich »dem Tisch des Herrn in großer Andacht«. – Unter dieser fundamentalistischen Religiosität hat er gelitten. Seine Mutter ist in allem, was mit der Wahrheit zu tun hat, unbeugsam. Wer einer Lüge überführt wird, muß mit Strafe (auch Schlägen, die der Vater abends verabreichen muß, angedeutet in dem Gedicht »wer sein kind liebt, der züchtigt es«) rechnen. Notlügen läßt sie keine gelten. Dieser überstrengen Zucht vermag sich Jandl nicht in dem von der Mutter gewünschten Maß zu beugen; es kommt zu Konflikten, die noch dadurch an Schärfe zunehmen, daß sich die Mutter selber an die von ihr verfochtenen Glaubensregeln nur unvollkommen hält. Z. B. spricht sie davon, Engel gesehen zu haben, wo sich erkennbar keine Engel aufgehalten haben – nach ihren strengen Maßstäben hat sie gelogen und damit eine schwere Sünde begangen. Über diese und andere Widersprüche ist ein Gespräch mit ihr nicht möglich.

im Schlafzimmer der Eltern

um 1936, Jandl erste Reihe, erster von links, als Schüler des Schottengymnasiums

— 452 —

Reisebureau. Die Hausschwalbe, die Kraniche, die Fischreiher, das Rotkehlchen. — Aber noch im November zogen Nachzügler aller Art nach dem Süden. Zuletzt im Dezember der Wiesenpieper.

Aber im Winter machte Herr Amsel seinen Laden nicht zu. Er veranstaltete Führungen von Fremden in den umliegenden Wäldern, denn nun kamen Wintergäste an, z. B. die Möwen. Auch die Misteldrossel kam im Winter. Die eigenartigsten Kunden des Reisebureaus waren aber die Kreuzschnäbel. Sie kamen an, mitten im Winter, legten ihre Eier, und mitten im Schnee bauten sie sich ihre Kinderstube. Sie brauchten kein Reisebureau, die kannten sich aus.

Da schloß Herr Amsel auf einige Wochen das Reisebureau und machte Ferien.

Hochwasser.

Was rennt dort drüben der reisige Mann
Mit eilenden Schritten den Hügel hinan?
Was klagt die Frau? Was weint das Kind?
Gar schaurig pfeifet der kalte Wind.
„Hochwasser!" entringt sich's der Kehle ver Frau,
„Schon sind überschwemmt Wald und Au;
Oh, rettet euch, Bürger, betet, fleht!"
Man hört's, man läuft, ooch ist's zu spät.
Das Wasser steigt mit erneuter Wut,
Vom Himmel herab fällt zuckend die Glut,
Und die Fluten zerstören das ganze Land,
Das die Bauern gepfleget mit emsiger Hand.
Sie reißen die Häuser aus ihrem Grund,
Verschlingen Menschen mit gierigem Schlund
Und speien weißen, höllischen Schaum —
Und eh man's geoacht, man glaubt es kaum:
Ist die schönste Welt —
Ein Trümmerfeld.

Ernst **Jandl**, Schottengymnasiast, Wien.

Jandls erste Publikation (Welt-Blatt, 19.9.1937)

um 1936, mit Mutter und Brüdern (Robert mit Mütze); die Schuluniform wurde zu gemeinsamen Messen und zu feierlichen Anlässen getragen

Auch in Fragen der Schulbildung hat die Mutter präzise Vorstellungen. Von 1931 bis 1935 geht er in die »Volksschule der Kongregation der Töchter der Göttlichen Liebe« im dritten Wiener Gemeindebezirk, Jandls Wohnquartier. Dann aber wechselt er nach dem erklärten Willen der Mutter zum »Schottengymnasium«, einer katholischen Eliteschule, die von Benediktinermönchen geführt wird. Diese Entscheidung ist vom Katholizismus der Mutter getragen, aber nicht nur: Zumindest ein gewisses soziales Sicherheitsdenken hat sich für sie auch mit dieser Schulwahl verbunden. (Daß Jandl kurzfristig Priester werden will, kann nicht auf ihren Widerspruch gestoßen sein, und daß er vielleicht als Lehrer aufsteigt und vielleicht dorthin wieder zurückgelangt, wo sie sich einst befunden hat, daran hat sie wohl auch gedacht.) Das hohe Schulgeld wird aufgebracht. Die Mutter lernt mit dem Sohn, und Jandl zählt in den ersten beiden Klassen zu den Vorzugsschülern; sie bringt sich sogar Latein bei, damit sie die Hausaufgaben auch in diesem Fach kontrollieren kann.

Im Alter von zwölf Jahren publiziert Jandl sein erstes Gedicht. »Daß man Gedichte an die Zeitungen und Zeitschriften schickt wo sie gedruckt werden habe ich von allem Anfang an gewußt seit ich selbst welche geschrieben habe, weil auch meine Mutter ihre an die Zeitungen und Zeitschriften geschickt hat wo sie gedruckt worden sind.« In der Schule hingegen lassen Jandls Leistungen mit geringer werdender Kraft der Mutter, die die Schulaufgaben nicht mehr mit der gewohnten Sorgfalt überprüfen kann, nach. Hinzu kommt, daß bei Jandl die Pubertät einsetzt und ihn anderes zu interessieren beginnt als die Frage, welche Noten er in der Schule bekommt. – Die Mutter möchte unbedingt ihrer Sicht der Mutterrolle gerecht werden; in ihren eigenen Worten heißt das, sie will »wie eine Löwin« für die Familie kämpfen. Nicht in dieses Bild von Familie paßt, wie Jandl mit seiner erwachenden Sexualität umgeht. Sein Onanieren führt zu Konflikten mit der Mutter, die Jandl in dem Gedicht »ave maria« beschäftigen, das wie viele Gedichte, in denen er mit Erinnerungen aus seiner Kindheit und Jugend arbeitet, in der ersten Hälfte der neunziger Jahre geschrieben wurde: »für kurze lüge unlängst / du jahrelang im fegefeuer brennst // für einmal onanieren / wirst ewig du die hölle spüren«. In ihrer Erbitterung über die laxe Moral in der Familie – der Vater läßt den Sohn gewähren – geht sie weit: Sie hält ihrem Mann vor, daß er vor der Ehe entgegen den Regeln der katholischen Kirche sexuelle Beziehungen gehabt habe. – Zwischen den Ehegatten muß es zu heftigen Streitereien gekommen sein, auch davon geben Jandls späte Gedichte einen Eindruck, z. B. das Gedicht »neuigkeiten aus der großen weiten welt«.

bei einer Weihnachtsfeier

Am 6. April 1940 stirbt Luise Jandl. Ihre Pflichten hat sie katholisch vorbildlich erfüllt: »Den jüngsten (Sohn) hatte sie zwei monate vorher auf die erste hl. kommunion vorbereitet ... sie starb, versehen mit den hl. sakramenten, heiligmäßig, wie sie gelebt hatte.«

im Park, um 1938

das Ehepaar Jandl, um 1938

An einer anderen Stelle von Jandls autobiographischen Schriften wird dieser Tod weniger harmonisch beschrieben: »sie starb, den kopf an den arm meines vaters gelehnt, am 6. april 1940, nach einer letzten bitteren klage über den kummer, den ihr die drei söhne seit Jahren bereitet hatten.« – Dieser Tod übt großen Einfluß auf Jandls Werk aus, am sichtbarsten in jenen Versen, in denen erkennbar Jandls Mutter auftaucht – wie z. B. in dem Gedicht »mutters früher tod« aus dem Jahr 1984, das in Jandls erster Werkausgabe (1985) aus der Chronologie der verstreut publizierten Gedichte herausgelöst und an deren Ende gestellt wurde.

die Mutter, um 1938

mutters früher tod

mutters früher tod
hat mich zum zweiten mal geboren

mit eselsohren
und der langen nase des pinocchio

so findet man mich leicht
ich bin verloren

Luise Jandl am Spinnrad, Waidring, Tirol 1939 (mit Robert und Hermann)

Landstraßer Gürtel 9

Es ist erstaunlich, daß das Kind Jandl auf höchst realistische Weise davon träumt, Schriftsteller werden zu wollen. Durch seine Familie wird dieser Wunsch nicht nur angestoßen, in seiner Familie bekommt er auch die Vorstellung davon vermittelt, wie das Leben eines Schriftstellers aussehen könnte. Ihm imponiert das Vorlesen der Gedichte am Abend, die Gespräche über die Gedichte, das Verbindende, das für ihn unlösbar zum Schreiben dazugehört. Zugleich wird ihm durch die Mutter auch ein pragmatischer Umgang mit dem Schreiben vorgeführt. Sie wäre nie auf die Idee gekommen, sie müsse, weil sie schreibe, keiner anderen Beschäftigung mehr nachgehen. Sie war Mutter und Schriftstellerin, ohne ernsthaft die Vorstellung zu bemühen, das eine könne zugunsten des anderen aufgegeben werden. Jeder geniale Gestus ist ihr fremd. Und diese Haltung zum Schreiben übernimmt Jandl. Er möchte auch schreiben, aber für ihn verbindet sich von Anfang an mit dem Schreiben, so wie er das bei der Mutter beobachtet hat, die Vorstellung, daß er es sich erst ermöglichen muß. Realitätsbewußt und nüchtern weiß er, was er zu tun hat, damit aus ihm ein Dichter wird: Er hat sich zunächst für einen Beruf zu qualifizieren. Und auch bei der Wahl des Berufs spielt die Mutter eine große Rolle: Er will nach ihrem Vorbild Lehrer werden. Sein Berufswunsch ist von einem nicht zu geringen Leistungsgedanken getragen, aber eine höhere Position anzustreben, als an einem Gymnasium zu unterrichten, liegt nicht in seinem kleinbürgerlichen Blickfeld. Dieser Pragmatismus wird zu einem wesentlichen Bestandteil von Jandls Vorstellung vom Schriftsteller. Entsprechend verhält er sich nicht nur am Anfang seiner Autorenkarriere; auch in späteren Jahren wird er keinen Grund sehen, weswegen er anders denken sollte.

1941

mit Vater im Boot

mit Bruder Robert

An der Gewohnheit der Familie, in den Sommerferien Wien zu verlassen und diese Zeit auf dem Land zu verbringen, wird festgehalten. Erinnerungen an die Zeit, als die Mutter noch lebte, steigen dabei hoch – auch als Jandl 1982, wiederum während eines Landaufenthalts in Rohrmoos, sich Notizen macht und dabei an die Situation denken muß, in der er sich seit 1941 befunden hat und an seine Gefühle von damals.

fahren aufs land
südbahnhof
noch keine bomben auf wien
vater hochhält den kopf
die drei knaben sind mit ihm
mutters tod darf die vier
nicht dauernd zu boden ziehen
es wäre nicht nach mutters sinn

Der Vater muß weiter seiner Arbeit bei der Bank nachgehen, für die Hausarbeit und die Versorgung der Söhne (sie sind beim Tod der Mutter acht, elf und vierzehn Jahre alt) stellt er Wirtschafterinnen ein, die regelmäßig aus der lebhaften Familie die Flucht ergreifen. – Nach katholischem Ritus soll ein Trauerjahr eingelegt werden, für Jandl gestaltet sich die Zeit nach dem Tod der Mutter in einer Beziehung als »Jubeljahr«. Er konnte endlich die Bücher lesen, die er lesen wollte. Nicht mehr jedes Exemplar muß eine Unbedenklichkeitsprüfung der Mutter bestehen, der sie jedes Buch unterzog, bevor es zur Lektüre freigegeben wurde oder von den Söhnen ungelesen das Haus wieder verließ. Gegen Trivialität hatte sie nichts, nur moralisch einwandfrei mußten die Bücher sein. Unter den damals aktuellen Autoren schätzte sie Paula Grogger, Enrica von Handl-Mazetti, Maria Grengg oder die historischen Romane eines Mirco Jelusic besonders. Jetzt kann Jandl seinem Hang nach anzüglichem Schwulst ungehindert nachgehen und jene sexuell anregenden Bücher von Maria von Peteani oder besser noch Josefine Mutzenbacher lesen, die von der Mutter bekämpft worden wären. – Klassiker gibt es zu Hause im Bücherschrank, aber nicht jeder Autor mit großem Namen gilt von vorneherein als unbedenklich: Heinrich Heine fehlt ganz und einige freizügigere Gedichte von Goethe sollen den Söhnen auch besser vorenthalten bleiben.

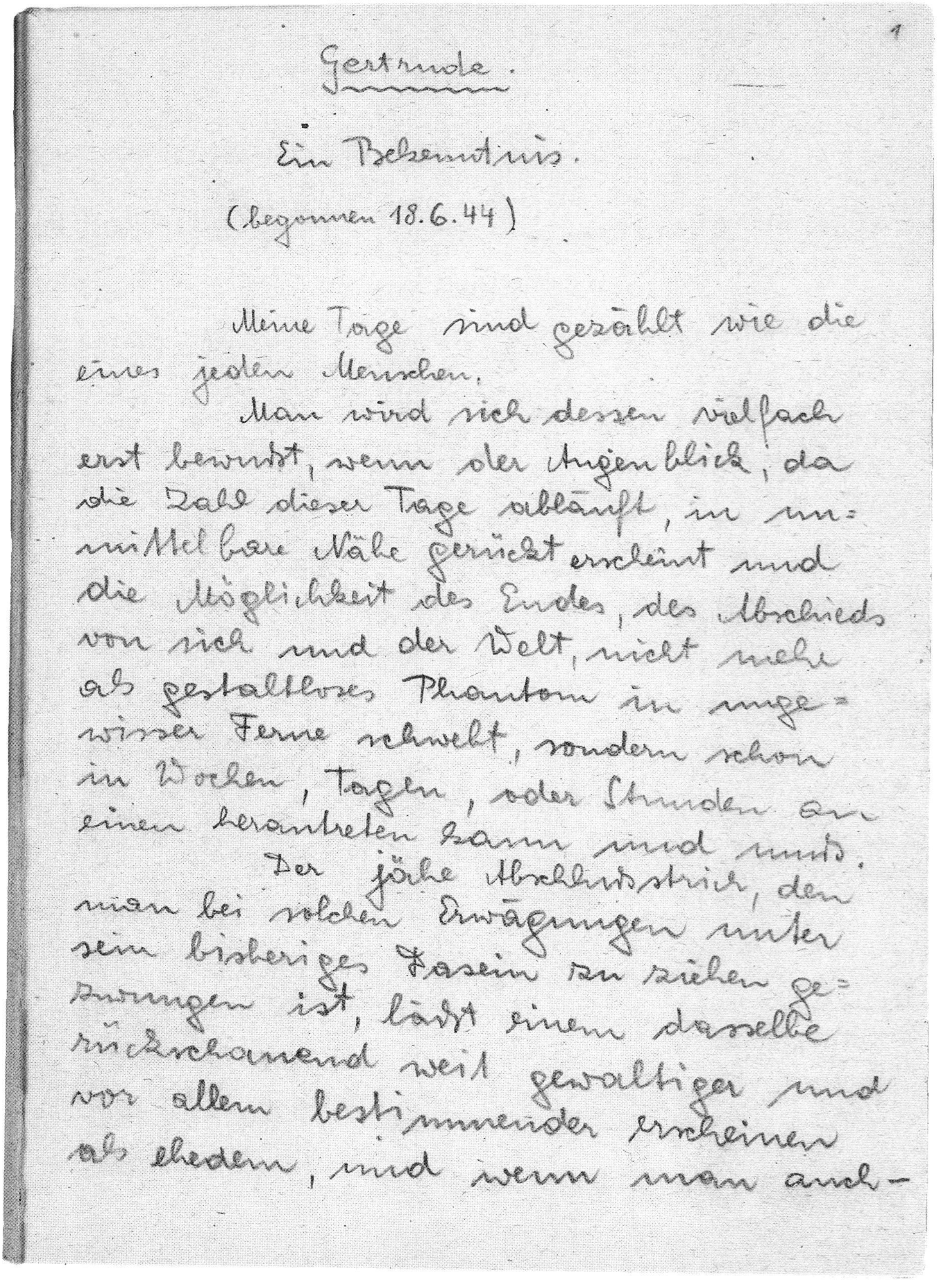
1

Gertrude.

Ein Bekenntnis.

(begonnen 18.6.44)

Meine Tage sind gezählt wie die eines jeden Menschen.

Man wird sich dessen vielfach erst bewußt, wenn der Augenblick, da die Zahl dieser Tage abläuft, in unmittelbare Nähe gerückt erscheint und die Möglichkeit des Endes, des Abschieds von sich und der Welt, nicht mehr als gestaltloses Phantom in ungewisser Ferne schwebt, sondern schon in Wochen, Tagen, oder Stunden an einen herantreten kann und muß.

Der jähe Abschlußstrich, den man bei solchen Erwägungen unter sein bisheriges Dasein zu ziehen gezwungen ist, läßt einen dasselbe rückschauend weit gewaltiger und vor allem bestimmender erscheinen als ehedem, und wenn man auch-

erste Seite aus Jandls Heft »Gertrude. Ein Bekenntnis«

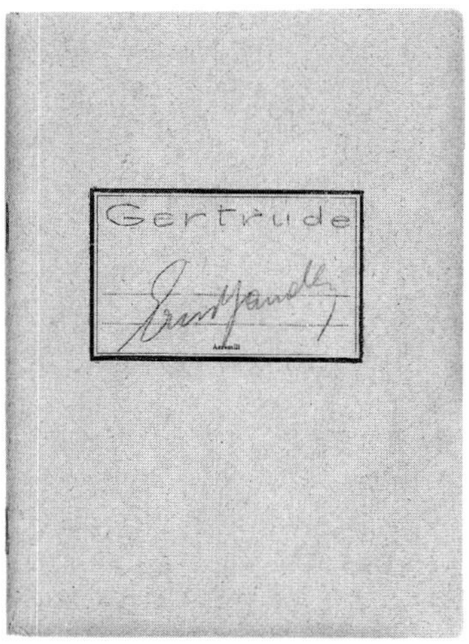

Umschlag des »Gertrude«-Heftes

um 1942

Bisher ist Jandl nur an wenigen Stellen seines Werks auf ein Ereignis eingegangen, das ihm später als die »Katastrophe seines Lebens« vorkommen will. Die realistische Aussicht, den Krieg nicht zu überleben, läßt ihm den Wunsch immer dringender erscheinen, mit einer Frau zu schlafen. Anfang 1942 gelingt ihm das endlich, mit einer Wirtschafterin, die neunzehn Jahre alt und deren Verlobter beim Militär ist. Die Vorsichtsmaßnahmen schlagen fehl, die junge Frau wird schwanger – zu Jandls Entsetzen. Ihre Vorstellung, sich von ihrem Vater, einem Maurer, im Waldviertel ein Häuschen bauen zu lassen und dort gemeinsam Kinder großzuziehen, ernüchtert Jandl vollends. Abtreibungsversuche, zu denen er sie überreden kann, werden unternommen, aber mit ungeeigneten Mitteln (z. B. Chinin). Jandl fürchtet die Gewalttätigkeit seines Vaters. Jandls Vater, der offiziell die Vaterschaft anerkennen muß, fragt aber nur nach, ob sein Sohn sich nicht irre, und obwohl sich Jandl keineswegs sicher ist, ob er der Vater dieses Kindes ist, das von der Wirtschafterin im September 1942 geboren wird, bekennt er sich zur Vaterschaft (und wird sich auch nach dem Krieg erneut dazu bekennen). – Jandl will kein Aufsehen erregen. Er hat Angst, die Schule verlassen zu müssen, sollte seine Vaterschaft dort bekannt werden, und Schwangerschaftsabbrüche (auch auf unzulängliche Weise versuchte) sind unter Strafe gestellt. – Obwohl Jandl ein großes Verlangen nach Frauen hat, belasten diese Vorgänge sein Verhältnis zu Frauen stark. – Knapp zwei Jahre später beginnt Jandl noch während seiner Militärzeit eine Erzählung zu schreiben, die auf den Ereignissen aus dem Jahr 1942 basiert, und noch über vierzig Jahre später nimmt er in den »idyllen« ein Gedicht auf, das auf die Begebenheiten von damals anspielt: »skizze 1942«.

der Vater mit Hedwig Nikitovicz, seiner zweiten Frau

im Kreise der Familie mit der neugeborenen Roswitha

1942 heiratet der Vater ein zweites Mal, wieder eine zutiefst katholische Frau, wieder zieht er in ihre Wohnung – nach Hacking in den dreizehnten Wiener Gemeindebezirk. Jandl hat zu der neuen Familie ein distanzierteres Verhältnis. Er bleibt zunächst in der Wohnung im Landstraßer Gürtel allein zurück, damit er nicht kurz vor dem Ende seiner Schulzeit das Gymnasium wechseln muß. Dann kommt er zum Militär, und erst danach zieht auch er nach Hacking an den Stadtrand von Wien. Seine Stiefmutter erweist sich in religiösen Fragen liberaler. Von seinem Vater kann er, über die Jahre gerechnet, nicht den Eindruck gewinnen, daß er in seiner zweiten Ehe glücklich geworden sei. – Die Familie wird größer: Anfang November 1943 werden Jandls Stiefschwester Roswitha und im Januar 1949 sein Stiefbruder Nikolaus geboren.

1944 vor dem Haus in Hacking; der Vater hat seine Tocher auf dem Arm

Jandl wohnt von 1943–1949 in Hacking; er studiert von dort aus; auf finanzielle Unterstützung durch seinen Vater kann er nicht hoffen. Er lebt mit seiner zweiten Frau in ökonomisch bedrängten Verhältnissen wie viele andere Familien nach dem Krieg auch; je eher Jandl seine Ausbildung zu Ende gebracht hat, um so besser für alle. Literarisch arbeitet er zu der Zeit nicht. – Auch Jandls Brüder entwickeln künstlerische Interessen. Robert Jandl wird Architekt, Hermann Jandl scheint offenbar auch seiner Mutter Luise Jandl nachzustreben, obwohl er, als sie stirbt, erst acht Jahre alt ist und er den größeren Teil seiner Kindheit und Jugend in der zweiten Familie Jandl verbracht hat – er wird Lehrer und Schriftsteller. Seine ersten Gedichte schreibt Hermann Jandl ebenfalls Anfang der fünfziger Jahre. Sie finden zunächst raschere Anerkennung und leichtere Verbreitung als die Sprachgebilde Ernst Jandls.

Zeichnung des Vaters

Jandl läßt sich, als sich erste literarische Erfolge einstellen und er häufiger nach Porträtaufnahmen gefragt wird, vom Vater fotografieren. Der Vater hat ohne jeglichen Aufstieg seinen Dienst am Schalter der Bank versehen und ist im nachhinein stolz darauf, daß er vorgeblich ohne Aufstiegsambitionen gearbeitet habe: Verwicklungen in die Politik seien ihm dadurch erspart geblieben. – Die Gedichte seines Sohnes betrachtet er mit Skepsis, sie erschließen sich seinem Verständnis nicht; erst als Jandls Arbeiten auf Anerkennung stoßen und die Familie auf dessen Ruhm angesprochen wird, vermag auch er die schriftstellerischen Leistungen seines Sohnes in einem milderen Licht zu sehen.

der Vater 1971

eine der Veröffentlichungen Hermann Jandls

mit Robert Jandl am Wiener Westbahnhof 1993

Ungebrochen bis ins hohe Alter pflegt Viktor Jandl seine künstlerische Leidenschaft und malt »als autodidakt und realist ... und mit geringer beziehung zu den radikalen erscheinungen der malerei seiner zeit«. Obwohl diese Art Malerei Jandls Vorstellung von Kunst nicht genügen kann, versucht er dennoch, seine Kontakte zu nutzen, damit es zu einer Ausstellung der Arbeiten des Vaters kommt. In der Galerie »Autodidakt« findet 1971 eine Ausstellung seiner Aquarelle und Zeichnungen statt. Am 28. April 1973 stirbt der Vater im Alter von neunundsiebzig Jahren an Herzversagen, »nicht unerwartet, aber doch niederdrückend« für Ernst Jandl. – 1993 stirbt Robert Jandl an einem Lungenkarzinom: »... als architekt, erreichte von uns dreien nicht nur den größten materiellen erfolg, sondern auch, als bisher einziger, eine familie mit zwei wohlgeratenen söhnen.«

Jandl hat seine Jugend während des Kriegs verbracht, und die Auseinandersetzung mit dem Krieg wird zu einem wesentlichen Bestandteil seiner Gedichte. Mit Beginn des Zweiten Weltkriegs weiß Jandl, was ihm droht: zum Militär eingezogen zu werden und an der Front sein Leben zu verlieren. Jandl ist zu der Zeit vierzehn Jahre alt. Zwar bleiben ihm noch vier Jahre an der Schule, bis er Soldat werden muß, das Abitur rückt aber näher und spätestens nachdem er die letzte Prüfung bestanden hat, dreht sich alles nur noch um die simple und elementare Frage: wie überleben. Diese Sorge hinterläßt eine tiefe Spur in Jandls Werk. Das Thema Krieg taucht in allen Arbeitsphasen und Lebensabschnitten auf, und durch den Krieg wird er in literarischen Fragen zu der Radikalität geführt, die seine Literatur insgesamt auszeichnet. Er möchte sich auch in der Art, wie er schreibt, von der Kultur absetzen, die von den Nazis gefördert wurde und während des Kriegs herrschte. Nicht nur mit den Nazis, auch mit deren Kultur, die von vielen, die vehemente Gegner der Nazis waren, in Teilen weitergeführt wird, will Jandl nichts zu tun haben.

Ernst Jandl und der Krieg

der Großvater, Anfang der dreißiger Jahre

»Mein Vater war als Leutnant im Krieg und er hat dann als Oberleutnant abgerüstet. Der Krieg war für ihn immer eine besonders schöne Zeit gewesen, weil er als Offizier Autorität besessen und alles mögliche erlebt und gesehen hat.« Jandls Vater kehrt mit einer positiven Bilanz aus dem Ersten Weltkrieg zurück. Im zivilen Leben gelingt es ihm dann aber nicht, eine vergleichbare Position einzunehmen, der Vater gehört jedoch nicht zu denjenigen, die das Militär bewundern und sich auf die Seite der neuen Kriegstreiber stellen würden. Ihn interessiert die Familie und darüber hinaus die Kunst.

Der Großvater ist Offizier gewesen, dennoch finden sich in Jandls Werk und auch in den Gesprächen und Interviews, die mit Jandl geführt wurden, keine Hinweise darauf, daß der Großvater eine militante Gesinnung besessen hätte. Wann immer Jandl auf ihn zu sprechen kommt, geschieht das nicht in Verbindung mit Krieg. Gelegenheiten, als Anhänger der neuen Aufrüstungsanstrengungen Stellung zu beziehen, hätte es genügend gegeben. Die Zeitschriften damals sind voll von Berichten über neue Waffen. Anstelle von Cover-girls werden auf den Titelseiten Panzer abgebildet. Zu den bevorzugten Themen des Großvaters scheinen diese Entwicklungen aber nicht gehört zu haben.

der Großvater als Offizier, in den zwanziger Jahren

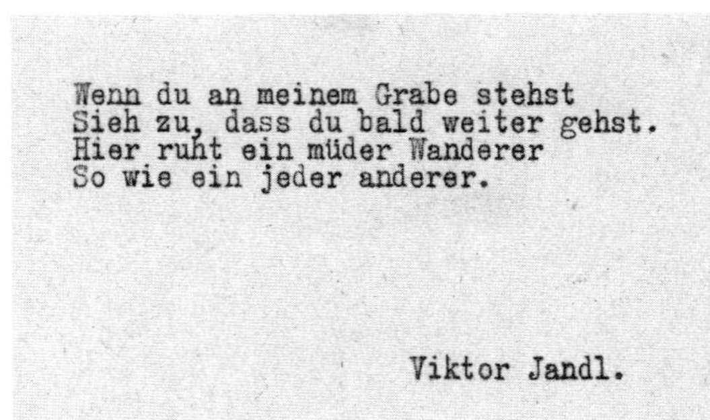

Wenn du an meinem Grabe stehst
Sieh zu, dass du bald weiter gehst.
Hier ruht ein müder Wanderer
So wie ein jeder anderer.

Viktor Jandl.

»Grabinschrift«, ein kurzes Gedicht von Viktor Jandl

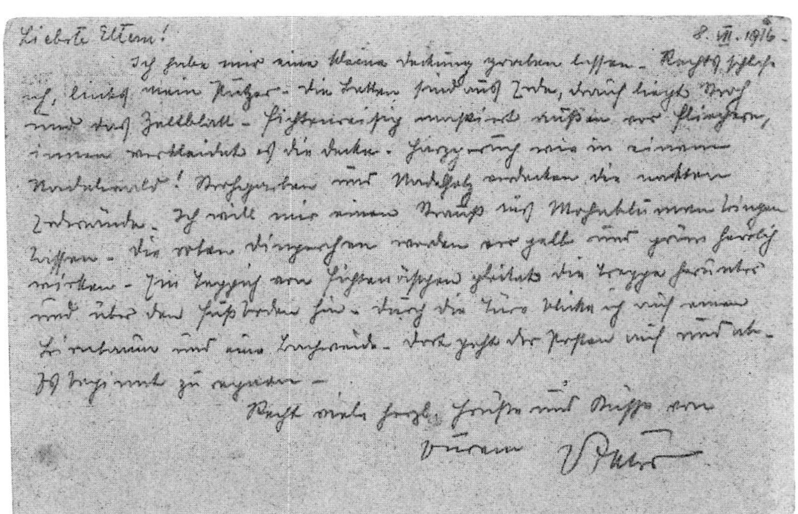

8. VII. 1916.

Feldpostkarte von Viktor Jandl, 1916

um 1942, unterrichtet wurde in zwei Klassen pro Jahrgang, Jandl (vorn links) gehörte der b-Klasse an

Für die Mutter ist mit dem Ende der Monarchie ein gewisser sozialer Abstieg verbunden, sie muß mit ihrem Vater von einer großen repräsentativen Wohnung (im Wiener Arsenal) in die kleinere Wohnung im Landstraßer Gürtel 9 umziehen, in der Jandl dann aufwächst. Ihr Verhältnis zu den Umbrüchen in der Zwischenkriegszeit ist aus diesem Grund gespannt. Jandl: »Meine Mutter hat den Zusammenbruch Österreichs immer beklagt, und die Wiederaufrüstung Deutschlands hat ihr imponiert.« Dennoch muß er seine Abneigung gegenüber den Nazis jetzt und auch

Wiener Arsenal, dort wohnte die Familie Rappel

später nicht rechtfertigen. Der Glaube bestimmt in seiner Familie auch die Einstellung zur Politik. Jandl: »Ich stamme aus einer christlich-sozialen Familie; in meiner Kindheit habe ich schon registriert, daß es in Österreich auch andere politische Gruppen gab. Auch Nationalsozialisten z. B., die damals noch eine verhältnismäßig kleine Gruppe waren und sonntags manchmal aufmarschierten. Diese Aufmärsche fanden wir ein bißchen komisch.« Ökonomisch ist und bleibt die Lage prekär, in politischer Hinsicht glaubt man sich weniger gefährdet: »Mein Vater hatte eine gewisse Tendenz gehabt, Hitler nicht zu fürchten, und die Juden waren ohnehin kein Gesprächsthema, denn die Juden mochte man nicht.« – Die Annexion Österreichs hat für Jandl einschneidende Veränderungen zur Folge: »... im verbleibenden schuljahresrest organisierten einige schüler der oberklasse (in seiner katholischen Schule, KS) den eintritt aller in die hitlerjugend, nahezu aller, denn jeder einzelne wurde nach der zahl etwaiger jüdischer großelternteile befragt ...« Jandl muß bei Tagesmärschen in der Umgebung von Wien mitmachen, was den »Sonntag kaputtmachte« – aber nur bis zum Schuljahresende. Im Gymnasium in der

mit etwa sechzehn Jahren

Kundmanngasse wird seine Anwesenheit bei der HJ erst nicht überprüft, später hat die Erklärung für sein Fernbleiben: »weil es mich nicht interessiere« keine Konsequenzen und wird erstaunlicherweise hingenommen. Auch in dieser Beziehung stellt es sich als eine glückliche Entscheidung heraus, daß er sich nicht dem Wunsch der Mutter fügte und das »Akademische Gymnasium« besuchte. Dort sind alle Schüler »lückenlos« in die HJ eingegliedert, und Ersatzdienste (beim DRK, z. B.) werden nicht akzeptiert. – Die Säuberung der Klassen von den jüdischen Mitschülern erlebt Jandl nicht in ihrem ganzen Ausmaß. Ins Schottengymnasium sind vorwiegend Schüler aus katholischen Familien gegangen, und im Gymnasium in der Kundmanngasse ist, bevor Jandl dort seine Ausbildung fortsetzt, ungefähr ein Drittel der Schüler seiner Klasse bereits ausgesondert gewesen.

1940 Ausflug in eine Badeanstalt

Die neue Klasse, in der sich Jandl ab Herbst 1938 befindet, ist nicht nur sozial gemischter, was ihm sehr entgegenkommt. Es herrscht auch ein forscherer Ton, und Jandl findet unter diesen Schülern Verbündete, die wie er antinationalsozialistisch eingestellt sind. Während des Kriegs kommt er durch seine Mitschüler sogar mit einer eigenwilligen Jugendkultur in Kontakt. Jandl: »ein jahr später drang ein neuer jugendtyp, mit langhaar und ausgefallener kleidung in unserer klasse durch.« Schlurfs werden sie genannt. – Dennoch sind seine Aussichten und die aller anderen Klassenkameraden düster. Sie müssen damit rechnen, nach Beendigung der Schule unverzüglich dem Militär überstellt zu werden. Noch vierzig Jahre später beschreibt Jandl seine damalige Lage mit schneidend klaren Formulierungen: »Wir kannten unsere Bestimmung als Kanonenfutter und bezeichneten sie mit ebendiesem Wort.« – Sein Verlangen nach Kunst ist groß, und je mehr er von den dürftigen Resten der verbannten und verbotenen Kultur kennenlernt, um so stärker wächst sein Empfinden für jene Welt, die ihm vorenthalten wird. Durch den Katalog »Entartete Kunst« kann er sich eine erste vage Vorstellung von moderner Bildender Kunst machen. Ein Klassenkamerad, der Klavier spielt und komponiert, macht ihn mit neuerer Musik und Jazz bekannt: »in einem musikalienladen eroberten wir ... hindemiths ›suite 1922‹ und den klavierauszug von kreneks ›jonny spielt auf‹.« Die herrschende Kultur läßt ihn weitgehend unbeeindruckt; er interessiert sich für die zugespitztesten Formen von Literatur, Musik und Kunst: Sie und nur sie lassen ihn aufhorchen und faszinieren ihn. Jandl: »Mein lyrischer Proviant zwischen 1938 und 43, als Gymnasiast, hatte aus je drei Gedichten von August Stramm, Wilhelm Klemm und Johannes R. Becher bestanden, aufgefunden in einer Gedichtsammlung aus dem Jahr 1926. (Die Lyrik der Gegenwart. Von der Wirklichkeits- zur Ausdruckskunst. Eine Einführung von Dr. Oskar Benda, Wien und Leipzig 1926).«

Teil des Ensembles der Wiener Aufführung von »Jonny spielt auf«, 1928

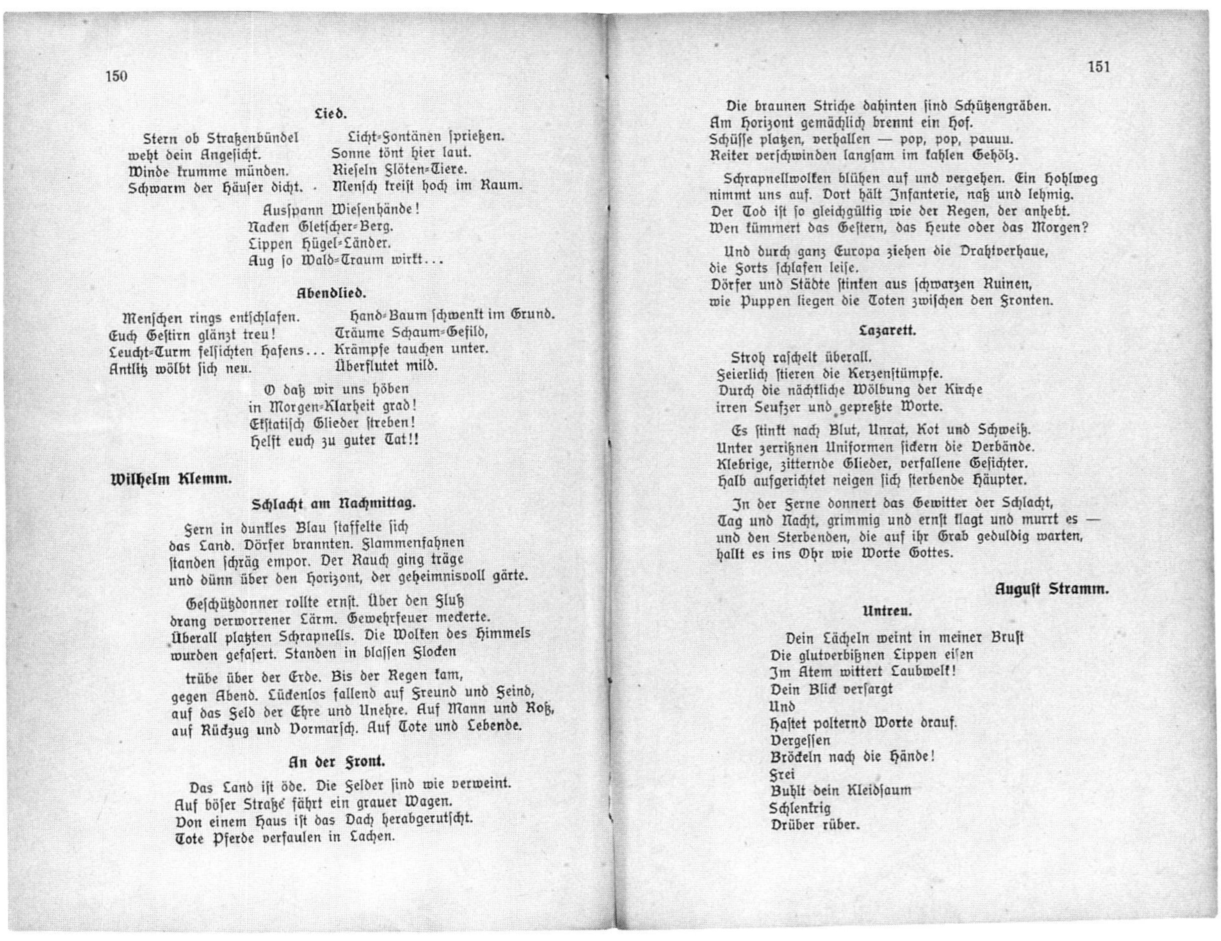

150

Lied.

Stern ob Straßenbündel
weht dein Angesicht.
Winde krumme münden.
Schwarm der Häuser dicht.

Licht-Fontänen sprießen.
Sonne tönt hier laut.
Rieseln Flöten-Tiere.
Mensch kreist hoch im Raum.

Ausspann Wiesenhände!
Nacken Gletscher-Berg.
Lippen Hügel-Länder.
Aug so Wald-Traum wirkt...

Abendlied.

Menschen rings entschlafen.
Euch Gestirn glänzt treu!
Leucht-Turm felsichten Hafens...
Antlitz wölbt sich neu.

Hand-Baum schwenkt im Grund.
Träume Schaum-Gefild,
Krämpfe tauchen unter.
Überflutet mild.

O daß wir uns höben
in Morgen-Klarheit grad!
Ekstatisch Glieder streben!
Helft euch zu guter Tat!!

Wilhelm Klemm.

Schlacht am Nachmittag.

Fern in dunkles Blau staffelte sich
das Land. Dörfer brannten. Flammenfahnen
standen schräg empor. Der Rauch ging träge
und dünn über den Horizont, der geheimnisvoll gärte.

Geschützdonner rollte ernst. Über den Fluß
drang verworrener Lärm. Gewehrfeuer meckerte.
Überall platzten Schrapnells. Die Wolken des Himmels
wurden gefasert. Standen in blassen Flocken

trübe über der Erde. Bis der Regen kam,
gegen Abend. Lückenlos fallend auf Freund und Feind,
auf das Feld der Ehre und Unehre. Auf Mann und Roß,
auf Rückzug und Vormarsch. Auf Tote und Lebende.

An der Front.

Das Land ist öde. Die Felder sind wie verweint.
Auf böser Straße fährt ein grauer Wagen.
Von einem Haus ist das Dach herabgerutscht.
Tote Pferde verfaulen in Lachen.

151

Die braunen Striche dahinten sind Schützengräben.
Am Horizont gemächlich brennt ein Hof.
Schüsse platzen, verhallen — pop, pop, pauuu.
Reiter verschwinden langsam im kahlen Gehölz.

Schrapnellwolken blühen auf und vergehen. Ein Hohlweg
nimmt uns auf. Dort hält Infanterie, naß und lehmig.
Der Tod ist so gleichgültig wie der Regen, der anhebt.
Wen kümmert das Gestern, das Heute oder das Morgen?

Und durch ganz Europa ziehen die Drahtverhaue,
die Forts schlafen leise.
Dörfer und Städte stinken aus schwarzen Ruinen,
wie Puppen liegen die Toten zwischen den Fronten.

Lazarett.

Stroh raschelt überall.
Feierlich stieren die Kerzenstümpfe.
Durch die nächtliche Wölbung der Kirche
irren Seufzer und gepreßte Worte.

Es stinkt nach Blut, Unrat, Kot und Schweiß.
Unter zerrißnen Uniformen sickern die Verbände.
Klebrige, zitternde Glieder, verfallene Gesichter.
Halb aufgerichtet neigen sich sterbende Häupter.

In der Ferne donnert das Gewitter der Schlacht,
Tag und Nacht, grimmig und ernst klagt und murrt es —
und den Sterbenden, die auf ihr Grab geduldig warten,
hallt es ins Ohr wie Worte Gottes.

August Stramm.

Untreu.

Dein Lächeln weint in meiner Brust
Die glutverbißnen Lippen eisen
Im Atem wittert Laubwelk!
Dein Blick versargt
Und
Hastet polternd Worte drauf.
Vergessen
Bröckeln nach die Hände!
Frei
Buhlt dein Kleidsaum
Schlenkrig
Drüber rüber.

Auszug aus Oskar Benda, Lyrik der Gegenwart, 1926

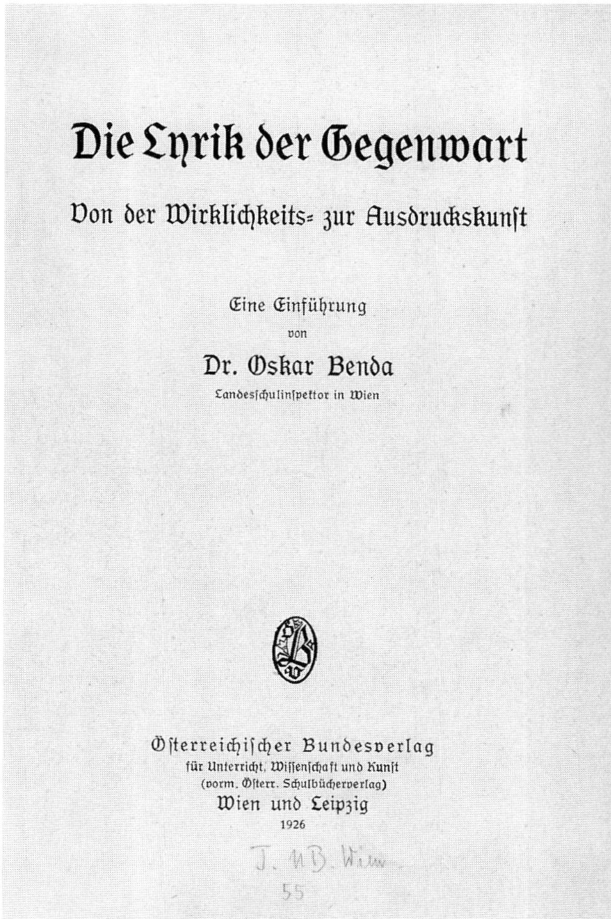

Die Lyrik der Gegenwart

Von der Wirklichkeits- zur Ausdruckskunst

Eine Einführung
von
Dr. Oskar Benda
Landesschulinspektor in Wien

Österreichischer Bundesverlag
für Unterricht, Wissenschaft und Kunst
(vorm. Österr. Schulbücherverlag)
Wien und Leipzig
1926

Wilhelm Klemm 1916

Bei den Gedichten handelt es sich um: »Aus den Deutschen Hymnen«, »Lied«, »Abendlied« von Johannes R. Becher; »Schlacht am Nachmittag«, »An der Front«, »Lazarett« von Wilhelm Klemm und »Untreu«, »Patrouille« und »Ritt« von August Stramm.

august stramm

er august stramm
sehr verkürzt hat
das deutsche gedicht

ihn august stramm
verkürzt hat
der erste weltkrieg

wir haben da
etwas länger gehabt
um geschwätzig zu sein

Jandls Gedicht entsteht in den späten achtziger Jahren

August Stramm 1914

Auhofstraße 243

1984 schreibt Jandl einen Kommentar zu Wilhelm Klemms Gedicht »An der Front« (einen Autor, den er seit Bendas Gedichtsammlung kennt) und deutet darin eine seiner literarischen Grundhaltungen an: »Das Moment der Diskrepanz – mit ›gemächlich‹ als einer Spur von Idylle, dem Wort ›aufblühen‹ als einem Anflug von Schönem und mit ›herabgerutscht‹ als einem Rückgriff aufs alltägliche kleine Malheur – ist Klemms schärfster und wirksamster Beitrag zur Zerstörung des Krieges durch das Gedicht.« Jandls Lebenssituation damals klingt in diesem Satz an: Solange er zur Schule geht, geht es vergleichsweise »gemächlich« zu. Literatur läßt ihn »aufblühen«. Dieses »kleine« Glück ist aber extrem fragil, befristet und rasch zerstört, sobald er Soldat ist, und die Gedichte von August Stramm, Wilhelm Klemm und Johannes R. Becher lehren ihn, wie Dichtung beschaffen sein müßte, die seinen Erfahrungen gewachsen ist. »Der Krieg singt nicht«, lautet einer von Jandls wichtigsten Grundsätzen beim Schreiben, und dieser Satz gilt für alle seine Gedichte und nicht nur für jene Verse, die sich mit dem Thema Krieg befassen. Diese Vorstellung von Literatur begleitet Jandl seit dem Krieg. Bis er jedoch in der Lage ist, Gedichte zu schreiben, die mit diesen Vorstellungen Schritt halten, und bis er sich überhaupt im klaren darüber ist, wie Gedichte von ihm beschaffen sein könnten, muß er weitere Erfahrungen sammeln: im Leben und in der Literatur.

1943, Maturafoto: »Es fehlen einige Klassenkameraden auf dem Bild, die bereits eingezogen worden waren.«

Die jüngeren Lehrer sind an der Front, ältere Lehrer werden aus der Pension zurück an die Schule geholt oder, wie in Deutsch, einem Fach das Jandl der Mathematik vorzieht, muß eine junge Lehrerin, die sonst nie an eine Jungenschule überstellt worden wäre, den Unterricht erteilen. Sie sucht aus Rücksicht auf sich und auf die Schüler nach möglichst unverfänglichen Stoffen: Vorrangig klassische und romantische Autoren werden gelesen. Sexuelles soll umgangen und der Gesinnungsterror des Nazismus außerhalb des Klassenraums gehalten werden. Die Schüler verdienen eine gewisse Schonung; ihre Realität (von der Schule an die Front zu kommen) ist bedrückend genug.

Vor der Entscheidung.

Das grosse Tor ist zu.
In finstrer Ruh
Oed und verlassen
Liegen die Gassen.
Oellaternentran
Träufelt zur Erde.
In mir fängt Toben an
Wie Huftritt scheuer Pferde.
Zu ist das Tor.
Nun Mut empor!
Die Hand zuckt vor
Sinkt nieder
Greift die Klinke wieder.
Wild tost das Herz
Das Tor reisst auf
Ein zager Schritt
Ein schneller Tritt
Schneidender Schmerz
Die Hand krampft zitternd
Um die Schnalle:
Entscheidung falle!

3. März 1943. Ernst Jandl

Manuskript: Wiederum präzise hält er wenige Tage nach der Matura (am 27. Februar 1943) seine Lage fest.

März 1943, zusammen mit seinen Brüdern Hermann und Robert

1943 kommt Jandl unmittelbar nach dem Abitur für drei Monate zum Arbeitsdienst nach St. Pölten und wird bei der Flußregulierung eingesetzt. Jandl, dem jede körperliche Anstrengung zuwider ist: »Ein nützlicher Arbeiter werde ich wohl nicht gewesen sein.« Ab August 1943 ist er beim Militär. Während der ersten Zeit hat er eine »kurz dauernde, sehr angenehme Beziehung zu einer Frau. Diese hat vielleicht vierzehn Tage gedauert« – indirekte Folgen sind in seinem Werk nachzulesen. In dem Prosastück »vier bestrafungen« schreibt er: »die dritte bestrafung bekam ich, weil ich über den zaun sprang ...« und spielt damit auf sein unerlaubtes Verlassen der Truppe nachts an, das entdeckt wird. – Trotz dieser Bestrafungen ist für Jandl eines unverkennbar: »Alles bröckelte ab, und jeder wartete nur auf den Moment, an dem man aus dem Krieg ausscheiden konnte.« Auch er sinnt auf nichts anderes.

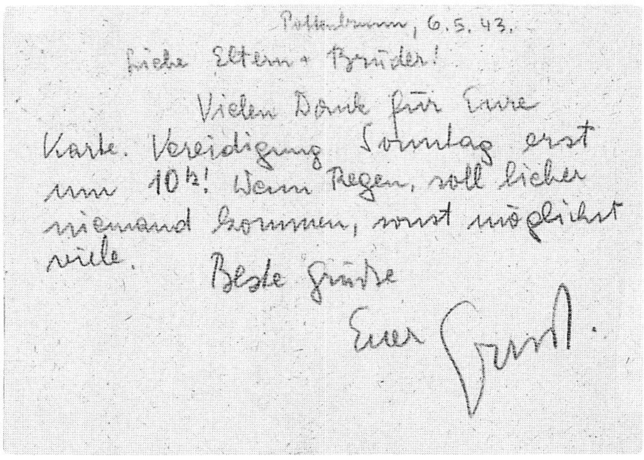
Pottenbrunn, 6.5.43.
Liebe Eltern + Bruder!
Vielen Dank für Eure Karte. Vereidigung Sonntag erst um 10h! Wenn Regen, soll lieber niemand kommen, sonst möglichst viele.
Beste Grüße
Euer Ernst.

Postkarte des Arbeitsmanns Ernst Jandl aus Pottenbrunn bei St. Pölten

die Hundemarke

Olmütz, Oktober 1943; Jandl im Kreis seiner Kameraden

Robert bei Ernst Jandl in Mistelbach zu Besuch

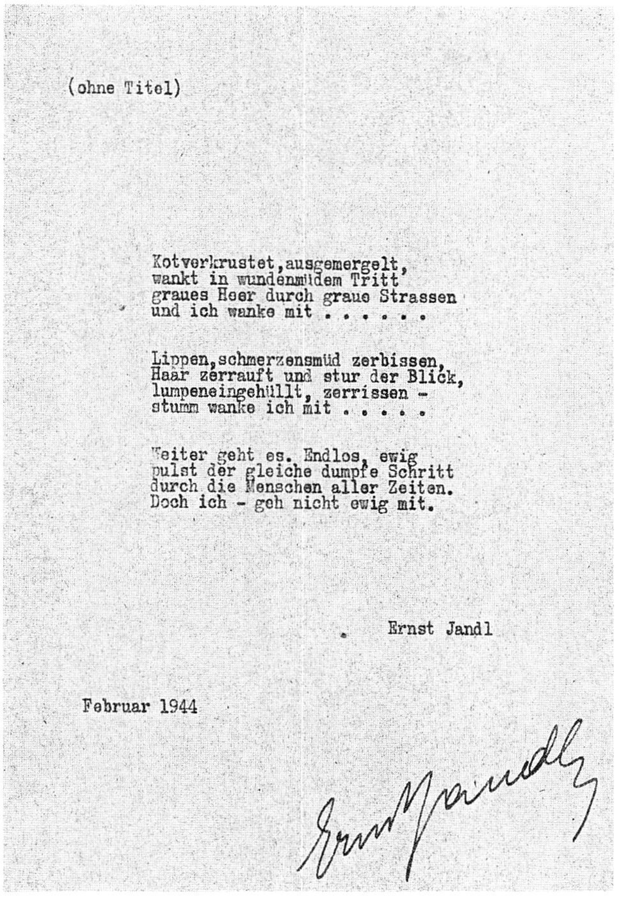

(ohne Titel)

Kotverkrustet,ausgemergelt,
wankt in wundenmüdem Tritt
graues Heer durch graue Strassen
und ich wanke mit . . . . . .

Lippen,schmerzensmüd zerbissen,
Haar zerrauft und stur der Blick,
lumpeneingehüllt, zerrissen -
stumm wanke ich mit . . . . .

Weiter geht es. Endlos, ewig
pulst der gleiche dumpfe Schritt
durch die Menschen aller Zeiten.
Doch ich - geh nicht ewig mit.

Ernst Jandl

Februar 1944

Manuskript

Trotz der Anspannungen gelingt Jandl ein Gedicht, das bemerkenswert präzise seine Lage und die der anderen Soldaten festhält. In einer später verfaßten Einleitung zu dem Gedicht schildert er die Reaktion auf seine Lesung dieser Verse im Februar 1944 während der Feier eines Reserveoffiziersbewerberlehrgangs (ROB): »... die offiziere (erhoben sich) wortlos und, gefolgt von den feldwebeln und den unteroffizieren, (verließen) den raum. damit war die feier beendet, und keiner der im festsaal zurückgebliebenen machte mir einen vorwurf.«

Ernst Jandl auf Urlaub, mit Robert

September 1943, an einem Urlaubssonntag am Hummelberg, zusammen mit den Brüdern Hermann und Robert

Jandl hält während seiner Zeit beim Militär beständig Kontakt mit seiner Familie. Er fährt regelmäßig zu Besuch nach Wien, schreibt ebenso regelmäßig Briefe an seine Eltern: Wiederholt möchte er Bücher besorgt haben, die er zur Vorbereitung auf das Studium benötigt. Ein Rest von Normalität soll aufrechterhalten werden, damit ihm die Zukunft nicht ganz aus dem Blick gerät. – Jandls Ziel, wie das vieler Soldaten, besteht darin, den Zeitpunkt, an dem er an die Front geschickt wird, so weit es geht, hinauszuzögern. Jandls daraus resultierende Militärkarriere: Teilnahme an einem Offiziersbewerberlehrgang, von dem er ausgeschlossen wird; Bewerbung zum Scharfschützenlehrgang, zu dem er ins Burgenland abkommandiert wird; versuchte Krankmeldung; aufgrund eines fingierten Nervenleidens möchte er durch ein ärztliches Attest für untauglich erklärt werden; der Versuch scheitert, Jandl findet aber nicht zu seiner Einheit zurück; Abkommandierung an die Front; nach dem Attentat auf Hitler am 20. Juli 1944 erhält er den Marschbefehl. In Salzburg erfährt Jandl, daß es weiter in Richtung Westfront geht, er also auf amerikanische Truppen stoßen wird und damit sich anders als an der Ostfront die Chance zum Überlaufen eröffnet, die er nach einem fehlgeschlagenen Versuch zusammen mit anderen nutzen kann. Jandl: »Man mußte einfacher Soldat bleiben und durfte keinen Dienstgrad haben; ich war nicht einmal Oberschütze, was noch unter dem Gefreiten lag, um auf Gleichgesinnte zu stoßen.« Auf eigene Faust hätte er nur unter erheblich größeren Schwierigkeiten fliehen können.

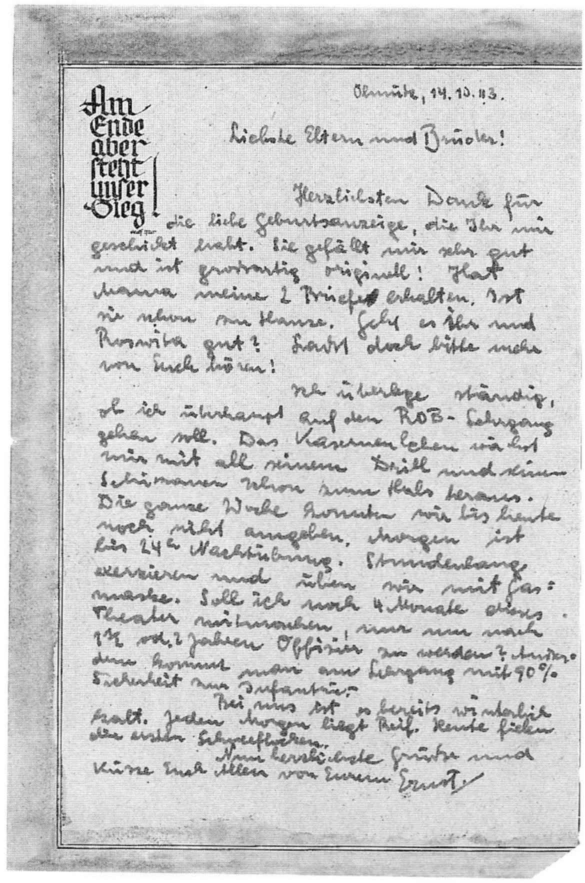
Am Ende aber steht unser Sieg!

Olmütz, 14.10.43.

Liebste Eltern und Brüder!

Herzlichsten Dank für die liebe Geburtsanzeige, die Ihr mir geschickt habt. Sie gefällt mir sehr gut und ist großartig originell! Hat Mama meine 2 Briefe erhalten, ist sie schon zu Hause. Geht es ihr und Roswitha gut? Laßt doch bitte mehr von Euch hören!

Ich überlege ständig, ob ich überhaupt auf den ROB-Lehrgang gehen soll. Das Kasernenleben wächst mir mit all seinem Drill und seinen Schikanen schon zum Hals heraus. Die ganze Woche konnten wir bis heute noch nicht ausgehen, morgen ist bis 24h Nachtübung. Stundenlang exerzieren und üben wir mit Gasmaske. Soll ich noch 4 Monate dieses Theater mitmachen, nur um nach 1½ od. 2 Jahren Offizier zu werden? Außerdem kommt man am Lehrgang mit 90% Sicherheit zur Infanterie.

Bei uns ist es bereits winterlich kalt. Jeden Morgen liegt Reif. Heute fielen die ersten Schneeflocken.

Nun herzlichste Grüße und Küsse Euch Allen von Eurem Ernst

aus Jandls Korrespondenz als Soldat

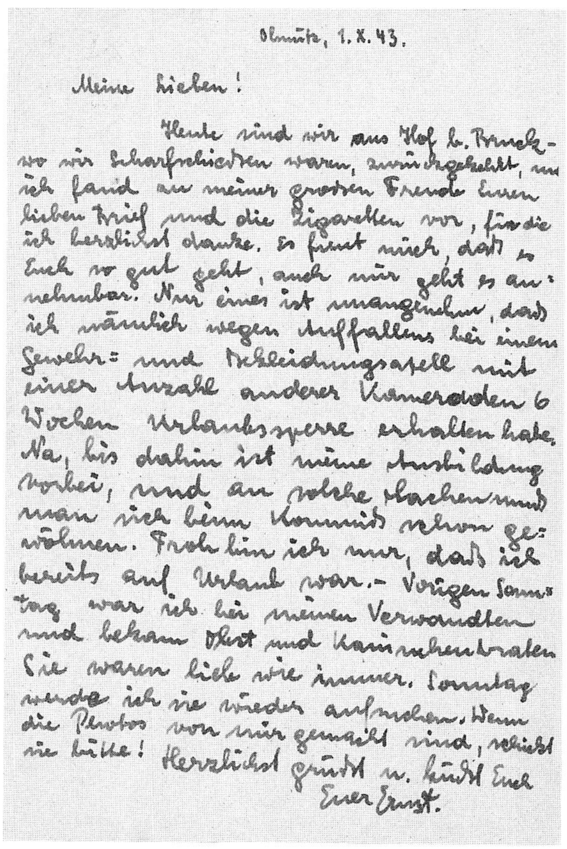
Olmütz, 1.X.43.

Meine Lieben!

Heute sind wir aus Hof b. Bruck, wo wir Scharfschießen waren, zurückgekehrt, wo ich fand zu meiner großen Freude Euren lieben Brief und die Zigaretten vor, für die ich herzlichst danke. Es freut mich, daß es Euch so gut geht, auch mir geht es annehmbar. Nur eines ist unangenehm, daß ich nämlich wegen Auffallens bei einem Gewehr- und Bekleidungsappell mit einer Anzahl anderer Kameraden 6 Wochen Urlaubssperre erhalten habe. Na, bis dahin ist meine Ausbildung vorbei, und an solche Sachen muß man sich beim Kommiß schon gewöhnen. Froh bin ich nur, daß ich bereits auf Urlaub war. – Vorigen Sonntag war ich bei meinen Verwandten und bekam Obst und Kaninchenbraten. Sie waren lieb wie immer. Sonntag werde ich sie wieder aufsuchen. Wenn die Photos von mir gemacht sind, schickt sie bitte! Herzlichst grüßt u. küßt Euch Euer Ernst.

aus Jandls Korrespondenz als Soldat

Porträt 1944

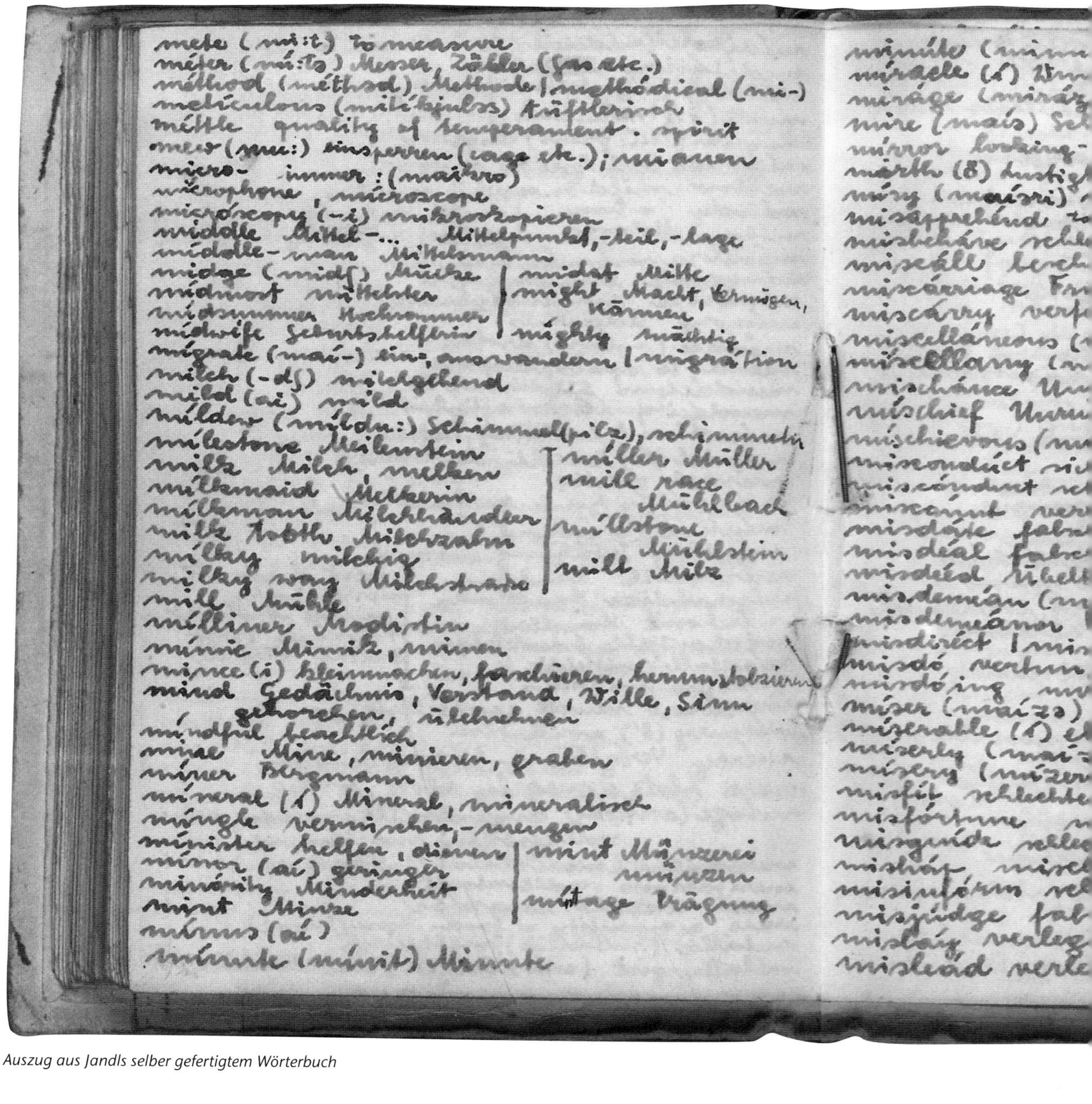
mete (mi:t) to measure
méter (mí:tə) Messer, Zähler (gas etc.)
méthod (méthəd) Methode | methódical (mi-)
meticulous (mitíkjuləs) tüftlerisch
méttle quality of temperament. spirit
mew (mju:) einsperren (cage etc.); miauen
micro- immer: (maikro)
microphone, microscope
microscopy (-i) mikroskopieren
middle Mittel-... Mittelpunkt, -teil, -lage
middle-man Mittelsmann
midge (midʒ) Mücke | midst Mitte
midmost mittelster | might Macht, Vermögen, Können
midsummer Hochsommer
midwife Geburtshelferin | mighty mächtig
migrate (maí-) ein-, auswandern | migrátion
milch (-dʃ) milchgebend
mild (ai) mild
mildew (míldju:) Schimmel(pilz), schimmeln
milestone Meilenstein | miller Müller
milk Milch, melken | mill race
milkmaid Melkerin | Mühlbach
milkman Milchhändler | millstone
milk tooth Milchzahn | Mühlstein
milky milchig | milt Milz
milky way Milchstraße
mill Mühle
milliner Modistin
mimic Mimik, mimen
mince (i) kleinmachen, faschieren
mind Gedächtnis, Verstand, Wille, Sinn
gehorchen, übelnehmen
mindful beachtlich
mine Mine, minieren, graben
miner Bergmann
mineral (i) Mineral, mineralisch
mingle vermischen, -mengen
minister helfen, dienen | mint Münzerei, münzen
minor (ai) geringer
minority Minderheit | mintage Prägung
mint Minze
minus (ai)
minute (minit) Minute

Auszug aus Jandls selber gefertigtem Wörterbuch

Jandl wird vom Elsaß ins Gefangenenlager nach Stockbridge, England überführt. Ein neues, nicht mehr für möglich gehaltenes Leben beginnt. Der erste Vers des Gedichts »Immer wieder«, mit dem Jandls erster Gedichtband »Andere Augen« beginnen wird, hält etwas von seiner Stimmung in der Zeit fest:

Es kann alles noch sein.
Noch nie war das Schlimmste ganz da.
Wir haben noch Augen, zu schauen.
Wir haben noch Arme, Häuser zu bauen.
Aber das Schlimmste ist immer ganz nah.

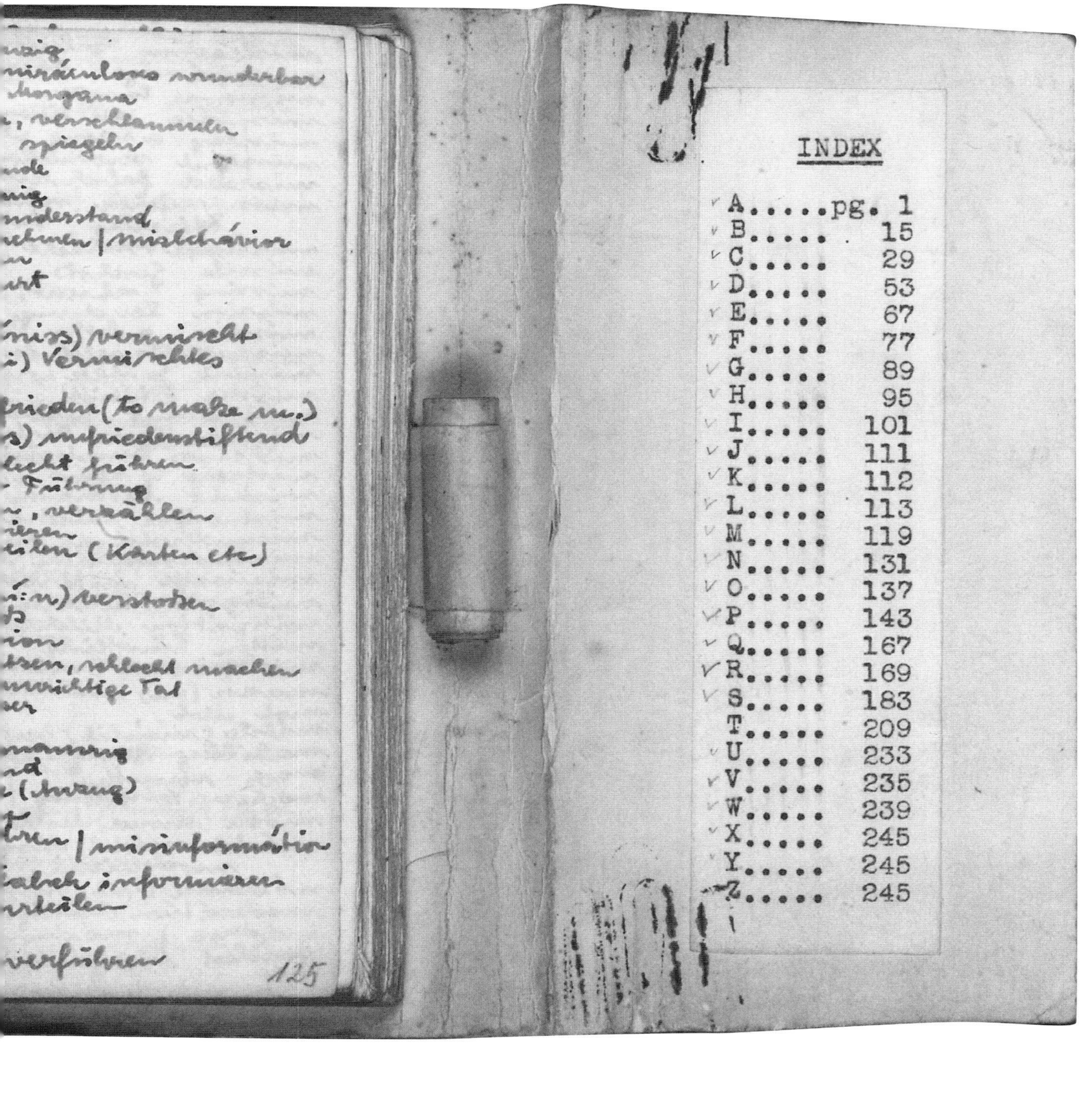

Er bewirbt sich als Dolmetscher, wird genommen, muß aber sein Englisch erheblich verbessern, sein Schulenglisch reicht für diese Tätigkeit bei weitem nicht aus. Zusätzlich arbeitet er in der kleinen Bibliothek des Kriegsgefangenenlagers und entdeckt dort Autoren, von denen er bisher nicht einmal gehört hatte: Gertrude Stein und Ernest Hemingway. Sie begleiten ihn seither und üben auf ihn als Schriftsteller unterschiedlichen Einfluß aus.

Gertrude Stein (links, mit Alice B. Toklas) in New York, 24. Oktober 1934

Heimkehrer-Entlassungsstelle W i e n

Eidesstattliche Erklärung: Ich erkläre an Eidesstatt, dass umstehende Angaben der Wahrheit entsprechen.

Wien, am 12.4.46 Unterschrift (unleserlich)

Unterschrift: Ernst Jandl e.h.

Heimkehrer - Entlassungsschein a

1 Innegehabter Dienstgrad Soldat

2 Vor- und Zuname Ernst Jandl

3 Geburtsdaten Tag, Jahr: 1.8.1925 Ort: Wien

4 Heimatberechtigt Ort: Wien

5 Stand: ledig

6 Beruf Student

7 Evidenzdaten Wehrmeldeamt: Wien Wehr-Bez.-Kdo.: Wien

8 Assentiert, gemustert Ort: Wien eingerückt nach: Olmütz am: 26.7.1943 zu: 1.A.E.A.A. 102

9 Rückkehr aus der Gefangenschaft. Aus welcher, wann gefangen gef. Februar 1945 - amer. G. - Lg. Stamay

10 Verwundung, Erkrankung. Art, wann erkrankt. Ob invalid -

11 Gegenwärtiger Gesundheitszustand -

12 Gebühren empfangen -

13 Bekleidung empfangen -

14 Aufenthaltsort (Bez., Land), Anschrift Wien XIII, Auhofstr. 243

15 Entlassungstag am: 11.4.1946

16 Merkblatt Nr. 1 - 3 beigeschlossen -

17 Entlaust und seuchenfrei ja

18 Anmerkung -

Wien 12.4.1946

Entlassungspapiere

Im Lager werden die internierten Soldaten mit den Verbrechen der Nazis bekannt gemacht. Im Hinterland hatte Jandl einen Soldaten getroffen, der in einem KZ eingesetzt war, sich aber weigerte, von dort auch nur irgend etwas zu erzählen. »Der Schock kam in der Gefangenschaft. In unserem Lager, ich weiß nicht mehr, ob schon das Ende des Kriegs gekommen war, wurden an einer Anschlagtafel Bilder aus Konzentrationslagern veröffentlicht. Da haben wir erst gesehen, was tatsächlich los gewesen war.«

Jandl bringt sich gewissenhaft Englisch bei. Sein Studienwunsch konkretisiert sich dabei, neben Germanistik möchte er Anglistik studieren. Das Elementare des Vokabellernens beeindruckt ihn: Mit diesen Elementen der Sprache, dem reinen Vokabular, arbeitet er später in seinen Gedichten, als er schriftstellerisch seine Vorstellungen von Literatur realisieren kann und ihm Verse gelingen, die August Stramms Gedichten gewachsen sind. In »chanson« beginnen z.B. die Kolumnen in einem Vokabelheft ihr eigenes Leben zu führen, und ein fremdsprachiges Wort und seine deutsche Entsprechung finden nicht mehr zueinander.

Wien, 1. Oktober 1945, Blick auf die Zeughaus-Ruine

Am 26. April 1946 wird Jandl ohne Rang aus der Kriegsgefangenschaft entlassen. Er kehrt nach Wien zu seiner Familie zurück und ist mit ersten Überlebensaufgaben beschäftigt. Zu schreiben beginnt er noch lange nicht, und auch als er dafür die Voraussetzungen geschaffen hat und tatsächlich mit Schreiben beginnt, ist der Krieg nicht sein vordringlichstes Thema. Später wird die Auseinandersetzung mit dem Krieg eine deutliche Spur in seinem Werk hinterlassen. 1957 ist auch dafür ein wichtiges Datum: Im April dieses Jahres entsteht »schtzgrmm«, im Juni »wien: heldenplatz«, in dem Band »Laut und Luise« wird Jandl ein Kapitel mit dem Titel »krieg und so« einrichten ...

In den frühen fünfziger Jahren, sehr bald nachdem Jandl ernsthaft mit Schreiben begonnen hat, findet er zu seiner Lebens- (und Arbeits-)form. Daß er schreiben will, steht nicht zur Diskussion, auch nicht, daß er dazu einen Beruf benötigt. Woher sonst soll das Geld kommen? Welche Kräfte aber freigesetzt würden, wenn er tatsächlich mit Schreiben begonnen hätte, kann Jandl nicht wissen. In bürgerliche Lebensverhältnisse – Jandl wehrt sich nur anfangs dagegen – rutscht er während seines Studiums hinein. Er heiratet, doch seine Ehe, die er auch eingegangen ist, um Ordnung in seinem Leben zu schaffen, wird durch die Arbeit an Gedichten gefährdet. Das Schreiben trägt eine ihm bisher unbekannte Unruhe in sein Leben. Der Wunsch, mit einer Dichterin zusammenleben zu wollen, wird stärker, obwohl er sich in seiner Ehe mit einer Lehrerin durchaus in seinem Schreiben unterstützt fühlen kann. Er steht am Anfang seiner literarischen Biographie. In die Lebensgemeinschaft, die er dann mit Friederike Mayröcker eingeht (die auch an der Schule arbeitet), kann er von seiner geschätzten Ordnung nur wenig hinüberretten. Diese spannungsreiche Lebensform zweier Künstler, wie sie auf der Basis moderner Poesie unterschiedlicher nicht temperiert sein könnte, ist von einer einmaligen Dauerhaftigkeit. Ihr verdanken wir nicht nur einige schöne Liebesgedichte, sie bildet die Grundlage für Jandls Leben als Autor, also für sein Werk. – Bevor er aber in die Turbulenzen seines Lebens verwickelt wird, beginnt er entschlossen, seinen Weg als Autor zu gehen und wird zu seinem Glück von einer ersten Flut von Gedichten überrascht.

Ernst Jandl und Friederike Mayröcker

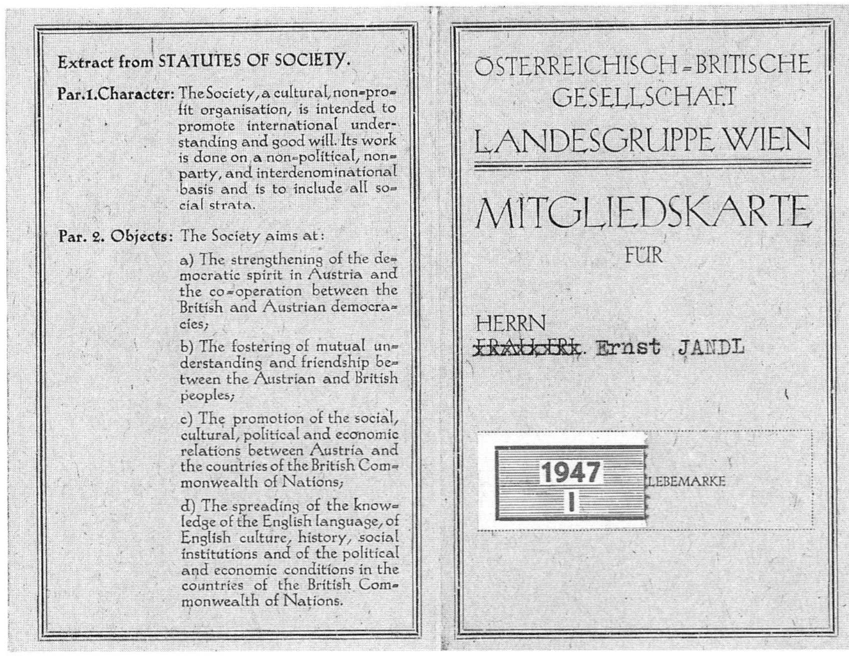

Extract from STATUTES OF SOCIETY.

Par. 1. Character: The Society, a cultural, non-profit organisation, is intended to promote international understanding and good will. Its work is done on a non-political, non-party, and interdenominational basis and is to include all social strata.

Par. 2. Objects: The Society aims at:

a) The strengthening of the democratic spirit in Austria and the co-operation between the British and Austrian democracies;

b) The fostering of mutual understanding and friendship between the Austrian and British peoples;

c) The promotion of the social, cultural, political and economic relations between Austria and the countries of the British Commonwealth of Nations;

d) The spreading of the knowledge of the English language, of English culture, history, social institutions and of the political and economic conditions in the countries of the British Commonwealth of Nations.

ÖSTERREICHISCH-BRITISCHE GESELLSCHAFT

LANDESGRUPPE WIEN

MITGLIEDSKARTE

FÜR

HERRN

~~FRAU FRL~~. Ernst JANDL

1947

I

LEBEMARKE

GERMANISTISCHES INSTITUT

Wien I., Liebiggasse 5

Ernst Jandl

1. Okt. 1948

Seminarkarte

4. III. 1949

Germanistisches Institut an der Universität Wien

Im April 1946 beginnt Jandl zu studieren. Er schreibt sich in den Fächern Germanistik und Anglistik ein. Auf welches Ziel er zusteuert, daran gibt es keinen Zweifel: Er möchte Mittelschullehrer werden, und das aus einem einzigen Grund. Mit dem Studium hat seine Laufbahn als Schriftsteller begonnen. Jandl: »Ich habe gewußt, ich brauche einen Brotberuf, und den Ausschlag, das Studium in diesen Fächern aufzunehmen, gab mein Interesse an Literatur, zunächst an deutscher Literatur, das sich dann auch auf die englische ausgedehnt hatte.« Auf die Idee, Journalist werden zu wollen oder eine Professur anzustreben, ist er nicht gekommen. Jandl: »Das lag viel zu weit entfernt.« Jandl verhält sich konsequent pragmatisch – die Lebensverhältnisse in der Nachkriegszeit lassen ihm keine andere Wahl. Geld ist extrem knapp, seine Familie, bei der er wohnt und die noch wächst, befindet sich finanziell in einer äußerst angespannten Lage; je früher er einen Beruf hat und das Haus verlassen kann, um so leichter würde das Leben für alle werden. Also treibt er sein Studium voran und muß sich, auch wenn er sich nur selten erlaubte, an eigenen Gedichten zu arbeiten, nicht vertrösten: Er ist knapp fünfundzwanzig Jahre alt, Zeit genug zum Schreiben würde bleiben. Stipendien in minimaler Höhe mildern geringfügig seine Not.

Roswitha Birthi und Ernst Jandl heiraten

1947 lernt Jandl die Studentin Roswitha Birthi kennen; sie studiert auch Germanistik und Anglistik. Es kommt zur Verlobung – die Verlobung wird gelöst. Jandl: »Ich habe ziemlich unangenehme Schuldgefühle gehabt, nicht wirklich begründete Schuldgefühle, dann habe ich das Ganze wieder rückgängig gemacht und gesagt: also heiraten wir doch und darauf sie: aber dann bald.« Auch sein privates Leben sollte geordnet und in ruhigen Bahnen verlaufen – das ist als Folge des Krieges und seiner ungewollten Vaterschaft in dieser Zeit zu einem beherrschenden Wunsch von ihm geworden.

Im Juni 1949 beendet Jandl sein Studium, am 1. August 1949, an seinem vierundzwanzigsten Geburtstag (»und damit er den Hochzeitstag nicht vergesse«) findet die Heirat in der Elisabethkirche statt. Wie sein Vater es getan hat, zieht Jandl in die Wohnung (Favoritenstraße im vierten Bezirk) seiner Frau ein, die sie mit ihrer Mutter bewohnt. Über Geld verfügt auch diese Familie nicht. Roswithas Vater, ein Bibliothekar an der Wiener Arbeiterbibliothek, ist von sowjetischen Soldaten erschossen worden – sie stehen also weitgehend ohne Mittel da. Sein Studium hat Jandl straff organisiert; wenn dennoch – spätnachts – etwas Zeit bleibt, in der er nicht lernen möchte, dann kann sich Jandl vom Schreiben doch nicht zurückhalten.

1952, mit Klasse vor dem Bundesrealgymnasium 2, Zirkusgasse

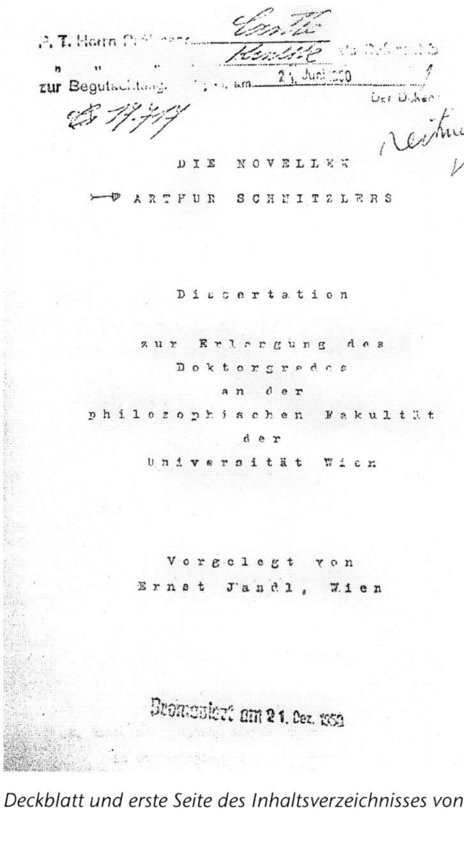

P. T. Herrn [illegible]
zur Begutachtung [illegible] am 21. Juni 1950

DIE NOVELLEN

ARTHUR SCHNITZLERS

Dissertation

zur Erlangung des
Doktorgrades
an der
philosophischen Fakultät
der
Universität Wien

Vorgelegt von
Ernst Jandl, Wien

Promoviert am 21. Dez. 1950

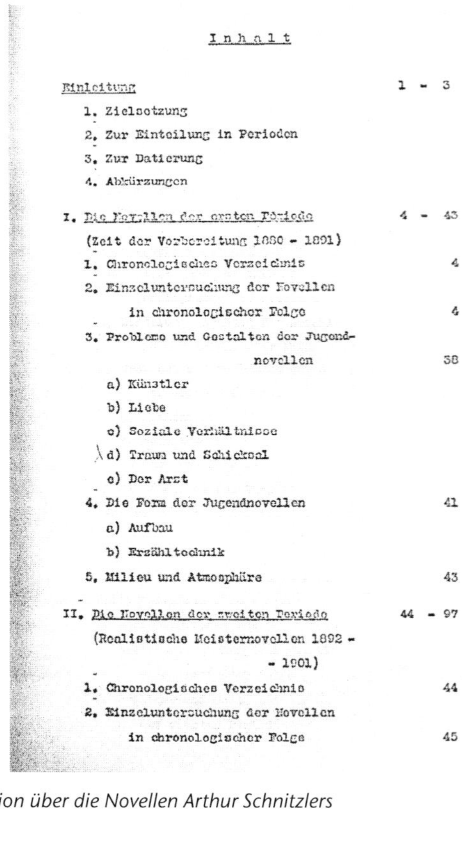

Inhalt

Deckblatt und erste Seite des Inhaltsverzeichnisses von Jandls Dissertation über die Novellen Arthur Schnitzlers

September 1949, Beginn des Probejahres am Bundesrealgymnasium Wien 1, Stubenbastei. Abschluß: 1950. Jandl erhält erst gar keine, dann eine minimale Entlohnung. – Während dieser Zeit entstehen zwei Groschenromane, die er unter Pseudonym veröffentlicht. Soweit es sich recherchieren läßt, trägt eine dieser Erzählungen den Titel »Durch Leid zum Glück«. Das Honorar für dieses zwischen dreißig und vierzig Schreibmaschinenseiten umfassende Manuskript beträgt: 300 ÖS. – Sommer 1950 schließt Jandl seine Dissertation über Arthur Schnitzler ab. – Am 21. Dezember 1950 wird er promoviert.

Umschlag eines Buchs, das einen von Jandl Ende der vierziger Jahre geschriebenen Groschenroman enthält

September 1950 erhält Jandl seine erste Anstellung als Mittelschullehrer am Bundesrealgymnasium 2 in der Zirkusgasse. Jandl hat eine wichtige Etappe erreicht. Er besitzt die Qualifikation für den Beruf, der ihm vorschwebt, und er kann ihn ausüben. Jandl: »Daß ich derart zielstrebig auf einen Beruf hinarbeitete, ist wohl auch typisch für die Art von kleinbürgerlicher Familie in beengten Verhältnissen, in der ich aufwuchs. Es gab in ihr weder den Leichtsinn des sich Treibenlassens von Tag zu Tag, nicht die Unbekümmertheit eines Lebens von der Hand in den Mund, wie es sozial tiefer möglich gewesen wäre, noch gab es das Vertrauen des sozial Höhergestellten in die eigene Substanz.« Erste Schritte auf sein zweites Ziel hin, die eigene Literatur, stehen jetzt aus.

1951 beginnt Jandl jetzt endgültig mit Schreiben. Ihn hat Gertrude Stein beeindruckt, hinzu kommen die in ihrer ungewöhnlichen graphischen Anordnung und ausgesparten Interpunktion nicht minder extremen Gedichte von E. E. Cummings oder die mit Wortspielen arbeitenden Gedichte von Gerald Manley Hopkins. Doch in diese Bereiche lyrischer Radikalität kann er mit seiner eigenen Produktion noch nicht vordringen. Nicht nur er steht am Anfang seiner Entwicklung, mit ihm befinden sich auch andere junge Autoren, die keinesfalls die tradierten Gedichtformen weiterführen wollen, auf der Suche nach neuen Möglichkeiten des Schreibens. 1952 hat Jandl den Durchbruch zu realistischen Gedichten gefunden – bisher war er in einer metaphernhaltigen Gedankenlyrik befangen –, und es kommt in seinem Schreiben zu einem Hoch, das sich im Verlauf seines Autorenlebens danach noch zweimal wiederholen soll. Die Lektüre von Jacques Préverts Gedichten, die bei den jungen avantgardistischen Autoren in Wien sehr angesehen sind, haben ihm bei diesem Schritt geholfen. Auf der Suche nach Veröffentlichungsmöglichkeiten lernt er den Autor Andreas Okopenko kennen, der als Lektor bei der Zeitschrift »Neue Wege« arbeitet. Ihm schickt Jandl einige seiner Manuskripte zu. Friedrich Polakovics, der ebenfalls für die »Neuen Wege« tätig ist und den Jandl von der Schule her kennt – Polakovics unterrichtet u.a. Kunsterziehung – ist Jandls Gedichten sehr zugetan. Auch er setzt sich, obwohl er in eigenen Gedichten eine konservative Richtung verfolgt, für deren Veröffentlichung ein.

Andreas Okopenko, Anfang der fünfziger Jahre

Januar 1955, im Lehrerzimmer, rechts neben ihm sein Freund Franz Austeda

vor dem Bundesrealgymnasium Wien 4, mit ehemaligen Schülern; rechts: Jandl; links Friedrich Polakovics

Ernst Jandl

Da kommen sie gelaufen

Wenn ein Hund verreckt auf der Straße,
So ein Hund, der nur ein Haufen Dreck ist,
Da kommen sie gelaufen:
Da will jeder etwas wissen,
Da will jeder etwas besser wissen:
    Was man hätte tun sollen.
    Was man jetzt noch tun kann.
    Was man tun soll mit den Leuten,
    Die ihn hier verrecken lassen
    Mitten auf der Straße, armes Tier.
Da kommen die Prediger,
    Die überall sein müssen,
    Die überall dabei sein müssen,
    Die überall mitreden müssen.
Da kommen die alten Weiber,
    Die immer beten müssen,
    Die immer Rosenkranz beten müssen,
    Die immer Tränen drücken müssen
    Aus Zitronengesichtern.
Ganz langsam verreckt der Haufen Hund
Und der Rauch steigt blaß auf
Wie von warmem Mist
Auf gefrornem Pflaster.

Wenn ein Mensch auf der Bank liegt,
Plattgedrückt, und der Kopf hängt über den Rand,
Und der Mund tropft in den Sand eine rote Lacke,
Und die Augen sind halb offen und schwarz
Von Fliegen, und die Haut ist ihm zu groß,
Sein Gesicht hat keine Wangen, sein Rock
Eine Uniform, die keiner mehr anhat,
Nur einer auf der Bank, der den Atem
Lang anhält:
    Wenn einer auf der Bank so
    Den Atem lang anhält,
Kommen sie nicht gelaufen.
Da will keiner etwas wissen,
Da will keiner etwas besser wissen:
    Was man hätte tun sollen – aber was nützt das ?
    Was man jetzt noch – aber jetzt kann man nicht.
    Was man tun soll mit den Leuten – aber wer sind die
                                    (Leute ?

Jandls erste Nachkriegsveröffentlichung, in »publikationen«, September 1952

Hans Weigel Mitte der fünfziger Jahre, mit Freundin

Jeannie Ebner (Mitte der fünfziger Jahre)

Rudolf Felmayer, um 1960

Jandl verstärkt seinen Kontakt zu Autoren und Herausgebern. Gedichte erscheinen von ihm in den »Neuen Wegen«, einer Zeitschrift, die vorrangig an Schulen Verbreitung findet, und in kleineren Sammelpublikationen wie der von H. C. Artmann herausgegebenen Broschüre »alpha«; auch die konservativen Autoren und Kritiker, die im Nachkriegswien ausnahmslos das Sagen haben, nehmen Gedichte von Jandl in ihren Anthologien auf: Rudolf Felmayer (geb. 1897, seit 1945 Lektor des Amtes für Kultur und der Städtischen Büchereien in Wien), ein »indiskutabel konservativer Lyriker« (Okopenko), gehört zu ihnen. Er ist aufgeschlossen gegenüber jungen Autoren und druckt Gedichte von Jandl in seiner Anthologie »Tür an Tür«. Hans Weigel, Theaterkritiker und erklärter Antikommunist veröffentlicht Jandl in dem Band »Stimmen der Gegenwart«. – Unterrichten und Schreiben lassen sich miteinander verbinden, wenn auch nicht reibungslos: Durch das Schreiben wird eine dauernde Unruhe in Jandls Leben hineingetragen, mit der er nicht gerechnet hat. Seine Ehe bleibt davon nicht unberührt.
Es stellt sich ihm zunehmend die Frage, ob eine (bürgerliche) Verbindung, wie er sie zu Roswitha Birthi eingegangen ist, nicht hinderlich für das Schreiben sein könnte?

Favoritenstraße 27

1952 gelingen Jandl die ersten Gedichte in einer Version, die ihn immer wieder beschäftigt: realistische, in ihrem Aufbau zunächst traditionell anmutende Gedichte. Er profitiert davon, daß er nicht zu den Autoren gehört, die nach Kriegsende und unter dem fürchterlichen Eindruck des Krieges ihr Werk fortsetzen mußten, bzw. daß er sich den Luxus, Liebesgedichte zu schreiben, erlauben kann:

Ach, und ich dachte
wenn ich dich liebe
Könnte ich Ich sein
Dürfte ich leben–
Narren denken so!
Schurken denken so!

1948 entstehen Zeilen wie diese, Jandl ist mit seiner Ausbildung (später seinem Beruf) beschäftigt, und als ihn nichts mehr weiter am Schreiben hindert, sind die konservativen Autoren anerkannt, und der Krieg ist nicht mehr das erste Thema. Wie aber anfangen und wie sollen Gedichte beschaffen sein? Jandl sucht seinen Weg, durch Jacques Préverts Gedichte fühlt er sich darin bestärkt, auf symbolische Überhöhungen, auf sein schönes Verzweiflungspathos und auf den (literarischen) Gesinnungskitsch der boomenden Nachkriegslyrik in Wien ohne jede Einbuße verzichten zu können. Er führt seinen eigenen lyrischen Kahlschlag durch und schafft sich damit die Grundlage, in seinen Gedichten unmittelbare Erfahrungen aus dem Alltag und in einer Sprache aufnehmen zu können, die diesem Alltag ebenfalls sehr nahekommt:

Knabe und Straßenbahn

Immer fährt so ein kleiner
Rothaariger Knabe
auf dem Trittroller neben
der Straßenbahn her.

Verse wie diese entsprechen seinem Temperament, sie sind kurz, an der Oberfläche einfach gebaut und sparen lyrisches Beiwerk aus. Verse wie diese wird er immer schreiben; sie sind die Basis seines Schaffens. Zugleich aber hat er mit diesen ausgenüchterten Zeilen eine Basis gefunden, sich zu dem weiter vorzuarbeiten, was ihn beim Schreiben eigentlich anspornt und woran er Gefallen gefunden hat, noch bevor erste Zeilen wie diese auf dem Papier stehen: Neues zu finden.

BERGLANDVERLAG
GESELLSCHAFT M. B. H.
WIEN I, KÄRNTNERRING 17
TEL. R 29116

Wien, am 18.August 1956
Gr/P

Herrn
Dr.Ernst J a n d l
dzt. bei Rasser
Rauris Wörth 9
Land Salzburg

Sehr geehrter Herr Doktor !

In der Anlage erhalten Sie den kompletten nochmaligen Korrekturabzug Ihres Gedichtbandes (Bogen 1 - 4 Schluss). Dieser Abzug enthält auch schon das Inhaltsverzeichnis und Ihren Lebenslauf. Gleichzeitig übergeben wir Ihnen Ihre ersten Umbruchkorrekturbogen zur Kontrolle.

Wir bitten Sie zur raschen Durchführung des Druckes uns das Exemplar mit Ihrem Imprimatur versehen schnellstens zurücksenden zu wollen.

Hochachtungsvoll
BERGLANDVERLAG
Gesellschaft m. b. H.

Beilagen !

aus der Verlagskorrespondenz

Exemplare von "Andere Augen"erhielten:

broschiert	gebunden	Name	Datum
1		Fritzi	29.8.56
1		Eltern	"
1		Dir.Mayröcker	"
1		Georg Heindl	30.8.56
1		Doris Mühringer	"
1		Lili Sauter	1.9.56
1		Friederike Klauner	"
1		Dr. Marie Tidl	"
1		Maria Späth	"
1		Hermann	"
1		Withi	"
1		Großeltern	"
	1	Polakovics	13.9.56
2		Fritzi	14.9.56
	1	Dr.Rath	"
	1	Hakel	15.9.56
	1	Kalmer	19.9.56
	1	Hennecke	"
	1	Dir. Scheiwein	21.9.56
	1	Zechner	24.9.56
	1	Fischl	"
	1	Rotter	"
	1	Kögl	"
	1	Stark	"
	1	Austeda	"
	1	Roswitha	25.9.56
	1	Prowaznik	27.9.56
	1	Figdor	28.9.56
	1	Frau Frey	8.10.56
1		Jotzoff	12.10.56
1		Hampel	12.10.56
1		Offermann	"
	1	Okopenko	18.10.56
	1	Fritsch	26.10.56
	1	Leila Malchus	"
	1	Piper Verlag	31.10.56
	1	Robert	"
	1	Erich Fried	"
	1	Lachs	"
	1	Krejcik	"
	1	Mayer	"
	1	Martha Hoffmann	"
	1	Dir. Häuser	"
	1	Bisinger	"
	1	Lehrerbibliothek R4	12.11.56
	1	Häussler	16.11.56
	1	Neumayer	"
	1	Staudinger	21.11.56
	1	Lehrkörper GII	"
	1	Wohlgemut	28.11.56
	1	Dir. Josef Riedl	7.12.56
	1	Prof. Ficker	12.12.56
	1	Weigel	"
	1	Wieland Schmied	"
	1	Busta	"

Jandl organisiert den Versand der »Anderen Augen« an Freunde und Kollegen

1956 erscheint als Band 21 in der von Rudolf Felmayer herausgegebenen Reihe »Neue Dichtung aus Österreich« Jandls erster Gedichtband: »Andere Augen«. Jandl beteiligt sich sorgfältig an der Planung; in einem Buch bleiben die »Dinge die man selbst gemacht hat ... viel mehr da« als in jeder anderen Form der Publikation in Anthologien oder Zeitschriften. »Aber auch für andere bleiben sie viel mehr da wenn sie in Büchern sind ...« Auf Resonanz stößt er jedoch nicht: »beim berglandverlag hatte ich mein erstes Buch verlegt und futsch wars.« – Im Bergland Verlag erschien 1956 auch Friederike Mayröckers erstes Buch: »Larifari«, Prosa.

Roswitha und Ernst Jandl in Cambridge

Erich Fried, Ende der vierziger Jahre

1953 hält sich das Ehepaar Jandl in England auf: Roswitha Jandl als Lehrerin in Cambridge, Ernst Jandl als Lehrer an der »East Barnet Grammer School« in London. In London lernt er Erich Fried kennen, der ihm ein viel weniger harmloses Bild vom Dichter zeigt, als sich Jandl bisher zurechtgelegt hat. Er sah das Schreiben als Nebentätigkeit an, durch Fried findet er aber zu einer bedingungsloseren Haltung gegenüber dem Schreiben: Seine ganze Kraft soll und will er darauf verwenden. Und durch Frieds Gedichte sieht er sich in seiner als radikal geltenden Auffassung bestärkt, die Sprache in Gedichten nicht nur als Gegenstück zur erlebten Wirklichkeit zu nehmen, sondern sie als einen eigenen Faktor in das Schreiben mit einzubeziehen und mit der Sprache zu arbeiten. – In England dünnt sich Jandls Produktion aus. Weniger Gedichte als in dem euphorischen Jahr 1952 entstehen. Jandl lernt erstmals eine Eigenart seiner Produktivität kennen: Nach regem, starkem und inspiriertem Beginn nehmen seine Einfälle, sobald er eine Schreibmethode lang genug praktiziert hat, ab und erweisen sich als weniger tragfähig. In England, aus der Distanz zu seinem Wiener Alltag, beginnt er eines seiner wichtigsten, ein seine poetische Lage reflektierendes Gedicht zu schreiben: »Zeichen«. Dieses Gedicht, das für Jandl programmatisch schon deswegen wird, weil es am Anfang einer großen Zahl von Gedichten steht, in denen er im Gedicht über das Schreiben von Gedichten nachdenkt, beendet er erst zwei Jahre später: 1955. Von England aus setzt er auch seine Diskussionen über Literatur mit Andreas Okopenko fort. Ein Thema läßt ihnen keine Ruhe: Wieweit muß Sprache dem Transport von Inhalten unterstellt werden und wieweit soll sie sich davon entfernen und selber zum Thema werden?

Zeichen

Zerbrochen sind die harmonischen Krüge,
die Teller mit dem Griechengesicht,
die vergoldeten Köpfe der Klassiker –

aber der Ton und das Wasser drehen sich weiter
in den Hütten der Töpfer.

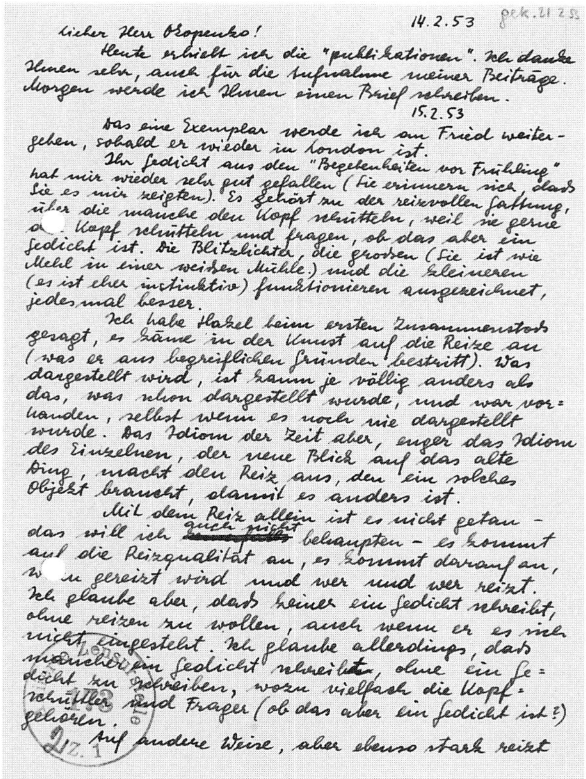

14.2.53 gek. 21 2 53

Lieber Herr Okopenko!

Heute erhielt ich die "publikationen". Ich danke Ihnen sehr, auch für die Aufnahme meiner Beiträge. Morgen werde ich Ihnen einen Brief schreiben.

15.2.53

Das eine Exemplar werde ich an Fried weitergeben, sobald er wieder in London ist.

Ihr Gedicht aus den "Begebenheiten vor Frühling" hat mir wieder sehr gut gefallen (Sie erinnern sich, daß Sie es mir zeigten). Es gehört zu der reizvollen Gattung, über die manche den Kopf schütteln, weil sie gerne d[…] Kopf schütteln und fragen, ob das aber ein Gedicht ist. Die Blitzlichter, die großen (Sie ist wie Mehl in einer weißen Mühle.) und die kleineren (es ist eher instinktiv) funktionieren ausgezeichnet, jedesmal besser.

Ich habe Hakel beim ersten Zusammenstoß gesagt, es käme in der Kunst auf die Reize an (was er aus begreiflichen Gründen bestritt). Was dargestellt wird, ist kaum je völlig anders als das, was schon dargestellt wurde, und war vorhanden, selbst wenn es noch nie dargestellt wurde. Das Idiom der Zeit aber, enger das Idiom des Einzelnen, der neue Blick auf das alte Ding, macht den Reiz aus, den ein solches Objekt braucht, damit es anders ist.

Mit dem Reiz allein ist es nicht getan – das will ich ~~[illegible]~~ auch nicht behaupten – es kommt auf die Reizqualität an, es kommt darauf an, w[…]n gereizt wird und wer und wer reizt. Ich glaube aber, daß keiner ein Gedicht schreibt, ohne reizen zu wollen, auch wenn er es sich nicht eingesteht. Ich glaube allerdings, daß mancher ein Gedicht schreibt, ohne ein Gedicht zu schreiben, wozu vielfach die Kopfschüttler und Frager (ob das aber ein Gedicht ist?) gehören.

Auf andere Weise, aber ebenso stark reizt

Brief an Andreas Okopenko aus England

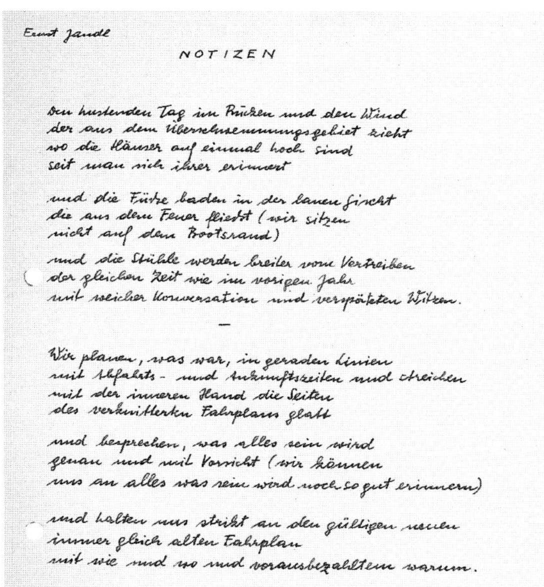

Ernst Jandl

NOTIZEN

den hustenden Tag im Rücken und den Wind
der aus dem Überschwemmungsgebiet zieht
wo die Häuser auf einmal hoch sind
seit man sich ihrer erinnert

und die Füße baden in der lauen Gischt
die aus dem Feuer fließt (wir sitzen
nicht auf dem Bootsrand)

und die Stühle werden breiter vom Vertreiben
der gleichen Zeit wie im vorigen Jahr
mit weicher Konversation und verspäteten Witzen.

—

Wir planen, was war, in geraden Linien
mit Abfahrts- und Ankunftszeiten und streichen
mit der inneren Hand die Seiten
des verknitterten Fahrplans glatt

und besprechen, was alles sein wird
genau und mit Vorsicht (wir können
uns an alles was sein wird noch so gut erinnern)

und halten uns strikt an den gültigen neuen
immer gleich alten Fahrplan
mit wie und wo und vorausbezahltem warum.

—

Notizen während des Englandaufenthalts

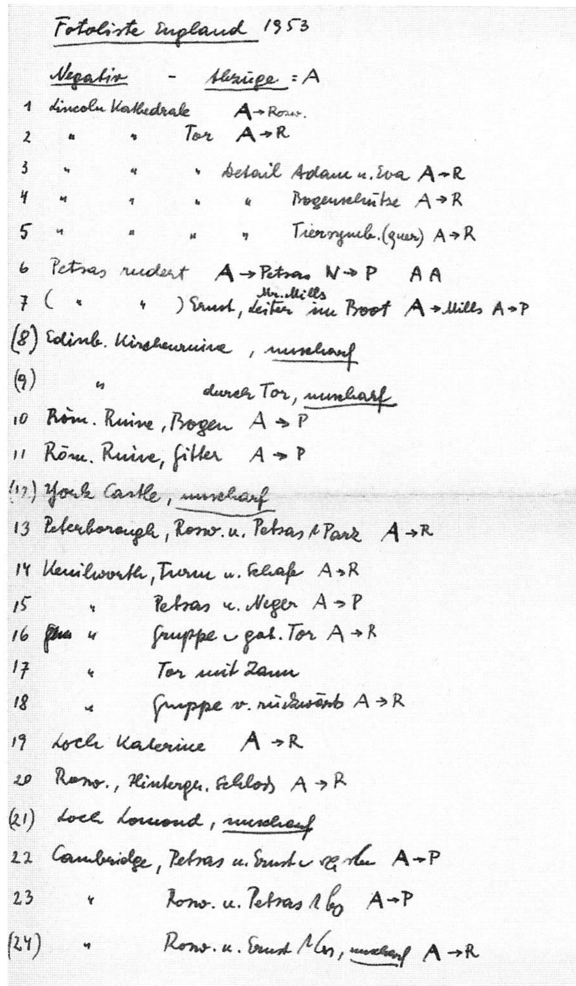

Fotoliste England 1953

Negativ – Abzüge = A

1 Lincoln Kathedrale A → Rosw.
2 " " Tor A → R
3 " " " Detail Adam u. Eva A → R
4 " " " " Bogenschütze A → R
5 " " " " Tiergruppe (quer) A → R
6 Petras rudert A → Petras N → P AA
7 (" ") Ernst, Leiter (Mr. Mills) im Boot A → Mills A → P
(8) Edinb. Kirchenruine, unscharf
(9) " durch Tor, unscharf
10 Röm. Ruine, Bogen A → P
11 Röm. Ruine, Gitter A → P
(12) York Castle, unscharf
13 Peterborough, Rosw. u. Petras [illegible] Park A → R
14 Kenilworth, Turm u. Schafe A → R
15 " Petras u. Neger A → P
16 ~~[illegible]~~ " Gruppe v. gal. Tor A → R
17 " Tor mit Zaun
18 " Gruppe v. rückwärts A → R
19 Loch Katerine A → R
20 Rosw., Hintergr. Schloß A → R
(21) Loch Lomond, unscharf
22 Cambridge, Petras u. Ernst [illegible] A → P
23 " Rosw. u. Petras [illegible] A → P
(24) " Rosw. u. Ernst [illegible], unscharf A → R

Nachbereitung des Englandaufenthalts

Friederike Mayröcker in Innsbruck 1954

1954, zurück in Wien, kommt Jandl durch die Vermittlung seines Freundes Franz Austeda an einem weniger konservativen Gymnasium (vierter Bezirk, Waltergasse) unter. Gedichte stellen sich kaum noch ein und wenn, fehlt ihnen die Kraft, die sie bisher ausgezeichnet hat. Eine Schreibperiode – die erste in Jandls noch jungem Autorenleben – geht mit langsam zurückweichender Produktion zu Ende. Vom 22.–30. Mai 1954 wird er zu den Jugendkulturwochen nach Innsbruck eingeladen. Dort trifft er erstmals Friederike Mayröcker, sie verbringen eine glückliche Woche miteinander. – Jandl hat das Bedürfnis, mit jemandem, der wie er schreibt, eine enge Verbindung einzugehen. Friederike Mayröcker besitzt unter den jungen Wiener Schriftstellern schon einen ausgezeichneten Ruf als Autorin. Sie hat bereits 1945 erste Gedichte in der Zeitschrift »Der Plan« neben Texten von Schriftstellerinnen wie Ilse Aichinger, Ingeborg Bachmann oder Christine Lavant veröffentlicht. Auch H. C. Artmann und Gerhard Rühm, die außer ihren Texten sonst nichts gelten ließen, verehren die Arbeiten Friederike Mayröckers. Eine höchstes Lob ausdrückende Redewendung unter den Avantgardisten lautet: »Gut wie Mayröcker«. – Das Schreiben sorgte schon für dauernde Unruhe, durch die Beziehung zu Friederike Mayröcker »kommt aber erst wirkliche Unruhe« in Jandls Leben. Die Ehe mit Roswitha kann und will Jandl nicht verteidigen.
Er verläßt die gemeinsame Wohnung, zieht in ein Untermietzimmer in der Öltzeltgasse, und setzt alles daran, daß auch Friederike Mayröcker sich aus ihrer Ehe löst und das gleiche unternimmt, was auch er vorhat: sich scheiden zu lassen.

auf dem Weg zum »Grünen Baum«

in einem Wiener Park

1960, »einer jener vielen Gasthausabende«, notiert Mayröcker auf der Rückseite des Fotos

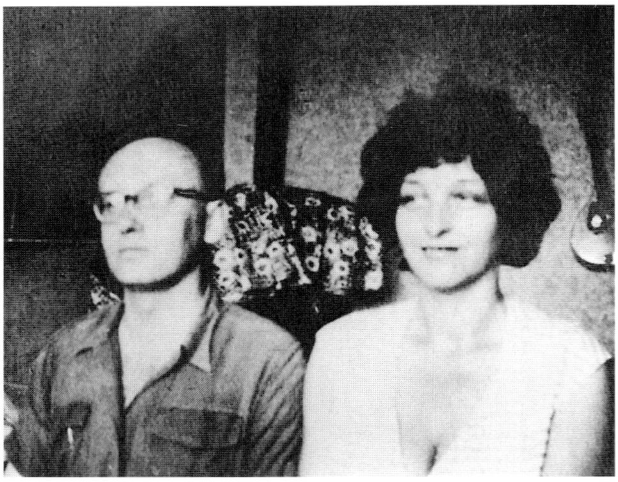

das Paar, Ende der fünfziger Jahre

2. März 1965, in Mayröckers Wohnung

Weihnachten 1964 mit Andreas Okopenko

Durch Friederike Mayröcker kommt Jandl in noch engeren Kontakt mit Autoren, die später zur Wiener Gruppe gezählt werden: wiederum mit H. C. Artmann, mit Gerhard Rühm, zu dem er eine spannungsreiche Beziehung entwickelt, später mit Oswald Wiener. In dieser Zeit gelingt es ihm, zum experimentellen Schreiben vorzudringen (siehe »Ernst Jandl und das Experiment«). – Das Zusammenleben der beiden Autoren Jandl und Mayröcker gestaltet sich schwierig. Jandl ist, nachdem beide Ehen geschieden sind, in die Wohnung von Mayröcker gezogen, die sie mit einer alten Tante bewohnt und findet dort Verhältnisse vor, die ihn stören: »Ich war es nicht gewohnt, in einem Proletenhaus (in einer Substandard-Wohnung) zu wohnen, was sich auf mein gesamtes Befinden auswirkte, und als diese Tante mit Magenblutungen ins Krankenhaus befördert wurde, habe ich Reißaus genommen.« Jandl versucht, das, was er zum Arbeiten braucht, eine »halbwegs geregelte Lebensweise«, wiederherzustellen; er zieht in die Untere Donaustraße in ein Untermietzimmer und bemüht sich, Friederike Mayröcker zu erklären, daß es ihm um die Erhaltung seiner Arbeitsfähigkeit geht, und er sich nicht von ihr entfernen möchte. Getrennt-gemeinsam setzen sie ihr Leben fort und diese Form des Zusammenlebens entwickelt sich für Jandl zur Konstante in seinem Leben und zu einer festen Grundlage, auf der er sein Schreiben fortsetzen kann. Noch aber, und das auf Jahre hinaus, wird dieses getrennt-gemeinsame Leben von beiden Autoren nicht als ihre Form des Zusammenseins, sondern als ein Provisorium angesehen. – Vormittags gehen Mayröcker und Jandl ihrem Beruf nach; nachmittags, wenn sich die Gelegenheit ergibt und trotz Schulverpflichtungen noch Zeit bleibt, schreiben sie. Die Abende verbringen sie nach Möglichkeit gemeinsam. Beide würden gerne ihre Zusammenarbeit ausdehnen – aber wie? 1957 entsteht zwar ein langes gedichtähnliches Gebilde mit dem Titel »gemeinschaftsarbeit«, eine Fortsetzung findet dieser erste Versuch zunächst jedoch nicht. Auch mit Okopenko bemühen sich Jandl und Mayröcker, zu einer gemeinsamen Arbeit zu finden, über erste Ansätze gehen diese Bemühungen ebenfalls nicht hinaus.

Beide Autoren sind von ihrem Typ her sehr unterschiedlich: Jandl legt in dieser Zeit großen Wert darauf, neue Ordnungen im formalen Aufbau seiner Gedichte zu finden, Mayröcker arbeitet assoziativ und in vielen Bezügen. Dennoch: Friederike Mayröcker wird zu seiner »literarischen Verbündeten«. Ihr und niemand anderem (»Gelegentliche Veränderungsvorschläge von anderen konnte ich oft nur mühsam verkraften.«) kann Jandl über die Jahre hinweg zeigen, woran er arbeitet. – 1960 gelingt es Jandl endlich, eine eigene kleine Wohnung in der Unteren Augartenstraße zu bekommen. (Die Lehrergehälter reichen gerade zum Überleben.) Er glaubt, damit sei das gemeinsame Wohnungsproblem zunächst gelöst. Aber: »Ich weiß noch, wie Friederike das erste Mal dahin gekommen ist, und ich erzählt habe, da hätten wir eine Wohnung, in der wir gemeinsam anfangen könnten, und falls wir ein Kind hätten, bekämen wir automatisch eine etwas größere – darauf sagte sie: Ich ziehe nie in diese Wohnung, und das hat sie auch getan.« 1966, nachdem von beiden Autoren jeweils deren zweites Buch erschienen ist (von seiner Wichtigkeit sahen sie es damals als ihr »Erstes« Buch an), fällt dann endgültig die Entscheidung, die Verhältnisse, in denen sie bisher gelebt haben, unangetastet zu lassen, und ihre gesamte Energie in neue Bücher zu stecken. Zusammen überlegen sie auch, ob sie einen »Gertrude-Stein-Preis« für junge Autoren schaffen wollen. Damit könnte nicht nur ein Signal gesetzt werden, die Arbeit von neuen Autoren zu fördern und ihnen bessere Startchancen einzuräumen als die, die sie vorgefunden haben. Für den ganz unwahrscheinlichen Fall, daß sie durch ihre literarischen Arbeiten mehr Geld verdienen sollten, als sie zu ihrem getrennt-gemeinsamen Leben benötigten, könnten diese Mittel entsprechend ihrer Lebensentscheidung, ihre Kraft in den Dienst an der Literatur zu stellen, anderen Autoren und damit der Literatur wiederum zugute kommen. – Jandl beteiligt Mayröcker an allen wichtigen literarischen Entscheidungen, die er trifft, auch wenn er sich nicht in allen Fällen Mayröckers Ansicht anschließt. Für den Gedichtband »dingfest« hatte er ursprünglich den Titel »die schleuderbahn« vorgesehen, den Mayröcker unrettbar antiquiert fand.

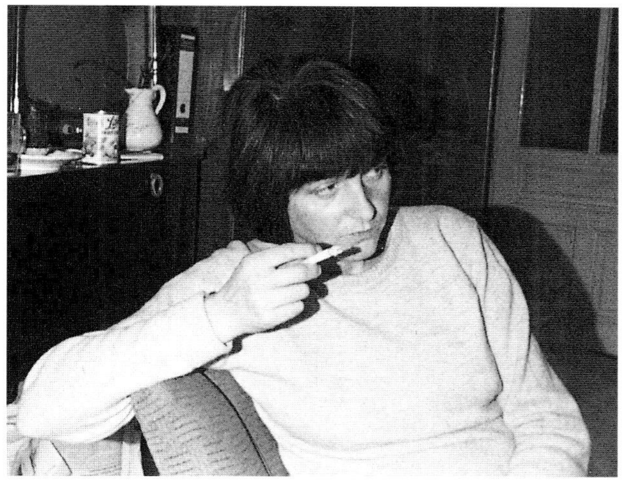

2. März 1965

2. Januar 1964

26. März 1969 in Jandls Wohnung

1970 schickt Jandl Fotografien aus Berlin an Friederike Mayröcker

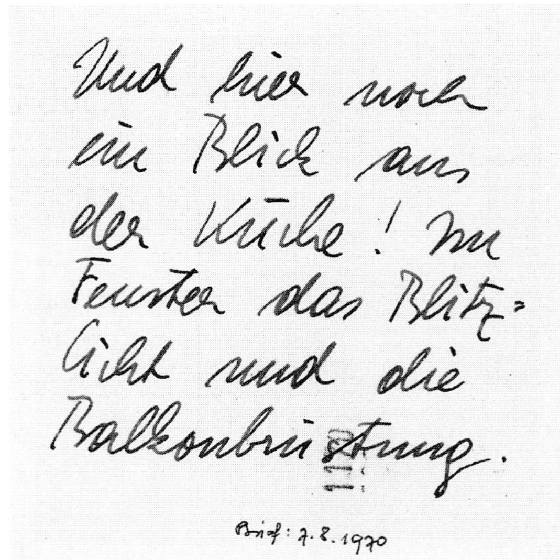

Und hier noch ein Blick aus der Küche! Im Fenster das Blitzlicht und die Balkonbrüstung.

Brief: 7.8.1970

auf der Rückseite schreibt er, wo er sich gerade aufhält

Über kein Werk eines anderen Autors hat Jandl mehr geschrieben und sich grundlegender geäußert als über Mayröckers Werk. Er bewundert dessen poetische Kraft und Höhe, der Duktus in seinen Aufsätzen ist jedoch streng sachlich gehalten. Jandl über die Gedichte, die Friederike Mayröcker für ihn so überaus attraktiv gemacht haben: »Von 1945 bis 1950 schrieb Friederike Mayröcker Gedichte in freien Versen, Reime verwendete sie selten, fixierte Vers-Schemata vermied sie.« – Er schreibt diese Aufsätze aus dem Respekt für dieses anders geartete Werk und aus dem Wissen, daß dessen Ton eine Höhe hat, den er selber nicht erreichen kann und den er sich auch gar nicht abpressen möchte, denn zwingen müßte er sich zu diesem Ton in jedem Fall. Seine Gedichte sind einfacher, aber von gleicher Gültigkeit.

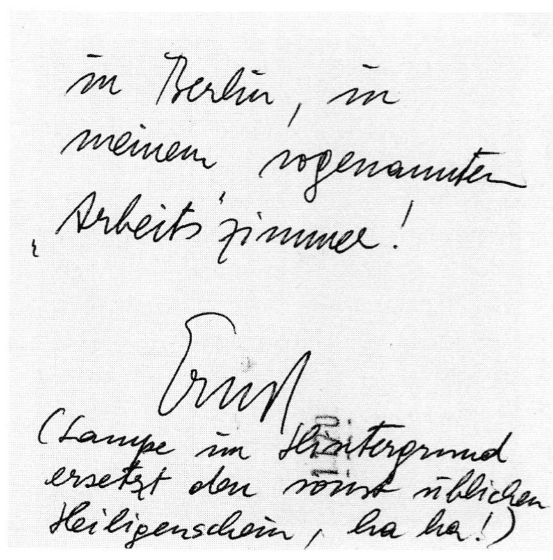

in Berlin, in meinem sogenannten „Arbeitszimmer"!

Ernst

(Lampe im Hintergrund ersetzt den sonst üblichen Heiligenschein, ha ha!)

mit Friederike Mayröcker zusammen in Berlin

1970 übersiedelt Jandl für ein Jahr nach Berlin, er hat durch das »Berliner Künstler Programm« ein Stipendium von zwölf Monaten Laufzeit zugesprochen bekommen. Mit diesem Stipendium können er und Friederike Mayröcker ihre literarische Arbeit fortsetzen, ohne zurück an die Schule zu müssen und wieder als Lehrer zu arbeiten. – 1970 wird Jandl zum Mitglied der Berliner Akademie der Künste ernannt. 1973 erhält Mayröcker ein Stipendium, sie und Jandl verbringen wieder gemeinsame sechs Monate in Berlin.
Mayröcker über Jandl:
»Er kann immer nur eine Sache auf einmal machen; wenn er eine Briefmarke aufklebt, dann klebt er nur diese Briefmarke auf. Und ich glaube, daß er immer auch nur an eine Sache denkt.«
»Blumen in seinem Zimmer liebt er so sehr, dasz er sie bis zum äußersten Verwesungszustand im Glase beläszt ...«
»In jüngster Zeit lacht er selten ...«
In Mayröckers Erinnerung beginnen sich Jandls Depressionen erstmals in Berlin zu zeigen: »Eines Nachts saß er weinend am Küchentisch ...«

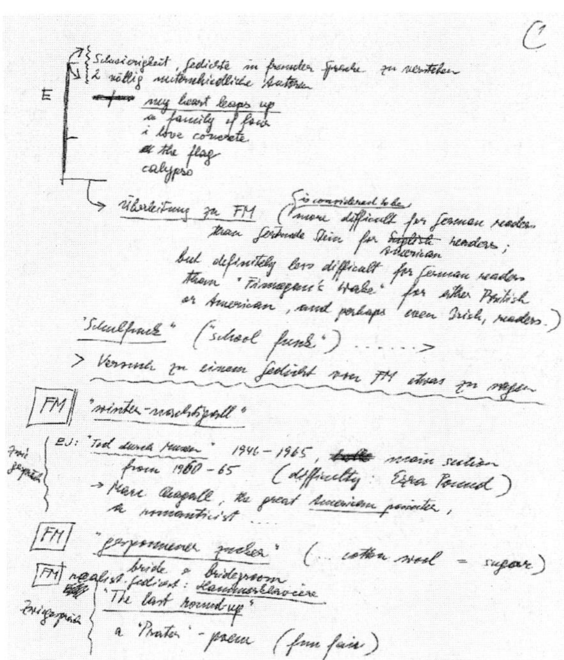

C1
E
Schwierigkeit, Gedichte in fremder Sprache zu verstehen
2 völlig unterschiedliche Autoren
my heart leaps up
a family of four
i love concrete
the flag
calypso
> Überleitung zu FM (is considered to be more difficult for German readers than Gertrude Stein for American readers; but definitely less difficult for German readers than "Finnegans Wake" for either British or American, and perhaps even Irish, readers.)
"Schulfreund" ("school friend") ......>
> Versuch zu einem Gedicht von FM etwas zu sagen
FM "winter-nachtigall"
EJ: "Tod durch Musik" 1946–1965, main section from 1960–65 (difficulty: Ezra Pound)
-> Marc Chagall, the great American painter, a romanticist ...
FM "(... cotton wool = sugar)
FM realist. Gedicht: bride & bridegroom
"The last round-up"
a "Prater"-poem (fun fair)
FM "the last round-up"

Notizen zu Jandls »Erstem fragmentarischen Ansatz zu einem Text über Friederike Mayröckers Gedicht ›Winter-Nachtigall‹«

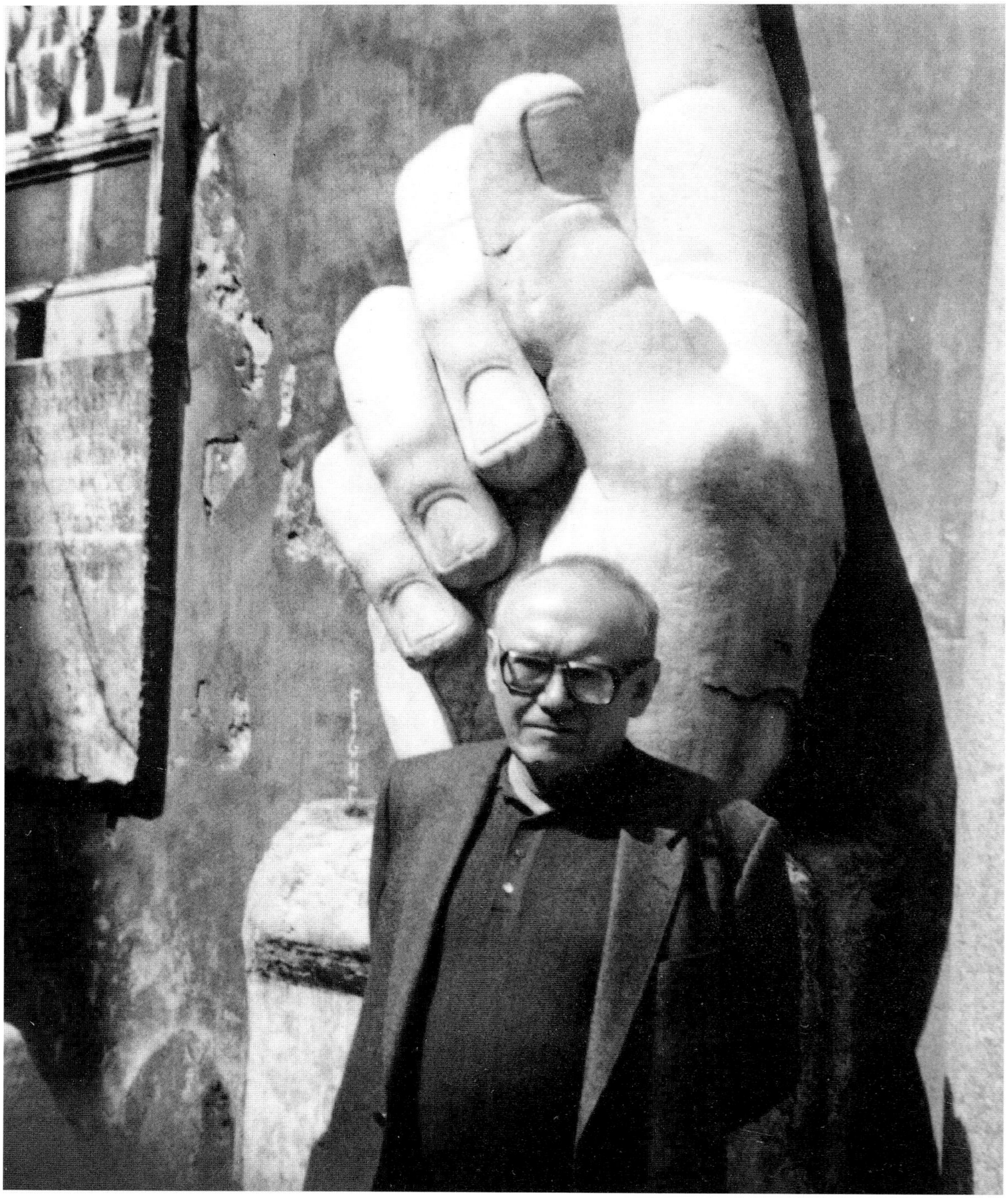

in Rom während der Vortragsreise 1982

Jandl und Mayröcker unternehmen im Auftrag des Ministeriums für Unterricht und Kunst 1972 eine Vortragsreise durch die USA. An dreizehn Universitäten lesen und diskutieren sie. 1978 fahren sie zusammen in die Sowjetunion, 1981 führt sie eine Vortragsreise durch Frankreich und an das Österreichische Kulturinstitut nach Paris. 1982 reisen sie durch Italien und tragen aus ihren Werken vor.

1969 in Rohrmoos, Vorderseite einer Postkarte

Eine Konstante im Leben von Mayröcker und Jandl sind die gemeinsamen Landaufenthalte. Seit 1971 fahren sie gerne nach Rohrmoos / Steiermark und geben für die Zeit ihres Aufenthalts dort (mindestens ein Monat) ihr getrennt-gemeinsames Leben auf und wohnen zusammen. – Jandl besteht zu der Zeit auf einem Ferienhaus, das abseits von allen anderen Urlaubsquartieren gelegen ist, und er findet – Freunde helfen – ein passendes Haus. Manchmal kommen Bekannte zu Besuch; diese Ferienzeit will Jandl dazu nutzen, sich anregen zu lassen und auf neue Möglichkeiten zum Schreiben von Gedichten zu stoßen. Neben Jandl setzt Mayröcker in diesen Sommerwochen ihre Arbeit nicht fort.

Rückseite der Postkarte an den Vater

vor dem Haus in Rohrmoos, 1972

Friederike Mayröcker, Rohrmoos 1975

rohrmoos, der ort, zieht durch mein leben sich
als sommer, deren jeder keinem glich

rohrmoos, der ort, zieht durch mein leben sich
als sommer, deren jeder jedem glich

rohrmoos, der ort, zieht durch mein leben sich
als sommer, deren jeder keinem glich
obgleich vergleichbar bleibt, daß immer sie und ich
nie einer einzeln nach rohrmoos entwich
vor sommer in der stadt

vor einem sommer nämlich, tief in wien, der mich
nie wirklich schreckt; sie aber, flehentlich
streckt ihre arme bis ans meer,
winkt nach der adria bereits im mai, worauf versehentlich
ein dachsteinlied aus meiner kehle strich

Die gemeinsamen Sommeraufenthalte hinterlassen eine Spur in Jandls Werk. In den Jahren 1982–1985 entstehen Bruchstücke, die, zusammengefaßt unter dem Titel »skizzen aus rohrmoos« in den Gedichtband »idyllen« (1989) aufgenommen werden.
Jandl: »... Rohrmoos, mein und Friederike Mayröckers steiermärkisches Sommerglück, füllte die Jahre 1982 bis 1984 mit Naturpoesie.« 1978 schreibt Jandl: »daß das erzeugen von poesie allmählich in den mittelpunkt unserer leben rückte, bewirkten friederike mayröcker und ich seit dem beginn unserer freundschaft aneinander gegenseitig.«

das Paar 1978

er: es sei
knapp nach acht erst (sie gähnt)
und sie scheine müde

sie: ein drang zu gähnen
doch kein zeichen
für müdigkeit

er: daß sie zeitlich
nie
koordination gefunden hätten

sie: wann denn nun
eigentlich seine
beste arbeitszeit sei

er: daß sie das
nach all den jahren
noch nicht wisse

sie: sie vermute ja
abends vielleicht
doch wenn er dann getrunken habe

er: er selbst
könne keine bestimmte
zeit angeben

sie: sie wolle ja
alles bloß
rücksichtsvoll tun

er: daß rücksicht
das bewußtsein davon
ein hindernis sei

sie: sie verstehe es
aber schließlich
lasse er ihr auch ihre zeit

in einem weiteren Ferienquartier, Schladming 1981, schreibend

Jandl und Mayröckers Werke streben eher weiter auseinander, als daß sie sich im Lauf ihrer langen Freundschaft aufeinander zubewegen würden. Jandl schätzt ungebrochen beste Unterhaltungskunst und populäre Musik, für nichts davon kann sich Mayröcker nachhaltig begeistern. In seinen Äußerungen zu ihrem Werk beginnt er aber die Eigenart seiner eigenen Gedichte genau zu sehen und, was er bis dahin noch nicht gemacht hat, sie im Kontrast auch präzise zu beschreiben. Jandl: »friederike mayröcker, von so vornehmen geistern wie bach und hölderlin angeführt, hat in ihrer kunst eine glorreiche höhe erklommen. mein sinn, in richtung einer aufgeklärten massenkultur, konnte sich gleichermaßen durchsetzen. so ergänzen wir einander liebevoll und mit respekt.«

in Puchberg, zusammen mit Friederike Mayröckers Mutter; Jandl: »Puchberg gehört zu meinem Mayröcker-Syndrom.«

Die Urlaubsorte wechseln, die Hoffnung, daß dort neue Gedichte entstehen, verbindet sie zu einer durch die Jahre sich windenden Kette. Und diese Hoffnung macht sich Jandl keineswegs umsonst. »mitte august 1991, während eines vom 2. August bis 1. September dauernden urlaubs in puchberg am schneeberg in niederösterreich, gelang es mir unversehens, einen motor anzuwerfen, der für eine gewisse zeit eine kontinuierlich rapide gedichtproduktion ermöglichte ...« Nach 1952 und 1957 erlebte Jandl in seinem Schriftstellerleben zum dritten Mal das massive Hereinbrechen einer Flut von Gedichten. In gut vier Wochen entsteht der Gedichtband »stanzen«. Ein Kreis schließt sich mit diesen Gedichten in Jandls Leben. Während dieser Ferien (»wohin Friederike Mayröcker ihrer verwitweten Mutter gefolgt war, um ihr die Tage zu versüßen, so daß es für mich keine Alternative zu meinem Aufenthalt dort gab«) kommen ihm Landaufenthalte während seiner Kindheit in den Sinn, und er erinnert sich an eine Versform, die er damals zum ersten Mal gehört hat: stanzen, die er »auf bauernfestlichkeiten kennen(lernte) und ... sie nicht wieder« vergaß. Allerdings muß er zu dieser Region seines Gedächtnisses erst wieder vordringen.

Mayröcker und Jandl, Mitte der neunziger Jahre in Jandls Wohnung

Jandl: »unser leben ist, seit vierzig jahren, ein gemeinsames, ohne eine gemeinsame wohnung, und ohne kochtopf. der turbulente anfang wich alsbald einer bis heute anhaltenden ereignislosigkeit, ohne idylle. unbemerkbarkeit gab uns durch jahrzehnte die graue lehrerhülle, deren wir uns endlich, zögernd, entledigten. unbemerkbar, in vielerlei form, sind wir geblieben. kunst allerdings läßt sich nur bewerkstelligen mit dem anspruch, vor allem an einen selbst, auf einen ersten platz, erreichbar, wenn überhaupt, so nur durch unermüdliche arbeit, durch auseinandersetzung und kampf.«

Wie fragwürdig der Begriff »Experiment« auch sein mag, um die Texte näher zu beschreiben, die seit 1957 von Jandl stammen – die Vorstellung, daß Jandl ein experimenteller Schriftsteller sei, hat sein Bild in der Öffentlichkeit ganz entscheidend geprägt. Das hängt damit zusammen, daß er mit seinen Sprechgedichten weit über den kleinen Kreis von Lyrikkennern hinaus bekannt wurde. Aber wer Jandl nicht vom verspäteten zweiten Start seiner literarischen Biographie verfolgt hat, für den besitzt das Wort »experimentell« dennoch etwas außerordentlich Einleuchtendes. Selbst von formal unauffälligen Gedichten wird dieser Eindruck geweckt, der zumindest insofern nicht in die Irre führt, als auch in diesen Versen Jandls erschüttertes Vertrauen in traditionelle Gedichtformen zu spüren ist, das alle seine Gedichte kennzeichnet, gleichgültig wie weit weg sie sich von konventionellen Formen bewegen bzw. wie nahe sie traditioneller Lyrik kommen. Mit den Experimenten ab 1956 entdeckt Jandl für sich die Freiheit, sich der Formen zu bedienen, die er für angemessen hält: Entweder die Sprache in ihre Einzelteile zu zerlegen und mit Silben, Buchstaben und Lauten zu arbeiten oder konventionellere Formen zu verwenden, da er davon überzeugt ist, daß er nur auf diesem Weg zu dem angestrebten Gedicht gelangt. Nur ein Kriterium zählt für ihn: Das Ausdrucks-Experiment, das jedes Gedicht für ihn in seinem Kern darstellt, soll zu einem guten Ende gebracht werden. Alle anderen Überlegungen (und im Grunde selbst das Denken in einem Begriffspaar wie Experiment / Konvention) haben sich dem unterzuordnen.

Ernst Jandl und das Experiment

j: xxxxxxx in welchen sachen du eine verwandtschaft zwischen mir und hakel siehst.

o: es ist sehr schwer zu sagen. xxxxx nicht ernsthaft behauptet. ich weiss nur dass der hakel dir sympathie entgegenbringt, und zwar hauptsächlich deinen gedichten /soll heissen:"denjenigen deiner gedichte"/, die kurz und minder-atmosphärisch sind und möglichst allgemein gültig und allgemein verständlich wie dieses gedicht von den zeichen da wo möglichst wenig assoziationen hineinspielen sondern wo abstrakte sachen gezeigt werden und wo die substantiva keinen hier-und-nun-Wert haben sondern einen exemplarischen wert. du schreibst ja auch gedichte in dieser art und zu fritsch sagtest du, dass du ganz bewusst auf atmosphäre verzichtest und xxxxxx /wenig übrig hast für Atmosphäre und/ für das einmalige eines augenblickes und es gibt leute, die hakel sympathisch sind und die auch mit solchen pseudokonkreten substantiven arbeiten, fischer polakovics und hakel auch, obwohl hakel auch auf verschiedene andere weise noch gebunden ist, metrisch... und, ich glaube, auch an gewisse logische traditionen. xxxxx eine gewisse verwandtschaft da, wenn du schreibst, "zerbrochen sind die harmonischen krüge" /und so weiter zitiert/ und wenn der polakovics in seinen gedichten zum beispiel schreibt: "dann lebst du fort in baum, gesetz und kind". weil dort steht baum gesetz und kind genau nur so illustrativ zu seiner theorie da wie der ton und das wasser nur als illustration für geschichtliche abläufe beziehungsweise zeitlose verhalte steht. obwohl du nie eine gewisse grenze der konkretheit unterschreitest. du bleibst immer noch sehr konkret und noch sehr dem speziellen verhaftet. ausserdem eine gewisse, sagen wir, ironie und lässigkeit und das fehlen dieser feierlichkeit und dieses absoluten reinheitsfimmels der sprache, das sind auch erscheinungen an dir, die dich in angenehmer weise von den hakelianern unterscheiden. – das ist das spärliche gemeinsame zwischen euch und das trennende, soweit ichs momentan überblicken kann. diese auf zeitlosigkeit hin gearbeiteten gedichte sind vielleicht der wichtigste punkt, in dem mir xxxxxxxxxxxx./mein/ gefühl xxxxx /dass ihr verwandt seid/ kommt dorther.
ich glaube nicht, dass du bewusst auf zeitlosigkeit arbeitest, dass du wie kiessling mit absicht nur solche gedichte schreiben willst, die von allem speziellen so gereinigt sind, dass sie absolut zeitlos bleiben, das halt ich nämlich ehrlich gesagt, für ein bisserl ein unfaires spiel.

–

Kommentar am 17 4 55 Abend: Diese Niederschrift erfolgte zuerst stenographisch. Niedergeschrieben wurden Teile eines Gespräches, wobei einzelne Sätze und Worte verlorengegangen sind, aber keine ungesprochenen eingeflickt wurden. Auch die Wortfolge des Gespräches und die Zeichensetzung des Stenogramms wurden nicht verändert. Einen Teil der Auslassungen, der mir bewusst ist, habe ich mit "xxxxxxx" bezeichnet. "..." bedeutet hingegen eine Pause im Sprechen, an die ich mich genau erinnere. Klammerausdrücke sind heute-hinzugefügte Ergänzungen.
Man müsste Protokolle wie diese als Skelett für Zweit- und Dritt-Aufzeichnungen verwenden, die man vornimmt, indem man das Tonband an fraglichen Stellen ein zweites oder drittes Mal ablaufen lässt. Weitere Aufzeichnungen könnten schon die Pausen, den Tonfall usw. berücksichtigen.

Auszug aus der Nachschrift einer Diskussion, die Jandl mit Andreas Okopenko führte

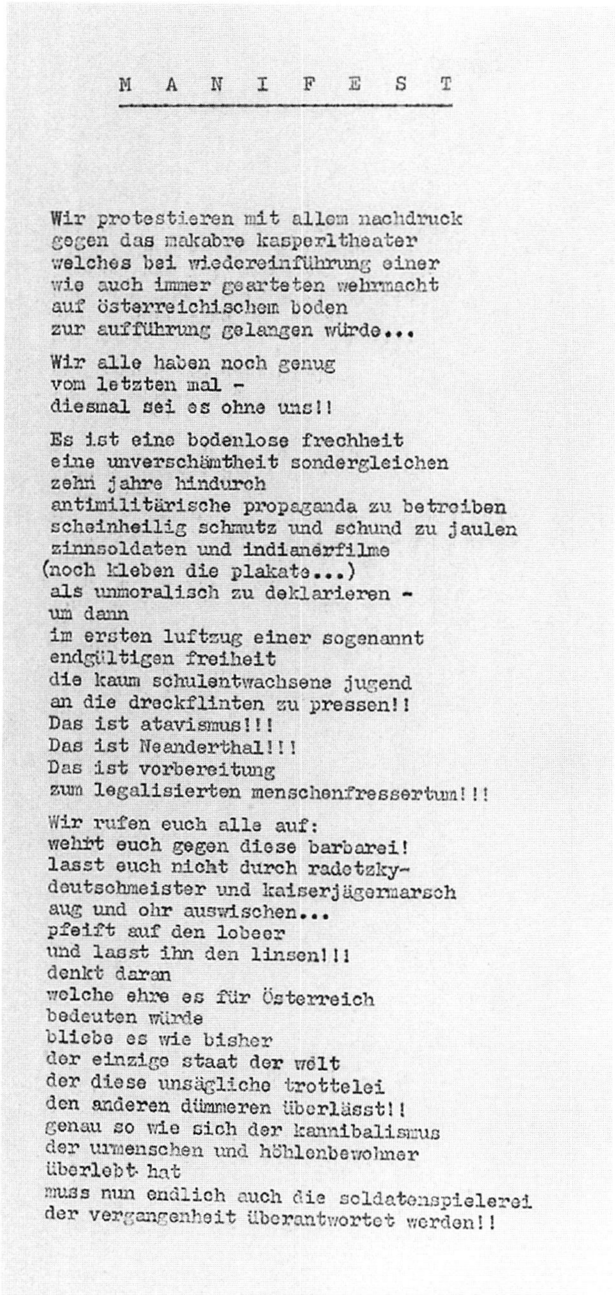

M A N I F E S T

Wir protestieren mit allem nachdruck
gegen das makabre kasperltheater
welches bei wiedereinführung einer
wie auch immer gearteten wehrmacht
auf österreichischem boden
zur aufführung gelangen würde...

Wir alle haben noch genug
vom letzten mal -
diesmal sei es ohne uns!!

Es ist eine bodenlose frechheit
eine unverschämtheit sondergleichen
zehn jahre hindurch
antimilitärische propaganda zu betreiben
scheinheilig schmutz und schund zu jaulen
zinnsoldaten und indianerfilme
(noch kleben die plakate...)
als unmoralisch zu deklarieren -
um dann
im ersten luftzug einer sogenannt
endgültigen freiheit
die kaum schulentwachsene jugend
an die dreckflinten zu pressen!!
Das ist atavismus!!!
Das ist Neanderthal!!!
Das ist vorbereitung
zum legalisierten menschenfressertum!!!

Wir rufen euch alle auf:
wehrt euch gegen diese barbarei!
lasst euch nicht durch radetzky-
deutschmeister und kaiserjägermarsch
aug und ohr auswischen...
pfeift auf den lobeer
und lasst ihn den linsen!!!
denkt daran
welche ehre es für Österreich
bedeuten würde
bliebe es wie bisher
der einzige staat der welt
der diese unsägliche trottelei
den anderen dümmeren überlässt!!
genau so wie sich der kannibalismus
der urmenschen und höhlenbewohner
überlebt hat
muss nun endlich auch die soldatenspielerei
der vergangenheit überantwortet werden!!

Manifest gegen die Wiederbewaffnung 1955

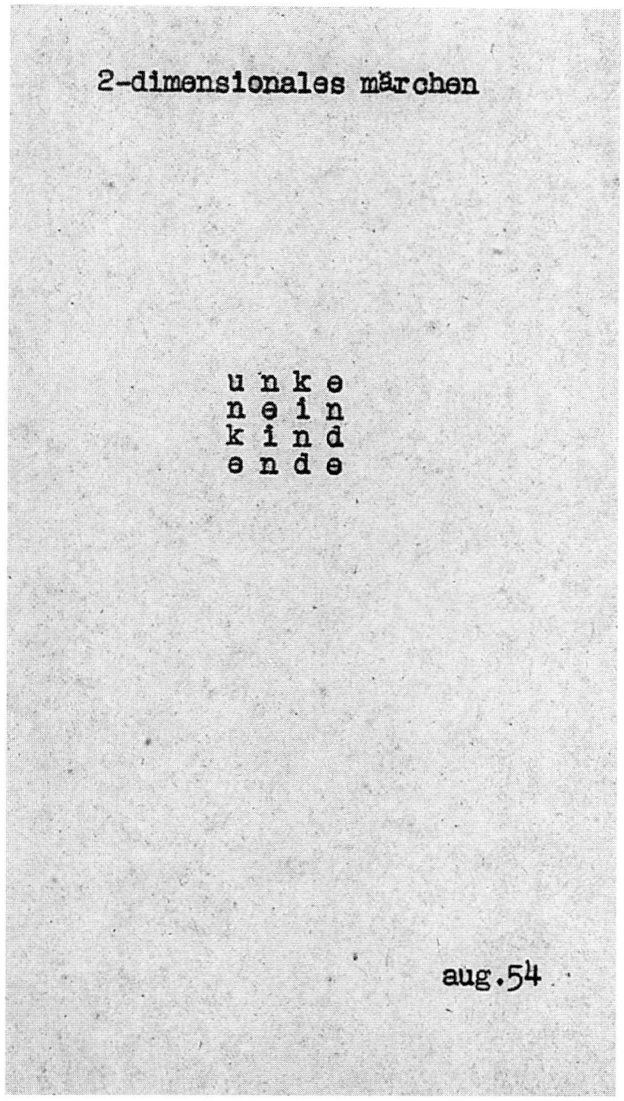

2-dimensionales märchen

u n k e
n e i n
k i n d
e n d e

aug.54

Gerhard Rühm, 2-dimensionales märchen, 1954

In Diskussionen über Literatur wird unter den jungen Autoren im Nachkriegs-Wien eine Basis für neue Gedichte gesucht. Und neu sollen die Gedichte sein, die sie schreiben möchten, schon weil ihnen »die politische Lage Österreichs festgefroren und von Menschen, die keine Atombombe besaßen, nicht beeinflußbar« (Okopenko) erscheint. Eine der umstrittenen Fragen: Wie weit darf bzw. soll sich die Auseinandersetzung mit Sprache im Gedicht von ihren Inhalten entfernen? Die jungen Autoren machen beides: Sie protestieren und schreiben, beides aber strikt voneinander getrennt.

Jandls Belegexemplar der Zeitschrift »alpha«

In dieser Zeitschrift hat Jandl sein Gedicht »Zehn-Jahre-Pamphlet« veröffentlicht und ist darin auf Gedichte von Eugen Gomringer gestoßen. Seine eigene Produktion von Gedichten stockt spätestens seit 1955. Uneingelöst bleibt bisher auch sein Wunsch, mit eigenen Gedichten Anschluß an Expressionismus und Dadaismus zu finden und diese Schreibweisen auf eigene Art fortzusetzen. Gomringers Gedichte zeigen ihm, daß »in sparsamen Versen, gereiht und flächig angeordnet« an diese Tradition angeknüpft werden kann und »ruhiger und besonnener, als dies im Expressionismus geschah«, Gedichte sich schreiben lassen, die sich auf der Höhe der neuen Zeit befinden.

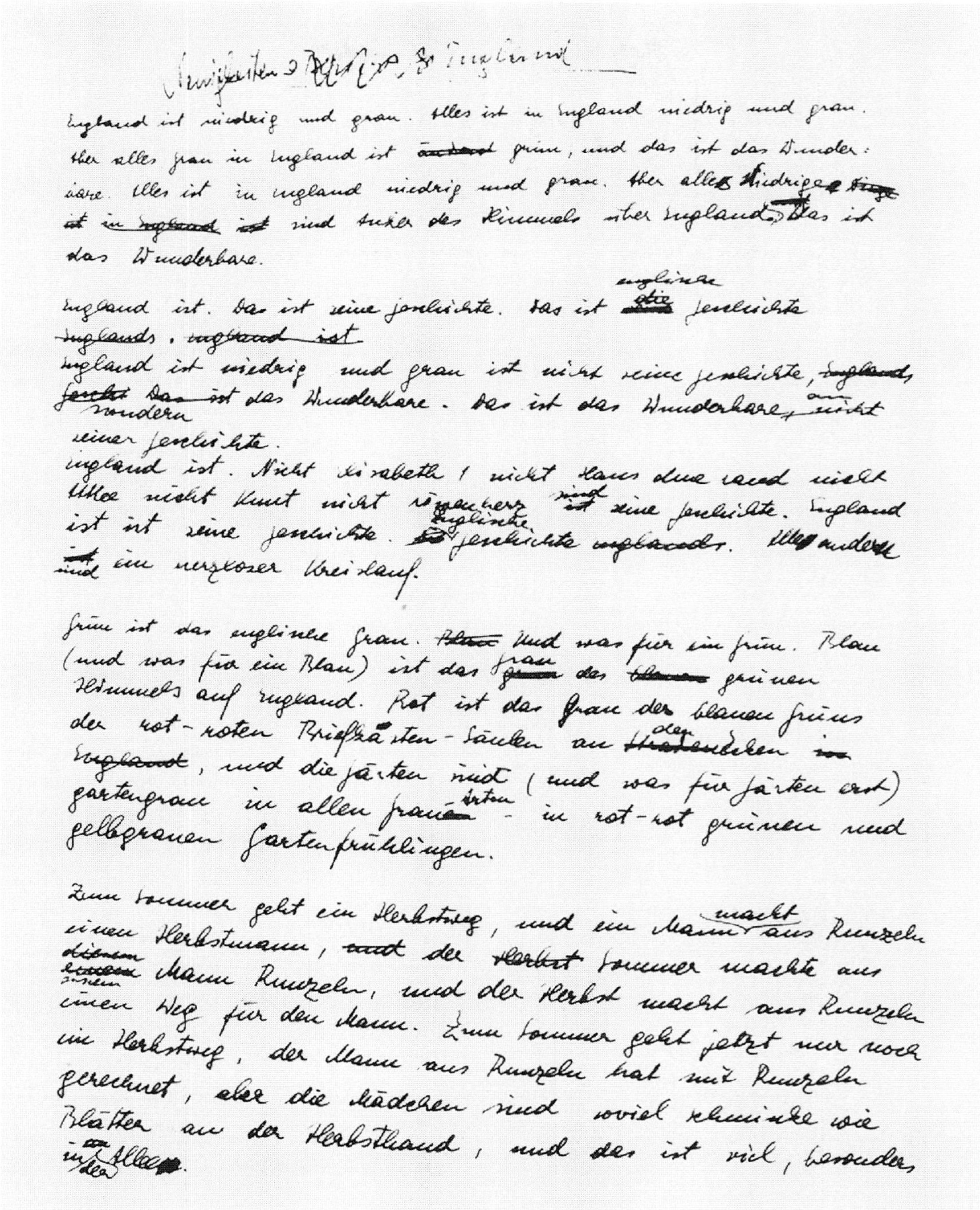

[illegible]

england ist niedrig und grau. alles ist in england niedrig und grau.
aber alles grau in england ist grün, und das ist das Wunder-
bare. alles ist in england niedrig und grau. aber alles niedrige
ist in england ist sind unter des Himmels über england, das ist
das Wunderbare.

england ist. das ist eine geschichte. das ist die englische geschichte
englands, england ist.
england ist niedrig und grau ist nicht eine geschichte, england,
sondern das ist das Wunderbare. das ist das Wunderbare, nicht
einer geschichte.
england ist. Nicht elisabeth, nicht hans dune und nicht
Alles nicht Kunst nicht rosenberg sind eine geschichte. england
ist ist eine geschichte. englische geschichte englands. Alles andere
ist ein nutzloser Kreislauf.

grün ist das englische grau. Blau und was für ein grün. Blau
(und was für ein Blau) ist das grau des blauen grünen
Himmels auf england. Rot ist das grau der blauen grüns
der rot-roten Briefkästen-Säulen an den Straßenecken in
england, und die gärten sind (und was für gärten erst)
gartengrau in allen grauen gärten in rot-rot grünen und
gelbgrauen Gartenfrühlingen.

Zum sommer geht ein Herbstweg, und ein Mann macht aus Runzeln
einen Herbstmann, und der Herbst sommer macht aus
diesem Mann Runzeln, und der Herbst macht aus Runzeln
einen Weg für den Mann. Zum sommer geht jetzt nur noch
ein Herbstweg, der Mann aus Runzeln hat mit Runzeln
gerechnet, aber die Mädchen sind soviel schminke wie
Blätter an der Herbstwand, und das ist viel, besonders
in Alleen.

Auszug aus dem Manuskript »prosa aus der flüstergalerie«

Im März 1956 gelingt es Jandl mit dem eigenen Schreiben – endlich – an seine frühen Gertrude-Stein-Lektüren anzuknüpfen und auf dem ihm fremden Gebiet der Prosa erstmals zu entdecken, wie er radikalere Schreibmethoden realisieren kann.

Gerhard Rühm

Hans Carl Artmann

In der Wohnung von Friederike Mayröcker trifft Jandl Gerhard Rühm wieder – beide hatte er während der Jugendkulturwochen 1954 in Innsbruck kennengelernt – und Hans Carl Artmann. Sie alle verbindet ihr unbedingter Einsatz für Literatur und ihre entschiedene Ablehnung der österreichischen Nachkriegsliteratur. Bei den regelmäßigen Treffen diskutieren sie ihre literarischen Arbeiten. Auch Jandl macht mit, obwohl es ihm nicht leichtfällt, über seine Gedichte, solange sie nur als Manuskript vorliegen und noch ungedruckt sind, zu sprechen – eine Scheu, die er nur bei Okopenko in den frühen fünfziger Jahren und bei Friederike Mayröcker ablegen kann. Sein »deutsches gedicht« wird von Rühm zunächst schroff abgelehnt: Es greife politische Verhältnisse auf und genüge damit ihren ästhetisch radikalen Ansprüchen nicht. Politik in der Literatur galt als literaturvereitelnd. – Weihnachten 1956 ist Jandls Band »Andere Augen« erschienen. Artmann: »Das war zu bieder.« Außerdem enthält dieser Band wiederum Gedichte, die sich politischen Themen nicht verschließen, was Rühm an dem »deutschen gedicht« schon mißfiel. Auch Artmann hat darin eine dezidierte Meinung: Für die neuen Freunde mußte dieses Buch als ein Rückfall in einen Konservativismus erscheinen, den sie (für sich) als längst überwunden glaubten. Entsprechend fallen die Reaktionen auf das Buch aus. Artmann: »So was hat man einfach nicht gemacht. Wir waren österreichische Schriftsteller mit anarchischer Prägung, und Jandl war immer anders.«

Oswald Wiener, Konrad Bayer, H. C. Artmann

An den Gemeinschaftsproduktionen der Autoren, die später zur Wiener Gruppe gerechnet werden, nimmt Jandl nicht teil. Deren grundlegende Überzeugung, daß die Mehrheit der Österreicher gegen die nazistische Kriegspolitik, aber eine Minderheit nur gegen deren Kulturpolitik etwas einzuwenden gehabt habe, teilt er. Jandl formuliert sogar noch schärfer: Ein Gedicht, das seinen Autor wegen seiner Form nicht ins KZ gebracht habe, besitze für ihn keinen Wert. – Dennoch: Es gibt Unterschiede in der Mentalität. Artmann: »Okopenko und vor allem Jandl fehlt es an Humor. Außerdem: Ein Bohemien ist er nie gewesen, schon kleidungsmäßig hat er sich von Art-Clubianern unterschieden.« Jandl in Sakko und Krawatte konnte da nicht mithalten und legte es auch nicht darauf an, in diesem Kreis regelmäßig zu verkehren und zum Mitschreiben eingeladen zu werden.

Experimentelle Dichtung

Einige junge österreichische Autoren haben sich wieder zusammengeschlossen, um an Samstagen im Klubsaal der Wiener Urania aus ihren Werken zu lesen. Es handelt sich dabei um Versuche formaler und sprachlicher Art, die — wie schon der Titel der Serie, „Experimentelle Dichtung", andeutet — keinen Anspruch auf volle Gültigkeit erheben, sondern neue Wege für die Dichtung suchen und finden wollen.

Es lesen am 19. Oktober H. C. Artmann und Gerhard Rühm, am 16. November Friederike Mayröcker und Ernst Jandl, am 14. Dezember Ernst Kein und Andreas Okopenko sowie am 18. Jänner Friedrich Achleitner, René Altmann und Conrad Bayer. Die Abende werden gemeinsam mit der Urania veranstaltet und beginnen jeweils um 19.30 Uhr.

Ankündigung einer Lesung in der Presse

Ab Frühjahr 1957 gelingen Jandl Gedichte, die seinem radikalen Anspruch an Poesie endlich gewachsen sind. Er stellt den Anschluß an eine Literatur wieder her, deren Fortentwicklung von den Nazis gestoppt worden war, und führt sie weiter. Nach mehr oder weniger zwei Jahren Pause entsteht Gedicht nach Gedicht, es kommt zu einer regelrechten Schreibexplosion, dem zweiten Höhepunkt in Jandls Autorenkarriere. Welche Sprengkraft in diesen neuen Gedichten liegt, ahnt er nicht. Er hatte sich mit dem Bau von Gedichten beschäftigt – und mit nichts anderem. Die Publikation dieser Gedichte belehrt ihn eines anderen. Ein Entrüstungssturm bricht los, wie ihn keiner der anderen Autoren in Jandls Alter auch nur in Ansätzen ausgelöst hat und über sich ergehen lassen muß. Viele hätten ihn am liebsten außer Landes gewünscht. Daß er sich der üblichen Syntax und dem konventionalisierten Wortgebrauch verweigert, wird als kulturelle Provokation sondergleichen angesehen, und daß sich diese Entgleisungen zudem noch ein Lehrer im Fach Deutsch erlaubt, bringt die Gegner seiner Gedichte vollends gegen ihn auf. Auch Rudolf Felmayer, sonst auf Seiten Jandls, will ihn von dieser Art Gedichte abbringen. Wer die Dadaisten fortsetzen wolle oder sich Gertrude Stein als Vorbild suche, »knüpfe an einer überholten Tradition an und breche der Lyrik möglicherweise noch das Genick«, sagt Felmayer.

ernst jandl

sprechgedichte

vorbemerkung

das sprechgedicht wird erst durch lautes lesen wirksam. länge und intensität der laute sind durch die schreibung fixiert. spannung entsteht durch das aufeinanderfolgen kurzer und langgezogener laute (booooooooooooooooooooooo rrrrrannn), verhärtung des wortes durch entzug der vokale (schtzngrmm), zerlegung des wortes und zusammenfügung seiner elemente zu neuen, ausdrucksstarken lautgruppen (schtzngrmm, ode auf N), variierte wortwiederholungen mit thematisch begründeter zufuhr neuer worte bis zur explosiven schlußpointe (kneipp sebastian). bestandteile eines einzelnen wortes sind die worte eines ironischen spiels um dieses wort, das aus diesem prozeß erschöpft auftaucht (philosophie), aus dem grundwort gewonnene laute des überdrusses, der gleichgültigkeit, heftiger ablehnung und stärksten lebenswillens schlagen um in marktgeschrei als heldenkult (ode auf N), und aller ingrimm rollender rrr gilt der humorlosigkeit, dieser deutschen krankheit, die auch österreicher mitunter befällt.

ernst jandl

booooooooooooooooooooooo
rrrrrannn
sse
mirrr
dda
ppu
pillllllllllllllllllll
eaussss
mmi
ttirrrn
booooooooooooooooooooooo
rrrrra
hrrrrrrr
zzznnnrrtzt

(bohren sie mir
die pupille aus
mit ihrem bohrer
herr zahnarzt)

Auszug aus Jandls Veröffentlichung in den »Neuen Wegen«, Mai 1957

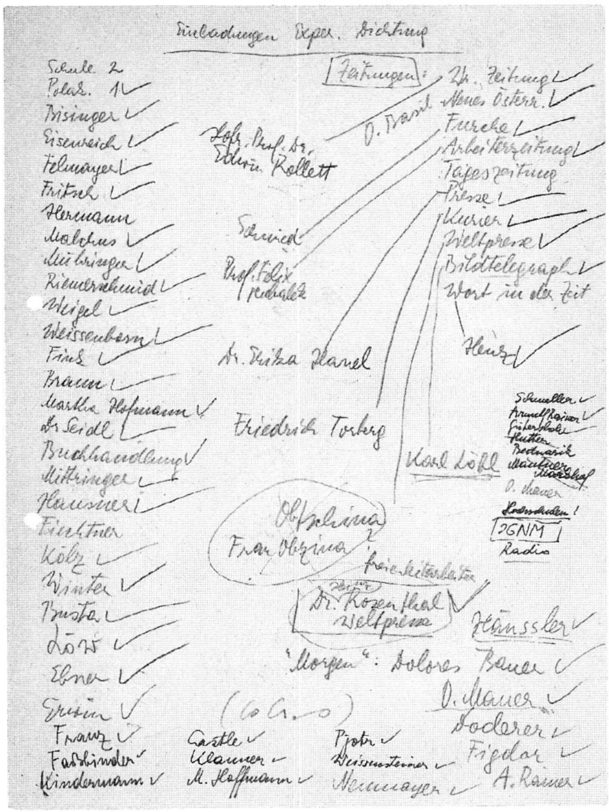

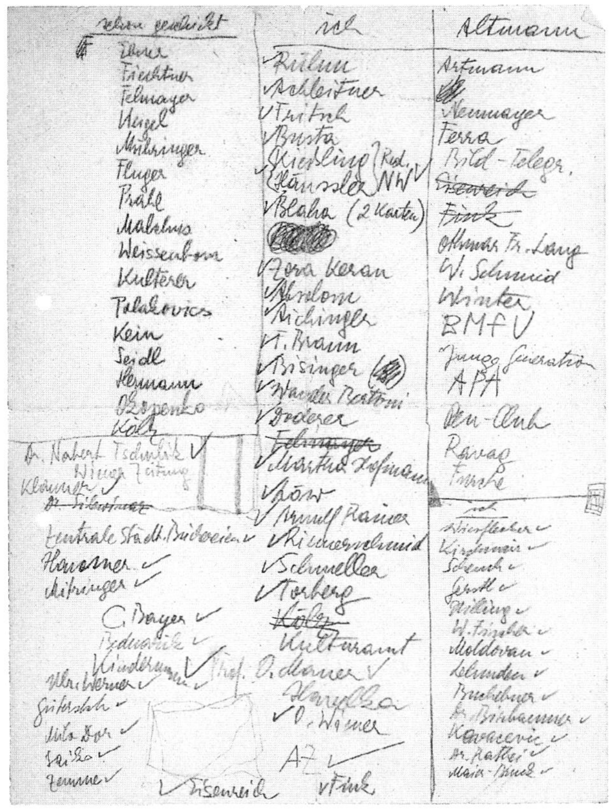

Listen für persönlich ausgesprochene Einladungen zu den Lesungen

Jandl sieht sich keineswegs nur einer massiven Ablehnungsfront gegenüber. Seine konservativen Kritiker verstehen es, sich wirksam zu artikulieren, aber es gibt auch ein vor allem jüngeres Publikum, das seinen Gedichten Verständnis und Sympathie entgegenbringt. Den Kontakt zu diesem Publikum sucht er, deswegen organisiert er Lesungen.

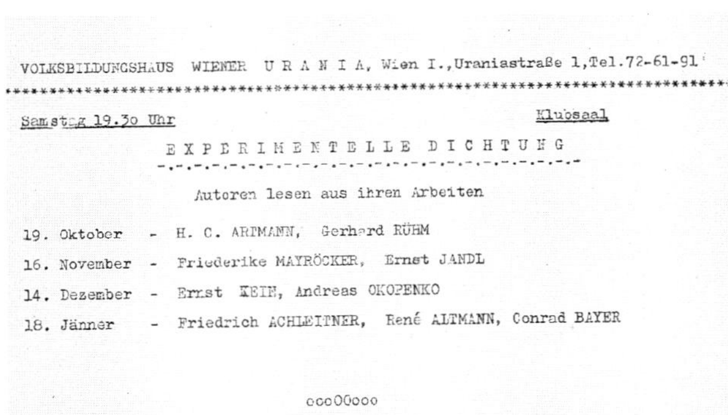

VOLKSBILDUNGSHAUS WIENER U R A N I A, Wien I.,Uraniastraße 1,Tel.72-61-91

Samstag 19.30 Uhr Klubsaal

E X P E R I M E N T E L L E D I C H T U N G

Autoren lesen aus ihren Arbeiten

19. Oktober - H. C. ARTMANN, Gerhard RÜHM
16. November - Friederike MAYRÖCKER, Ernst JANDL
14. Dezember - Ernst KEIN, Andreas OKOPENKO
18. Jänner - Friedrich ACHLEITNER, René ALTMANN, Conrad BAYER

oooOoooo

Einladung zu einer Lesung (hektographierter Handzettel)

Ölzeltgasse 1 / Untere Donaugasse

1955 ist Jandl nach seiner Trennung von Roswitha Birthi für einige Monate in ein Untermietzimmer in der Ölzeltgasse (zweiter Wiener Gemeindebezirk), von dort in die Wohnung von Friederike Mayröcker und kurze Zeit danach zur Untermiete in die Untere Donaugasse (dritter Wiener Gemeindebezirk) gezogen. Bestimmt ist die zunächst langsame, dann jäh einsetzende Produktion von neuartigen Gedichten von den Umbrüchen in Jandls Leben begünstigt worden, die zu diesen Umzügen geführt haben. Auf viele seiner radikalen Gedichte ist er in Untermietzimmern, Übergangsquartieren, gestoßen. Dennoch lassen sich diese Gedichte nicht allein auf seine schwierige, turbulente Lebenssituation zurückführen. Hinzu kommen literarische Gründe. Die anerkannten Lyriker der älteren Generation müssen sich, so Jandls Einschätzung der Lage, in doppeltem Sinn als überholt vorkommen. Sie schreiben epigonal, und der Krieg, ihr Thema, ist nur noch eines unter vielen. Davon kann sich ein Autor, der am Anfang steht, nur abgrenzen. Jandl: »Ich begann mit Experimenten in Opposition gegen den Traditionalismus in der Gegenwartspoesie.« Seinen Weg findet er zunächst durch die Beschäftigung mit der Lautgebung der Gedichte, die ihn auf Gedichte stoßen läßt, die wie keine anderen mit dem Namen Jandl verbunden sind: »Sprechgedichte«. (Später wird er sich u.a. stärker mit dem graphischen Element von Gedichten beschäftigen bis hin zur Emanzipation des Graphischen vom Gedicht.) Er nimmt das Material der Sprache und setzt es nach den Eigengesetzmäßigkeiten seiner Töne des mit diesen Sprachteilen zu erzeugenden Rythmus zu neuartig tönenden Gedichten zusammen. Diese Sprachgebilde gehorchen jedoch einer Eigenart – sie verweigern sich dem in der Lyrik trotz aller Schrecknisse des Krieges und eines nur an der Oberfläche beruhigten Nachkriegslebens ungebrochen gepflegten Wohlklang, genauer: Sie wollen keine Poesie im romantischen Sinn hervorbringen. Jandl sieht sich Lärm, Maschinen, der Detonation von Bomben ausgesetzt, Geräuschen, die mit dem fortgeschleppten Belcanto aus der Frühzeit des 19. Jahrhunderts selbst in Gedichten mit furchtbarem Inhalt nichts zu tun haben. Er schafft eine vitale, sinnliche, zeitgemäße Sprache (eine »unpoetische Poesie«), die sich im Ton den Zerstörungen und dem Chaos gewachsen zeigt. Jandl hat eine Konvention außer Kraft gesetzt, die in ihrer Selbstverständlichkeit noch kaum in Frage gestellt ist. Und das war tatsächlich neu.

1958 als Lehrer im Bundesrealgymnasium, Wien 4, in der Klasse 7b (in der letzten Reihe)

Nie und nimmer wäre Jandl auf die Idee gekommen, daß seine Gedichte, nur weil sie die schönen und durch Konventionen gestützten Traditionen in der Lyrik nicht fortsetzten, die berufliche Grundlage seines Schreibens gefährden könnten. Jetzt muß er sich öffentlich sagen lassen, er sei ein »Verderber der Jugend«. In seiner Schule und in den Klassen, die er zu unterrichten hat, muß er sich mit Angriffen wie diesen dagegen nicht auseinandersetzen. Zudem: Zu provozieren lag nicht in seiner Absicht. – Am 6. Dezember 1958 findet das »Erste Literarische Cabaret« mit Wiener Autoren (zu denen auch Rühm und Artmann gehören) statt, die sich in der Dichtung für radikaler halten, als es Jandl ihrer Meinung nach ist, aber viel weniger Kritik auf sich ziehen. Obwohl für Friedrich Achleitner, einem der Organisatoren, Jandls Texte nichts als unterhaltsame Kleinkunst sind, wird Jandl an diesen Veranstaltungen nicht beteiligt. Diese Mißachtung trifft ihn besonders: Seine grotesk zugespitzten Gedichte eigneten sich für diesen Zweck besonders gut. Und: »Wenn es nach mir gegangen wäre, hätten wir vier, Mayröcker, Artmann, Rühm und ich, den inneren Kern jeder progressiven Literaturgruppierung in Wien bilden müssen.«

Ernst Jandl

SPRECHGEDICHTE

das sprechgedicht wird erst durch lautes lesen wirksam. länge und intensität der laute sind durch die schreibung fixiert.

"wo bleibb da" ist die grimmige botschaft des autors an seine widersacher.

"verscheuchung zweier farben" mag von verehrern des österreichischen kaiserhauses mißfällig aufgenommen werden.

"chanson" - einzig möglicher versuch einer europäischen gemeinschaftssprache.

"16 jahr" erhebt einen häufigen sprachfehler in den bereich der poesie.

wo bleibb da
hummooa
wo bleibb da
hummmoooooa
wo bleibb darrr
hummmmooooooooooa
darrr kööönich vonrr
hummmmmmmmooooooooooooooooa
rrrrr

verscheuchung zweier farben
z
b
rz
lb
arz
elb
warz
gelb
s — c — h
gelb
warz
elb
arz
lb
rz
b
z

Werner Schreib
Morgen Vormittag
Nachmittag Abend
Vier Nadelzeichnungen zur Stundensäule 1956

400

Auszug aus »streit-zeit-schrift«, 1958

Ende der fünfziger Jahre

Anfang der sechziger Jahre

Im Frühjahr 1958 unternimmt Jandl einen ersten Vorstoß, einen Verlag außerhalb Österreichs zu finden. Er selber besitzt nur Erfahrungen im Umgang mit österreichischen Verlagen. Auf Anraten seines Kollegen Friedrich Polakovics sendet er ein Manuskript, das aus Gedichten besteht, die später auch in »Laut und Luise« enthalten sind, an vier bundesdeutsche Verlage und erhält sie umgehend zurück. – Nur Horst Bingel wird auf Jandls »Machenschaften auf poetischem Gebiet« aufmerksam und veröffentlicht »chanson«, »16 jahr«, »verscheuchung zweier farben« im Novemberheft 1958 der »streit-zeit-schrift«. Karl Krolow liest diese Gedichte; in seinen Frankfurter Poetik-Vorlesungen 1960 geht er als erster auf das poetisch Neue dieser Verse und auf deren literarisches Gewicht ein. Davon erfährt Jandl nichts. Er ist in seinem Land isoliert und braucht keine Versuche zu unternehmen, Anschluß an einen Verlag, an den Rundfunk oder an Zeitungen in Österreich suchen zu wollen; literarisch gilt er als Unperson, und wer sich mit ihm einläßt, läuft Gefahr, genauso eingeschätzt zu werden. – Das Gedicht »demokratie/unsere ansichten/gehen als freunde/auseinander«, veröffentlicht in den »Neuen Wegen«, bleibt auf Jahre Jandls letzte Publikation in Österreich. – Das Schreiben (bzw. das Fortsetzen des Schreibens) bleibt ein Experiment – lebenslang. Ende der fünfziger Jahre hat sich die Produktion im Vergleich zum Hoch von 1957 auf einem deutlich niedrigeren Niveau eingependelt.

Daß er nicht weiß, ob und wann er je zu einem neuen Buch gelangen wird, behindert ihn zunehmend beim Schreiben. Jandl: »Vier Jahre später, 1962, lag ich schon sehr am Boden ...; man kann als Schreibender ausgehungert werden, durch Boykott.« Aber auch in seinem Alltag muß er seine Schreibfähigkeit verteidigen. Jandl: »Am besten arbeite ich, wenn alles geordnet ist.« Das bleibt ein Wunsch, der sich immer nur annäherungsweise verwirklichen läßt. Die doppelte Belastung durch Schule und Schreiben führt zeitweilig zu Chaos und zu einer nie ganz befriedigenden Lösung: »Ich brauche aber freie Bahn, um mich innerlich frei hinsetzen zu können.«

Limes-Anthologie mit acht Jandl Gedichten, 1963

1963 unternimmt er einen zweiten Vorstoß, das Experiment »Verlagssuche« zu einem guten Ende zu bringen. Er besucht Verlage außerhalb Österreichs und nimmt zwei Manuskripte mit: »Laut und Luise« und »schleuderbahn« (später die Grundlage für »dingfest«). Die Lektorin Elisabeth Borchers (Luchterhand) macht ihn auf Reinhard Döhl in Stuttgart aufmerksam, der im Limes Verlag einen Band mit experimenteller Dichtung herausgibt. Acht von Jandls Gedichten finden noch Aufnahme in diesem Band und stehen am Anfang seiner zweiten Autorenkarriere, die ihn zu dem einzigen Autor unter den experimentell schreibenden Autoren werden läßt, der ein großes Publikum und immer neu nachwachsende Generationen von Lesern finden wird. – Literarisch interessierte Studenten und Literaturwissenschaftler, die sich von der beflissenen Nachkriegs-Germanistik abgewandt haben, beginnen sich mit seinem Werk zu beschäftigen und drucken wie in der Frankfurter Studentenzeitung »diskus« einzelne Gedichte von Jandl. Auch Helmut Heißenbüttel stößt erstmals auf den Namen Jandl.

vor einer Reise nach England

Weitere Publikationen folgen. Jandls Dichtung nahestehende Autoren wie Max Bense und Eugen Gomringer bringen, überzeugt von der Qualität der Verse Jandls, in kleinen, von ihnen edierten Reihen einzelne seiner Texte heraus. – Den englischen Buchhändler und Dichter Bob Cobbing beeindrucken Jandls Gedichte so sehr, daß er einige in Großbritannien publiziert. Diese Veröffentlichungen stoßen aber nur bei Eingeweihten auf Resonanz, bei denen der Name Jandl ohnehin schon einen guten Klang hat. Einem größeren Publikum hat er sich noch nicht bekannt machen können. Die Voraussetzung, eine Buchpublikation in einem der namhaften Verlage, fehlt.

Otto F. Walter in den sechziger Jahren

Jandls Handexemplar von »Laut und Luise«

1964 erklärt sich Helmut Heißenbüttel bereit, »Laut und Luise« publizieren zu wollen. – Während des Treffens der Gruppe 47 im Herbst 1963 in Saulgau (Jandl war nie zu einer der Tagungen eingeladen worden) hatte Otto F. Walter (Verleger und Autor, geb. 1928) Helmut Heißenbüttel seinen Plan erläutert, eine bibliophil gestaltete Reihe im Walter Verlag mit neuen Autoren herausgeben zu wollen, die »Walter-Drucke«. In dieser Reihe werden Bücher von Bichsel (»Eigentlich möchte Frau Blum den Milchmann kennenlernen«) und Artmann (»das suchen nach dem gestrigen tag…«) erscheinen, und hier sollte auch Jandls Band »Laut und Luise« veröffentlicht werden. Daß Jandl als neuer Autor für eine neue Reihe, die von einem Verleger gestartet wurde, der sich im Aufbruch befand, zwei Jahre warten müßte, bis sein Buch erscheinen könnte, nimmt er gefaßt in Kauf. Ein Angebot des Limes Verlags, »Laut und Luise« rascher, aber nur stark gekürzt publizieren zu wollen, erscheint ihm weitaus unattraktiver. Am 3. Oktober 1966 erscheint, wie verabredet, »Laut und Luise« in einer limitierten Auflage von tausend Exemplaren. Diese Publikation sollte sich auch für ihren Verleger als ein Wagnis herausstellen. Otto F. Walter kann Jandl davon überzeugen, das Gedicht »fortschreitende räude« aus dem Band herauszunehmen, da es die katholischen Empfindungen der Aufsichtsräte des Walter Verlags und vielleicht einiger Leser verletzen würde. Auch ohne dieses Gedicht führt »Laut und Luise« zur Entlassung Otto F. Walters; das Buch wird im Walter Verlag als unerträgliche Provokation angesehen. Mit siebzehn deutschsprachigen Autoren (darunter Bichsel, Wohmann, Artmann) verläßt Otto F. Walter den Verlag. Bei Luchterhand kann er seine Arbeit fortsetzen. Kein Buch eines anderen Autors hat im deutschsprachigen Verlagswesen der Nachkriegszeit einen vergleichbaren Umbruch herbeigeführt.

WALTER-VERLAG

Aktennotiz Anregung Rapport Reisebericht von O. Walter

Blatt ....

Betrifft Jandl: LAUT UND LUISE

Geht an zur Zirkulation:

Dr. Rast ✓
Maurice Berger ✓
H. Placzek
Theo Frey ✓
Frau von Dach ✓
Frau Hetzar ✓

Datum 14.4.66 Wa/sr

Zurück an Frl. Schallberger ✓

Zu erledigen

Bericht

1. An der Verlagsbesprechung (31.3.) habe ich darauf hingewiesen, dass in dem Manuskript von Jandl zwei Gedichte sind, die, wenn auch aus Missverständnis, als blasphemisch erscheinen können. Die Frage, ob wir das Buch lediglich in Deutschland offiziell anzeigen und ausliefern, wurde in der Besprechung allgemein bejaht, gerade aus Rücksicht auf allfällige negative Rückwirkungen.

2. Im Gespräch vom 6.3. mit Dr. Rast haben er und ich noch einmal diese Frage beraten. Dr. Rast hat entschieden: Das Buch soll in der Schweiz in keinem Werbemittel (ausser dem Walter-Druck-Sonderprospekt, soweit er dann wieder nachgeführt und den Büchern beigelegt wird) angezeigt werden. Das betrifft Inserate über die Herbst-Neuerscheinungen, insbesondere aber "Neu bei Walter" 2. Halbjahr 1966. Herr Berger ist gebeten, zusammen mit den Herren H. Placzek und Theo Frey diesen Sonderfall im Auge zu behalten.

3. Gemäss der oben erwähnten Besprechung wird LAUT UND LUISE von Ernst Jandl weder an die Herren vom Verwaltungsrat noch an andere nicht ausdrücklich bestimmte Empfänger von Belegexemplaren verschickt werden. Frau von Dach und Frau Hetzar sind gebeten, davon Kenntnis zu nehmen.

4. Telefongespräch mit Herrn Jandl, 18.4.66:
Ich bitte Herrn Jandl, auf die beiden Gedichte "Herr Jesus" und "Beginnende Räude" zu verzichten, weil sie als blasphemisch missverstanden werden könnten. Herr Jandl weist im Fall des Gedichts "Herr Jesus" darauf hin, dass es durchaus ein bekenntnishaftes Gedicht von ihm sei, deshalb auch im Kapitel "Autors Stimme" an erster Stelle.
Fürs zweite Gedicht schlägt er vor:
a) Titel einfach weglassen
b) die Worte "und" (auch dort, wo es als "hund" auftaucht) durch das grafische &-Zeichen ersetzen
Er bittet den Verlag, unter diesen Konzessionen seinerseits noch einmal zu entscheiden, ob der irrtümliche Eindruck des Blasphemischen für uns entstehen könne und unüberwindlich sei.
Herr Frey wird gebeten, die entsprechenden Aenderungen im Manuskript vorzunehmen.

Auszug aus der verlagsinternen Korrespondenz, 1966

bei Aufnahmen eigener Hörspiele

Mitte der sechziger Jahre beginnt Jandl zusammen mit Friederike Mayröcker einen verhältnismäßig jungen Bereich der Literatur für sich zu entdecken: das Hörspiel. Den Anstoß dazu gibt Günter Eich (1907–1972), selber ein Lyriker. Sein Hinweis, daß Lyriker nur mit Hörspielen Geld verdienen könnten, führt schließlich zu ihrer gemeinsamen Hörspiel-Produktion. – Aus mehreren Gründen greifen Jandl und Mayröcker diese Anregung auf. Sie haben beide keine Erfahrung auf dem Gebiet des Hörspiels und können diese Gattung, von deren künstlerischem Rang sie zu Anfang nicht überzeugt sind, zusammen erobern. Außerdem herrscht, nachdem die Autoren der Wiener Gruppe in verschiedensten Kombinationen ihre Gemeinschaftsproduktion fortgesetzt haben, ein Klima in Wien, das Zusammenarbeiten geradezu erzwingt. Das Hörspiel erscheint Jandl und Mayröcker als das geeignete Terrain dafür.

zusammen mit Heinz von Cramer, Regisseur der Hörspiele »Der Gigant«, »Spaltungen« und des Fernsehfilms »Traube«

In Fortsetzung der 1957 neu gewonnenen Schreibtechniken entsteht im Juni 1966 das Hörspiel »Fünf Mann Menschen«. Jandl: »Die Arbeit ... begann mit einem ganz einfachen Plan. Das Medium selbst, Stereophonie im Rundfunk, sollte Art und Verlauf eines Hörspiels bestimmen. In der Breite des Schallraums wurden fünf Sprechpositionen angenommen ... Diese fünf Positionen galten als gleichrangig, und außerdem als Modell einer Situation.« – Im selben Jahr nimmt Jandl für das dritte Programm der BBC London dreizehn Sprechgedichte auf und stellt mit zwei Technikern des »Radiophonic Workshop London« eine Dreißig-Minuten-Sendung zusammen. Die Erfahrungen, die Jandl in diesem Studio macht, das für die Erkundung neuer Formen eingerichtet wurde, kann er für seine Arbeit an Hörspielen nutzen.

Jandl nimmt den »Hörspielpreis der Kriegsblinden« entgegen

Bei den ersten drei Hörspielen ist Jandl die treibende Kraft, bei ihrem vierten Hörspiel, einem Ausflug in die »Gemeinsame Kindheit«, bekommen die von Mayröcker erarbeiteten Teile ein erheblich größeres Gewicht. Jandl: »Das Rückgrat des Dialogs hingegen erfuhr ... eine Art poetischer Zerhackung, die Friederike Mayröcker unter Anwendung ihrer eigenen Montagemethoden vornahm, wobei sie im gleichen Arbeitsgang die geeigneten Szenen an den passenden Stellen einbaute.« – Mit dem Hörspiel »die auswanderer«, das Jandl bereits im Mai 1957 geschrieben hat und an dem er knapp zehn Jahre später am Beginn seiner Hörspielproduktion anknüpft, setzt er alleine seine Arbeit für den Rundfunk fort. Mayröcker schreibt ebenfalls weiter Hörspiele – ohne Jandl. – Auch im Rundfunk muß sich Jandl gegen harten Widerstand durchsetzen. Die Entscheidung des ORF 1957, das Hörspiel »die auswanderer« nicht zu senden, überrascht ihn nicht. Die Absage ist im Ton moderat gehalten: »Hinzu kommt noch das Novum der Diktion, die nicht die Lektoren allein, sondern auch die Produktionsleiter ›kopfscheu‹ machen dürfte.« – 1966 erhält Jandl vom Bayerischen Rundfunk den Auftrag zu einem Hörspiel, seine Aufnahmen für den BBC sind dort bekannt und werden geschätzt. Dieser Auftrag gibt der Arbeit an den Hörspielen einen zusätzlich wichtigen Anstoß. »Fünf Mann Menschen« wird dann aber als »Studentenulk« vom Bayerischen Rundfunk abgelehnt. Der Südwestfunk wagt, das Hörspiel in Zusammenarbeit mit den Autoren zu produzieren. Am 24.11.1968 wird es ausgestrahlt und am 22.4.1969 können Mayröcker und Jandl dafür einen der bedeutendsten Literaturpreise entgegennehmen: den »Hörspielpreis der Kriegsblinden«. – Ihre zweite gemeinsame Arbeit »Der Gigant« wird 1969 als »bestes deutschsprachiges Hörspiel« für den »Prix Italia« nominiert.

bei Dreharbeiten zu einer Dokumentation über Ernst Jandl anläßlich einer Ausstellung über konkrete Poesie (Titel: Verfranste Kunst), 1970 in Hamburg

zu Aufnahmen im Bayerischen Rundfunk

Nach dem Hörspiel »das röcheln der mona lisa« (geschrieben im Februar 1970) und drei Kürzesthörspielen (1970/71) bricht Jandls Produktion in dieser Sparte ab. An neuen Produktionen alter Arbeiten beteiligt er sich aber weiterhin gerne. Nach dem Vorbild des Hörspiels »das röcheln der mona lisa« – Jandl hat darin verstärkt auf eigene Gedichte zurückgegriffen – werden neue Sendungen zunehmend aus dem großen Fundus von Jandls Gedichten gestaltet.

Anmerkungen zum Manuskript: Ernst Jandl, "nur nur"

Umfang: Das Manuskript entspricht einem Buch von insgesamt 96 Seiten. Das Inhaltsverzeichnis befindet sich auf Seite 5; der Text beginnt mit Seite 7 und endet auf Seite 95; Seite 10 ist eine Leerseite.

Exemplare: Das Manuskript wurde in zwei Exemplaren hergestellt. Exemplar A bringt die Texte in fortlaufender Reihung auf einseitig beschriebenen Blättern. Exemplar B bringt die Texte in gleicher Reihung auf doppelseitig beschriebenen Blättern; dieses Exemplar verdeutlicht die Gegenüberstellung der Texte auf den linken und rechten Buchseiten.

Muster: Als Muster für die Zeilenzahl und die Anordnung auf der Buchseite wurde das Buch: hans carl artmann, "verbarium", verwendet.

Zeilen: Die Zeilenzahl auf der Manuskriptseite entspricht der Zeilenzahl auf der Buchseite. Angenommen wurde ein Durchschnitt von 36 Textzeilen pro Seite, dazu ein oberer Rand von ca. 8, ein unterer von ca. 7 Zeilen. Titel, sofern solche vorhanden, stehen innerhalb des oberen Randes, ca. 3 Leerzeilen oberhalb des Textbeginns.

Ausnahmen: Folgende Texte durchbrechen dieses Schema und sind jeweils gesondert zu behandeln:

Seite 11, "nur nur": erstreckt sich vom oberen zum unteren Seitenrand und wird etwa 50 Zeilen umfassen;
Seite 36, "lauter": entlang einer horizontalen Achse in Typen verschiedener Größe angeordnet (siehe Manuskript Exemplar A);
Seite 57–61, "egmont : ein stück": erstreckt sich auf Seite 57 bis zum unteren xxxxrand, /Seiten- auf den Seiten 58–60 vom oberen zum unteren Seitenrand (48 Zeilen pro Seite), auf Seite 61 vom oberen Seitenrand bis zum Text-Ende;
Seite 76, "arie": 42 Zeilen; der Text kann entweder in kleineren Typen gesetzt werden oder in den unteren und oberen Rand vorstoßen; in diesem Fall kann der Titel seitlich angebracht werden;
Seite 94, "film": 53 Zeilen; dieser Text ist in etwas kleineren Typen zu setzen (es sei denn, das Seitenformat und die Typengröße werden in einem solchen Verhältnis zu einander gewählt, daß der Abstand vom oberen zum unteren Seitenrand 53 Zeilen beträgt, also etwa: 9 Zeilen oberer Rand, 36 Textzeilen, 8 Zeilen unterer Rand)

Begleitkommentare zu »sprechblasen« (ursprünglich »nur nur«)

Ernst Jandl "SPRECHBLASEN"

Verzeichnis der Korrekturen bzw. der erbetenen Änderungen

Seite:

1	Titel: sprechblasen
2	edition otto f. walter – nach links rücken (an den Rand)
3	Titel: sprechblasen
4	Impressum – an den linken Rand rücken
5	Vergessener Einzug; 2 unreine Buchstaben
7	Fälschlich H statt h
8,9	je ein unreiner Buchstabe
10	bleibt leer, Seitennumerierung weg
11	Text von Seite 10 auf Seite 11; oben und unten bis zum Rand auffüllen, Wortabstand verkleinern, Seitenzahl weg
14	Text um 1 BZ nach unten versetzen
16	Abstand nach Zeile 4 fehlt
18	1 beschädigter Buchstabe, 7 unreine Buchstaben
19	1 beschädigter Buchstabe
28	1 unreiner Buchstabe
29	Vorletzte Zeile etwas nach rechts versetzen
32	Fehler im Manuskript: Zeile 4 und 5 sind zu einer Zeile zusammenzuziehen
34	Abstand zwischen Titel und Text auf 14 BZ vergrößern
35	Abstand zwischen Titel und Text auf 14 BZ vergrößern
44,45	Seitennumerierung entfernen
46,47	Titel und Ziffern 1–11 zentrieren (oder, wenn es das Druckbild verbessert, an den linken Rand rücken). Der Satz auf diesen beiden Seiten scheint wenig geglückt. Bitte mit Seite 24 der beiliegenden Zeitschrift "manuskripte 14/15" vergleichen und dieser Vorlage möglichst annähern. Der Zeilenbruch der Nummern 1, xx 3, 4, 5, 9 ist variabel.
47	Nr. 9 fälschlich "Stück" statt "stück"; fälschlich "schaffen" statt "schafen"
48	Titel: fälschlich Beerdigung statt beerdigung
50	2 unreine Buchstaben
54	Fälschlich n statt d
56	1 unreiner Buchstabe
57	Titel unvollständig; er lautet "egmont : ein stück"
59	Ganz unten: Doppelpunkt fehlt
71	Zeilenabstand vergrößern
75	Seitennumerierung: beide Ziffern beschädigt
84	Strophe 1–3 umstellen wie angegeben
85	Strophe 3 und 4 streichen; neue Strophe 3 einfügen; Strophe 5 wird 4, 6 wird 5, die erste Strophe von S.86 rückt als letzte Strophe auf S. 85
86	1. Strophe weg (auf Seite 85), 1. Strophe von S. 87 unten anschließen
87	1. Strophe weg (auf Seite 86), die übrigen 3 Strophen nach oben rücken; die aus Strichen bestehende Leerstrophe mit kürzeren Strichen (wie im Inhaltsverzeichnis S.5 für 38 c———————h verwendet) ausführen
84–87	Dem Manuskript wurde ein xxxxx zweites, korrektes Exemplar dieser Seiten beigefügt
91	Titel ein wenig nach rechts (zentrieren)
92	Text und Titel so verschieben, daß Titelachse und Textachse einander treffen

Erläuterungen von Korrekturen der Fahnen (»sprechblasen«)

Jandl stellt mit großer Präzision seine Manuskripte zusammen. Höchsten Wert legt er auf eine graphisch exakte Wiedergabe der Gedichte. Er weiß, daß seine Gedichte auch in ihrer äußeren Gestalt – der Art wie er Buchstaben und Wörter auf den Buchseiten anordnet – von traditionellen Gedichten abweichen, und er hat auch die Erfahrung gemacht, daß in Verlagen und bei Setzereien seine Gedichte starke Unsicherheit auslösen und eine exakte Wiedergabe der Texte behindern. Deswegen hat er es sich zur Regel gemacht, seinen Manuskripten detaillierte Anweisungen beizufügen, worauf beim Satz seiner Gedichte zu achten ist.

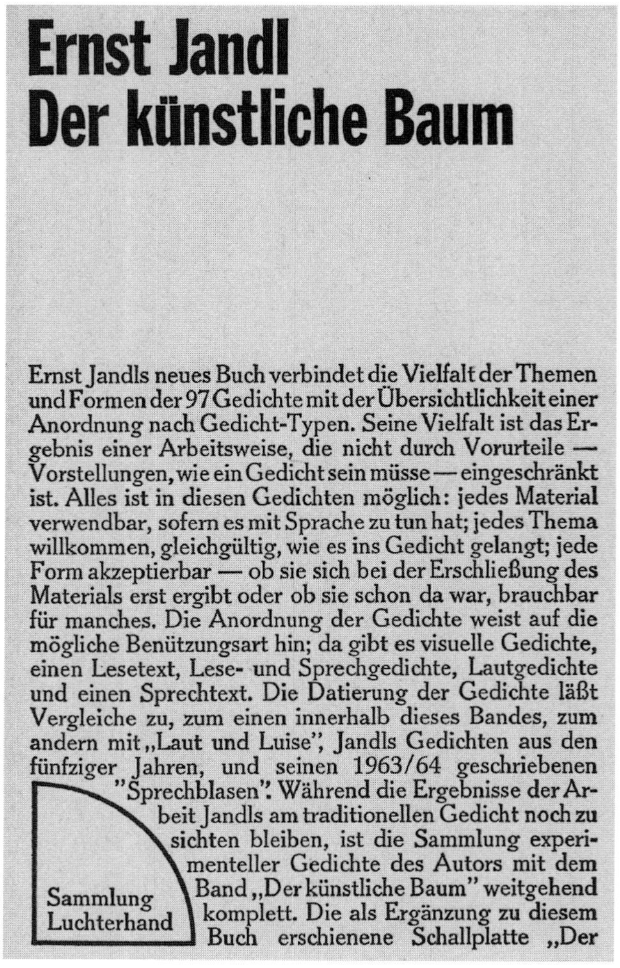

Ernst Jandl
Der künstliche Baum

Ernst Jandls neues Buch verbindet die Vielfalt der Themen und Formen der 97 Gedichte mit der Übersichtlichkeit einer Anordnung nach Gedicht-Typen. Seine Vielfalt ist das Ergebnis einer Arbeitsweise, die nicht durch Vorurteile — Vorstellungen, wie ein Gedicht sein müsse — eingeschränkt ist. Alles ist in diesen Gedichten möglich: jedes Material verwendbar, sofern es mit Sprache zu tun hat; jedes Thema willkommen, gleichgültig, wie es ins Gedicht gelangt; jede Form akzeptierbar — ob sie sich bei der Erschließung des Materials erst ergibt oder ob sie schon da war, brauchbar für manches. Die Anordnung der Gedichte weist auf die mögliche Benützungsart hin; da gibt es visuelle Gedichte, einen Lesetext, Lese- und Sprechgedichte, Lautgedichte und einen Sprechtext. Die Datierung der Gedichte läßt Vergleiche zu, zum einen innerhalb dieses Bandes, zum andern mit „Laut und Luise", Jandls Gedichten aus den fünfziger Jahren, und seinen 1963/64 geschriebenen "Sprechblasen". Während die Ergebnisse der Arbeit Jandls am traditionellen Gedicht noch zu sichten bleiben, ist die Sammlung experimenteller Gedichte des Autors mit dem Band „Der künstliche Baum" weitgehend komplett. Die als Ergänzung zu diesem Buch erschienene Schallplatte „Der

Sammlung Luchterhand

der künstliche baum«, 1970

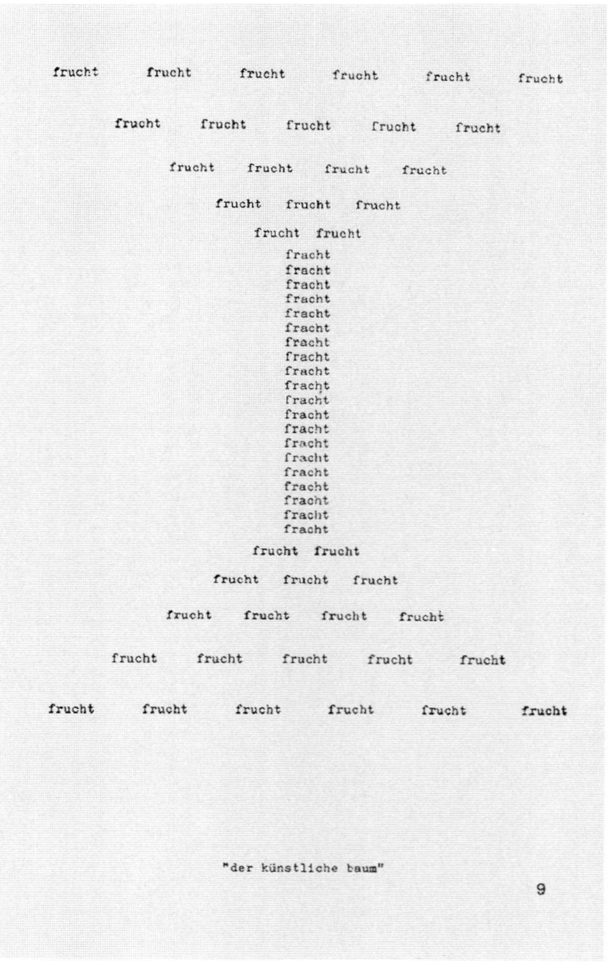

frucht frucht frucht frucht frucht frucht
frucht frucht frucht frucht frucht
frucht frucht frucht frucht
frucht frucht frucht
frucht frucht
fracht
fracht
fracht
fracht
fracht
fracht
fracht
fracht
fracht
fracht
fracht
fracht
fracht
fracht
fracht
fracht
fracht
fracht
fracht
fracht
frucht frucht
frucht frucht frucht
frucht frucht frucht frucht
frucht frucht frucht frucht frucht
frucht frucht frucht frucht frucht frucht

"der künstliche baum"

9

das Gedicht »der künstliche baum«

1970 setzt Jandl die Publikation von Gedichtbänden bei Luchterhand mit einer entscheidenden Veränderung fort. Seine neue Sammlung experimenteller Texte, mit der er an den Band »Laut und Luise« anknüpfen möchte, erscheint als Taschenbuch in der Sammlung Luchterhand. Den Ausschlag für diese Verlagsentscheidung, die von Jandl gestützt wird, gibt die Hoffnung, daß sich Taschenbücher mit geringerem Ladenpreis besser verbreiten lassen und damit auch Arbeitern und Studenten die Chance eröffnen – eine politische Ambition damals –, diese Bücher zu erwerben. Die Rechnung scheint aufzugehen: »der künstliche baum« findet mehr Leser als alle seine Bücher zuvor: Im ersten Jahr nach Erscheinen werden in drei Auflagen bereits zehntausend Exemplare verkauft. Es ist auch in den Jahren danach das Buch Jandls, das sich am besten verkauft. – Andreas Okopenko: »Die Gedichte des ›künstlichen Baums‹ den Texten anderer Bände gegenüberzustellen ... ist müßig, weil es bei Jandls experimentellem Werk keine vertikale Entwicklung, sondern nur ein ameisiges Ausschwärmen in die Fläche gibt; kaum zwei Gedichte finden sich, die durch Verwendung des gleichen Musters Langeweile androhen.«

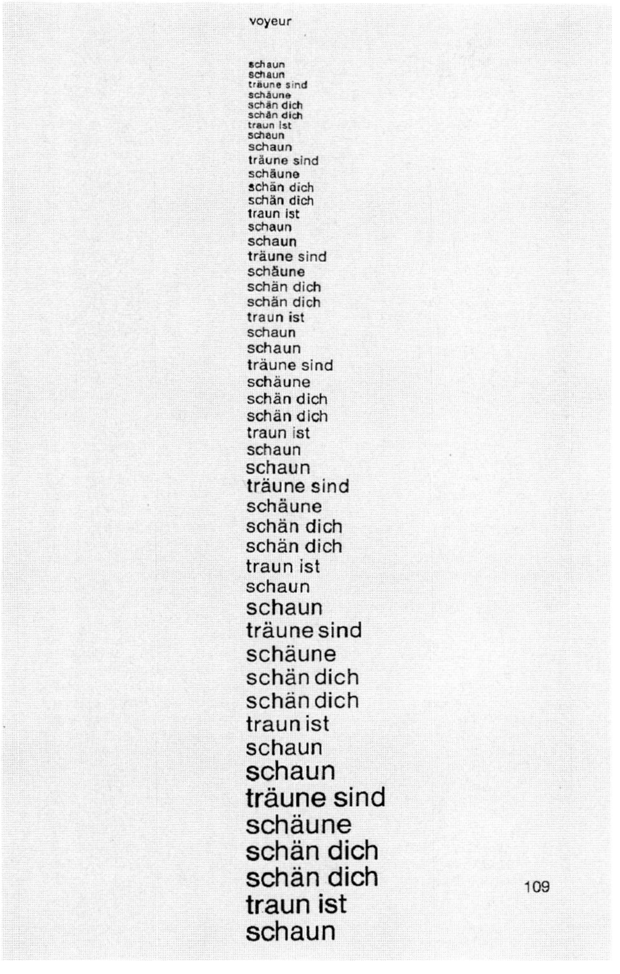

voyeur

schaun
schaun
träune sind
schäune
schän dich
schän dich
traun ist
schaun
schaun
träune sind
schäune
schän dich
schän dich
traun ist
schaun
schaun
träune sind
schäune
schän dich
schän dich
traun ist
schaun
schaun
träune sind
schäune
schän dich
schän dich
traun ist
schaun
schaun
träune sind
schäune
schän dich
schän dich
traun ist
schaun
schaun
träune sind
schäune
schän dich
schän dich
traun ist
schaun
schaun
träune sind
schäune
schän dich
schän dich
traun ist
schaun

109

in: »der künstliche baum«

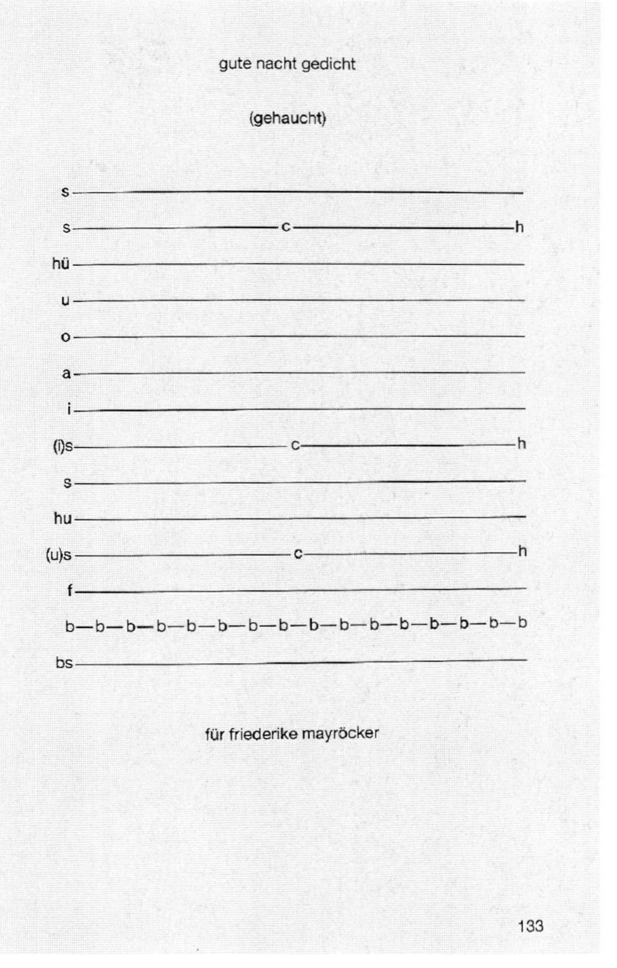

gute nacht gedicht

(gehaucht)

s——————————————————
s————————c————————h
hü——————————————————
u——————————————————
o——————————————————
a——————————————————
i——————————————————
(i)s————————c————————h
s——————————————————
hu——————————————————
(u)s————————c————————h
f——————————————————
b—b—b—b—b—b—b—b—b—b—b—b—b—b—b—b
bs——————————————————

für friederike mayröcker

133

in: »der künstliche baum«

Die graphische Anordnung soll das Lesen und Sprechen von Jandls Gedichten ermöglichen; den Leser und Sprecher »führen«; die Druckfassung der Gedichte ist als Partitur zu verstehen: Jedes graphische Detail hat semantische Bedeutung. Jandl emanzipiert die Graphik von Gedichten aus ihren Bedeutungszwängen. Er schreibt visuelle Gedichte, verläßt ganz die formalen Besonderheiten von Gedichten und arbeitet graphisch.

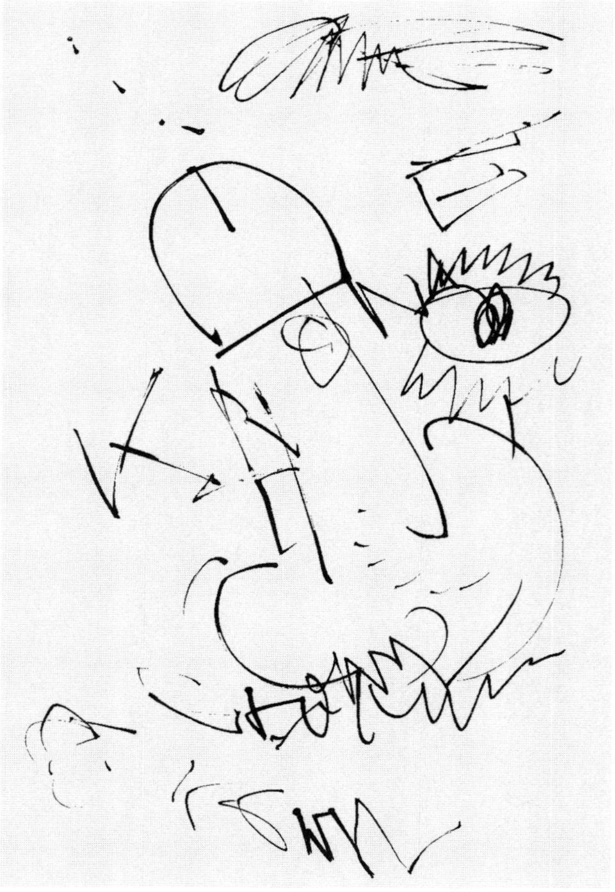

Zeichnungen aus der Serie »textreihe mit mozart und napoleon als frau«

Jandl setzt seine Publikationen bei kleineren Verlagen fort. Er verfügt über extrem kurze Texte, zweizeilerähnliche Gebilde, zu denen auch Zeichnungen gehören. Diese Arbeiten bieten sich zur Veröffentlichung in der Eremiten-Presse an, einem Verlag, der sich auf die kombinierte Veröffentlichung von Texten und Bildern spezialisiert hat und gerne Texte und Zeichnungen von Jandl publizieren würde. Auch die erotisch zugespitzten Texte »übung mit buben« oder »männer. ein film« finden dort einen geeigneten Verlag. Die Zeit, in der an diesen Texten nur das Provozierende wahrgenommen wird, auch wenn er obszön zugespitzte Texte schreibt, ist – sehr zu Jandls Gunsten – vergangen. – Am 1. August 1985 wird die erste Ausstellung mit Jandls zeichnerischen Arbeiten im ORF-Landesstudio Salzburg in Zusammenarbeit mit den Salzburger Landessammlungen Rupertinum eröffnet.

Zeichnungen aus: »der versteckte hirte« (1975)

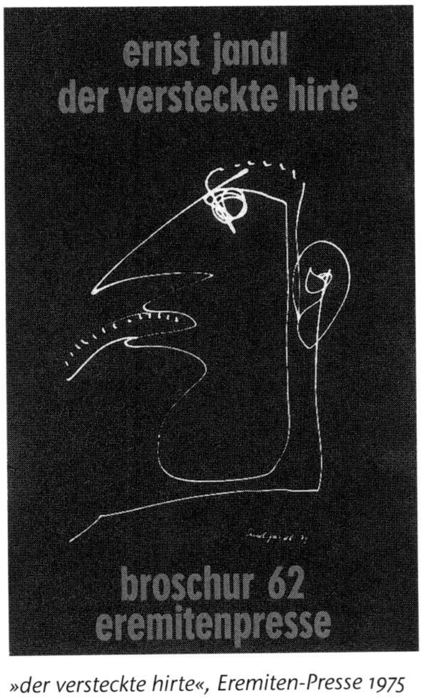

»der versteckte hirte«, Eremiten-Presse 1975

»männer. ein film«, Eremiten-Presse 1973

das matte horn

ein bergsteigerbuch

189

aus: »flöda und der schwan« (1971)

Text für Programmvorschau etc. (kann nach Bedarf gekürzt werden)

zu: Ernst Jandl, "DINGFEST"

Dieses Buch enthält 159 vom Verfasser ausgewählte und chronologisch gereihte Gedichte aus den Jahren 1952 bis 1971. Ihre Sprache bleibt der Sprache des Alltags genähert. Wie diese zeigt sie nicht auf sich selbst, sondern verhält sich dienstbar. Sie teilt Zustände, Vorgänge, Umstände mit. Sie teilt außerdem mit, was der, der mitteilt, bei dem, was er mitteilt, denkt und fühlt. Sie teilt Meinungen mit; Meinungen eines einzelnen, der meint, daß er denkt und fühlt wie die meisten.
Von diesen 159 Gedichten schrieb der Autor die ersten 63 früher als das früheste Gedicht in seinen Büchern "Laut und Luise","Sprechblasen" und "Der künstliche Baum". Die anderen 96 Gedichte schrieb er von dem Punkt an, an dem er die Gedichte jener drei Bücher zu schreiben begann. Er habe immer etwas zu sagen gehabt, behauptet er, und er habe immer gewußt, daß man es so und so und so sagen könne; und so habe er sich nie darum mühen müssen, etwas zu sagen, wohl aber um die Art und Weise dieses Sagens. Denn in dem, was man zu sagen hat, gibt es keine Alternative; aber für die Art und Weise, es zu sagen, gibt es eine unendliche Zahl von Möglichkeiten. Es gibt Dichter, die alles Mögliche sagen, und dies immer auf die gleiche Weise. Solches zu tun habe ihn nie gereizt, behauptet er; denn zu sagen gäbe es schließlich nur eines; dieses aber immer wieder, und auf immer neue Weise.

der Autor als Klappentexter, zu »dingfest« (Manuskript)

Im Sommer 1963 stellt Jandl nicht nur »Laut und Luise« zusammen, parallel dazu entsteht auch ein Manuskript mit dem Titel »schleuderbahn«. Diese Gedichte sind in ihrer Anlage traditionell, sie stammen entweder aus den frühen fünfziger Jahren, als Jandl noch an Gedichten arbeitet, die Eingang in den Band »Andere Augen« finden, oder später entstanden sind und in »Andere Augen« einen Platz hätten finden können. Am Anfang der siebziger Jahre hat sich Jandls Publikations-Situation aber grundlegend geändert: Er gilt als experimenteller Autor, obwohl die Phase, in der er sich ausschließlich mit aufgebrochenen Formen beschäftigte, wenigstens zehn Jahre zurückliegt. Indem er auf das »schleuderbahn«-Manuskript zurückgreift und sich entschließt, es zu erweitern und zu publizieren, verbindet er damit auch eine Demonstrationsabsicht: Er will seine ebenso lebhafte Verbindung zu konventionellen Formen unter Beweis stellen und damit das Bild erweitern, das sich die literarische Öffentlichkeit von ihm gemacht hat.

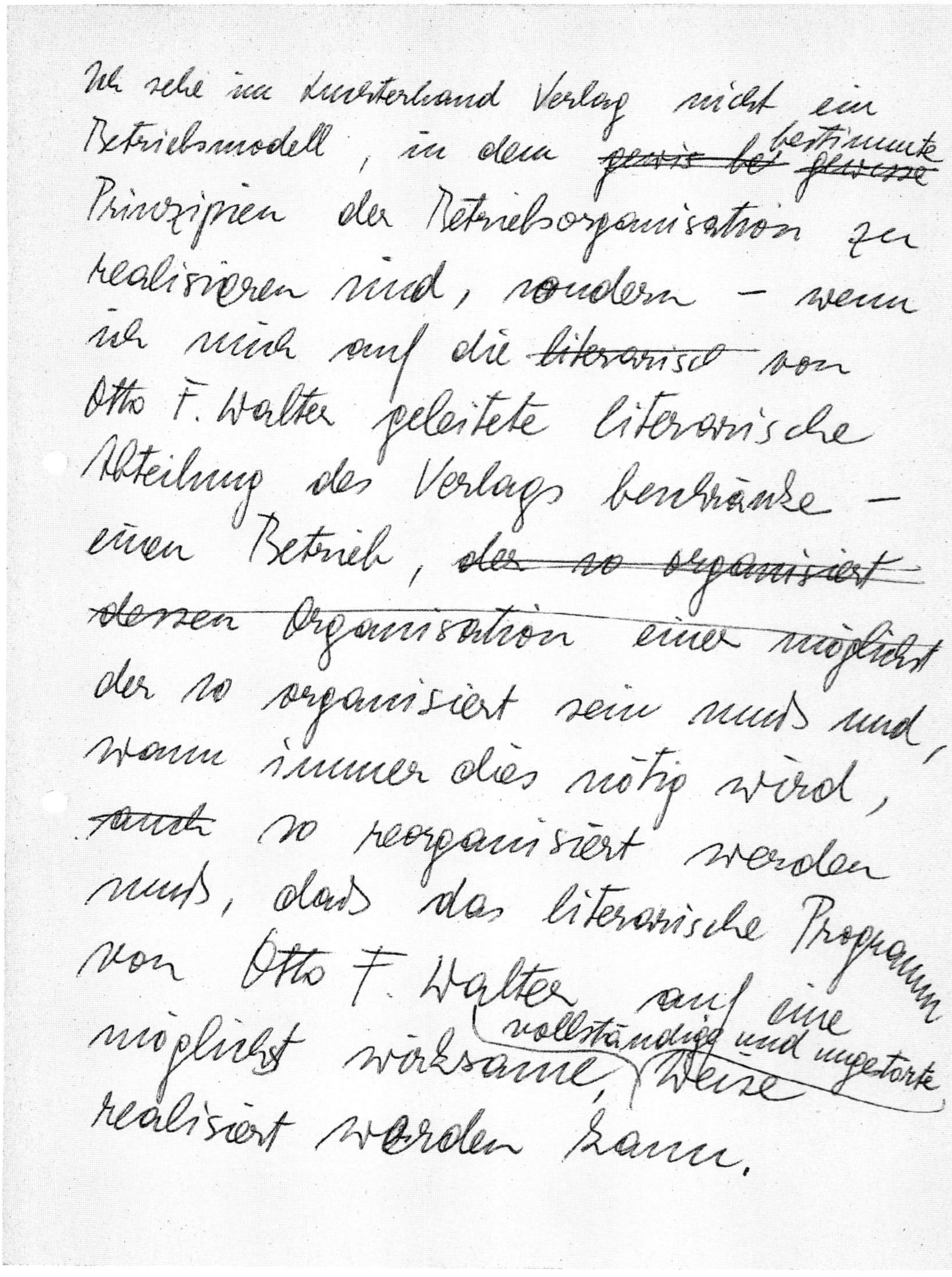
Ich sehe im Luchterhand Verlag nicht ein Betriebsmodell, in dem ~~gewiss be~~ bestimmte ~~gewisse~~ Prinzipien der Betriebsorganisation zu realisieren sind, sondern – wenn ich mich auf die ~~literarisch~~ von Otto F. Walter geleitete literarische Abteilung des Verlags beschränke – einen Betrieb, ~~der so organisiert dessen Organisation einer möglichst~~ der so organisiert sein muß und, wann immer dies nötig wird, ~~auch~~ so reorganisiert werden muß, daß das literarische Programm von Otto F. Walter auf eine möglichst wirksame, vollständige und ungestörte Weise realisiert werden kann.

Entwurf zu einem Brief an den Luchterhand Verlag, 1974

Obwohl Jandl durch die Veröffentlichung seiner Bücher im Taschenbuch profitierte, zeigt sich die Taschenbuchreihe des Luchterhand Verlags mit avantgardistischer Literatur überfrachtet und als nicht mehr zur Veröffentlichung von Originalausgaben geeignet. Einige Autoren wie Artmann oder Heißenbüttel verlassen den Verlag. Jandls Gedichtbände sollen in Zukunft als gebundene Bücher erscheinen; den Autor läßt das befürchten, die erheblich höheren Ladenpreise könnten ihn vom größeren Teil seines Publikums (Studenten z.B.) isolieren. Zudem sieht sich Jandl vor eine schlechte Alternative gestellt: Will er, daß »dingfest« erscheint, dann soll er auf weitere Nachauflagen von »Laut und Luise« (seit 1971 erstmals im Taschenbuchprogramm) verzichten, oder »Laut und Luise« bleibt als Taschenbuch lieferbar, dafür kann aber »dingfest« aus ökonomischen Gründen auf absehbare Zeit nicht erscheinen. Da Jandl lange Zeit seine Gedichte nicht veröffentlichen konnte, verfügt er über ein größeres Reservoir an unpublizierten Texten: »die sammlung ›serienfuss‹, einundsiebzig gedichte, wurde gleichzeitig mit dem ›künstlichen baum‹ aus dem damals, ende 1969, verfügbaren vorrat an gedichten zusammengestellt, der bis an den anfang der fünfziger jahre zurückreicht.« Ein Berliner Kleinverleger bietet Jandl bereits 1970 an, ein Manuskript mit kürzeren Texten zu publizieren. Zuvor sind dort Bände von Artmann und Rühm erschienen, und der Verlag besitzt Erfahrungen im Setzen auch von komplizierten Texten. Jandl willigt gerne ein, doch die Veröffentlichung des Bandes verzögert sich, bis sich Jandl entschließt, diesen Band 1974 wiederum als Taschenbuch im Luchterhand Verlag herauszubringen. – Seit Sommer 1972 denkt Jandl bereits über ein Buch nach, dem er den Titel »für alle« geben will.

doppelporträt jesolo 66

E F

schwitzen schwimmen
schwitzen schwimmen
schwitzen schwimmen
schwitzen schwimmen
schwimzen schwimmen

in: »serienfuss«, 1974

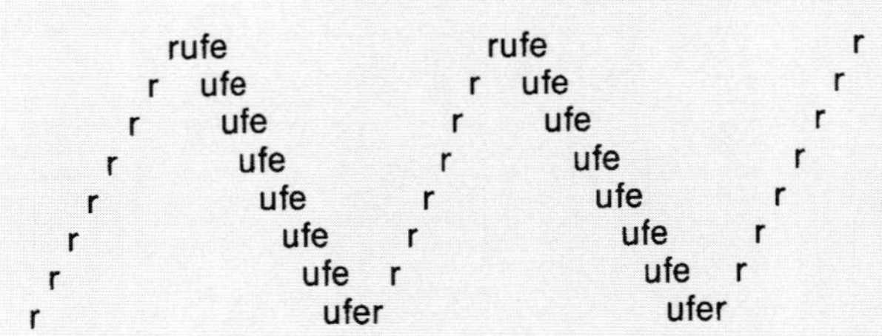

in: »serienfuss«

in seiner Wohnung, 1974

Jandl in seiner Dankrede zur Verleihung des Georg-Trakl-Preises am 10.12.1974 in Salzburg: »Der Erste Weltkrieg zerstörte die Blüte des deutschen Expressionismus; nicht weniger verheerend wirkten sich der Nationalsozialismus und der Zweite Weltkrieg auf die deutsche Dichtung aus. Beinahe dreißig Jahre danach befinden wir uns in einer neuen Epoche von Dichtung in deutscher Sprache, einer vielgestaltigen, ausgedehnten literarischen Landschaft. Wir haben weiterhin mit allen Gefährdungen zu rechnen, Erschütterungen und Zusammenbrüchen, zusätzlich zum Wissen um den eigenen Tod.«

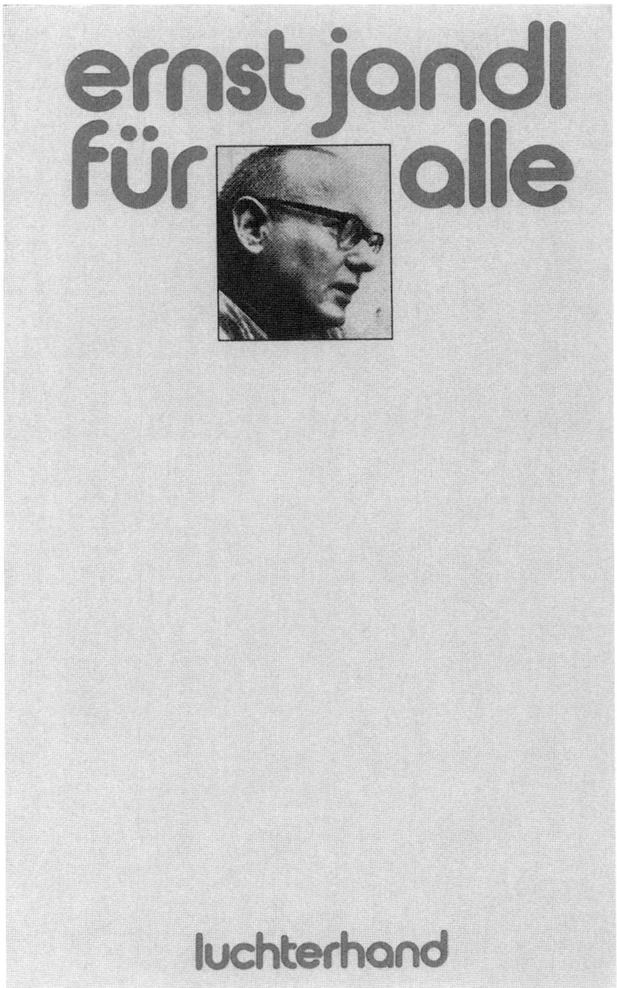

»für alle«, 1974

»die schöne kunst des schreibens«, Aufsätze 1976

»sprechblasen«, 1979

»für alle«, eine Sammlung von traditionellen, experimentellen und essayistischen Texten, die sich an »alle« Interessenten »moderner Poesie« richtet, ist Jandls erster Band, der als kartoniertes Buch erscheint. Ihm folgt 1976 in gleicher Aufmachung »Die schöne Kunst des Schreibens«. – Für den Band »Laut und Luise«, mit dem Jandl berühmt geworden ist, einem Standardwerk der Poesie mittlerweile, hat Jandl, nachdem er lange mit dtv in Verhandlungen stand, Reclam als den geeigneten Verlag für die Neuveröffentlichung gefunden. Es folgen bei Reclam in der Universalreihe die »sprechblasen«. Beide Bände werden – und darauf kam es Jandl bei der erneuten Verlagssuche an – auf Dauer zu einem niedrigen Ladenpreis lieferbar gehalten.

Zeichnung von Jandl

beim Bielefelder Colloquium, 1997

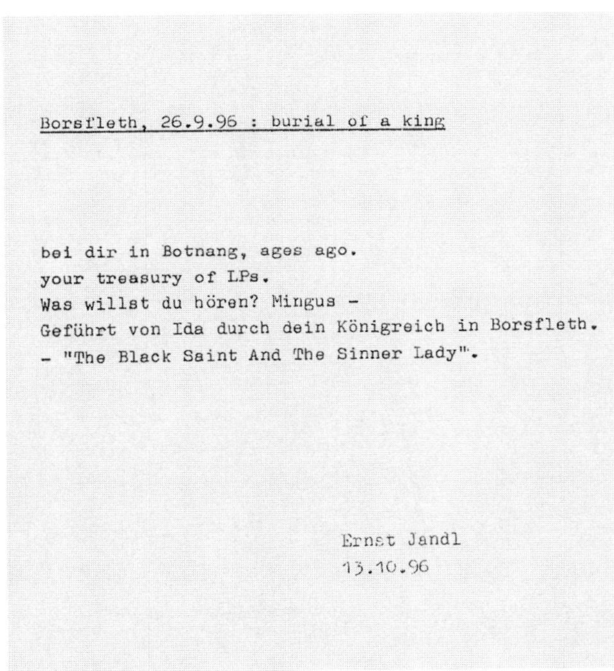

Borsfleth, 26.9.96 : burial of a king

bei dir in Botnang, ages ago.
your treasury of LPs.
Was willst du hören? Mingus -
Geführt von Ida durch dein Königreich in Borsfleth.
- "The Black Saint And The Sinner Lady".

Ernst Jandl
13.10.96

Fax an Ida Heißenbüttel

Auch wenn Jandl seine unregelmäßige Produktion von experimentellen Gedichten wie in »Laut und Luise« oder dem »künstlichen baum« nicht fortsetzt, fühlt er sich mit den Autoren eng verbunden, die seiner radikalen Dichtung nahestehen und ihre Veröffentlichung gefördert und ermöglicht haben. Er nimmt, wenn es ihm seine Termine erlauben, an den Tagungen des Bielefelder Colloquiums teil, kümmert sich um befreundete Autoren wie Reinhard Prießnitz, der während einer der Tagungen des Bielefelder Colloquiums in Athen gestürzt ist und sich schwer verletzt hat. Er reist zur Trauerfeier von Helmut Heißenbüttel, dem er Zeit seines Lebens dankt, daß er ihn aus seinem publizistischen Abseits geführt hat, oder er hält sporadisch Kontakt mit Otto F. Walter bis zu dessen Tod am 24. September 1994. – Vor allem ist seine Neugier für alle Entwicklungen auf dem Gebiet neuester Poesie ungebrochen und spornt ihn wie immer zum Weiterschreiben an.

Lesungen stellen sich für Jandl als eine einzigartige Möglichkeit heraus, sich für seine Gedichte einzusetzen. – Früh macht er die Erfahrung, daß in Lesungen das Publikum positiv auf seine Texte reagiert, entschieden positiver als die öffentlichen Reaktionen auf seine Gedichte zunächst ausfallen. In Jandls Fall ist die sonst übliche Reihenfolge, nach der Autoren zum Lesen eingeladen werden, wenn sie sich durch Publikationen einen Namen gemacht haben, auf den Kopf gestellt: Durch Lesungen kommt er zu Büchern, und durch Lesungen kann er seine Bücher – als sie dann endlich publiziert sind – einem größeren Kreis von Interessenten nahebringen. Und schließlich führt eine seiner frühen Lesungen zu der Idee, einige seiner Gedichte, vorgetragen von ihm, auf Schallplatte zu veröffentlichen – dem Medium, das ihn rascher berühmt machen wird, als es seine Bücher vermögen. Daß aber in Jandls literarischer Biographie öffentliche Auftritte überhaupt diese Bedeutung erlangen, hängt mit der Eigenart seiner Gedichte zusammen: Viele von ihnen müssen laut gelesen werden, damit sie sich in der (sinnlichen, wenn auch durch die Artikulation flüchtigen) Gestalt entfalten können, die Jandl ihnen zugedacht hat. Gedruckt haben sie große Ähnlichkeit mit Partituren. – Lesungen sind also Jandls Chance, sich wirkungsvoll als Autor durchzusetzen. Allerdings verschärft sich durch Lesungen ein Problem, vor das er sich zunehmend gestellt sieht: Wie lassen sich Beruf und Schreiben miteinander verbinden? Und damit ist er bei der grundsätzlichen Frage angelangt, wie sich sein Schriftstellerleben organisieren läßt.

Ernst Jandl und seine Lesungen

mit Schülern am Bundesrealgymnasium 4, um 1960

Eine poetische Existenz führen zu wollen, hält Jandl von Anfang an für groben Unfug. Dennoch ist seine pragmatische Kombination von Beruf und Schreiben nur mit Mühe durchzuhalten. Daß Jandl mehr geschrieben hätte, wenn er sich ohne Beruf auf seine Literatur hätte konzentrieren können, ist reine Spekulation. Projekte, die liegengeblieben sind, weil es an Zeit fehlte, gibt es nicht. Aber vieles muß unter Zeitdruck geschehen und läßt Jandl darüber nachdenken, wie er seine Schulverpflichtungen verringern könnte – über einen befristeten Zeitraum. Daß für Jandl diese Überlegungen immer konkreter werden, hängt mit einem Problem zusammen, das mit dem Schreiben nur indirekt etwas zu tun hat und an das er, als er mit dem Dichten begonnen hat, nicht einmal gedacht hat: Daß er seine Gedichte »durchsetzen« müßte. Welche Energie und Zeit er dafür aufzubringen hat, ahnt er selbst dann erst vage, als er damit beginnt, sich mit diesem Problem auseinanderzusetzen.

während einer Abiturprüfung von »Externisten«, im Bundesrealgymnasium 4

Schon Ende der fünfziger Jahre setzen bei Jandl Überlegungen ein, ob sich die Belastungen durch die Schule nicht verringern lassen. Seit den Ereignissen 1957 ist ihm auch klargeworden, daß er mehr Kraft für das Publizieren seiner Gedichte aufbringen muß. Ein Freund hilft: Durch ihn wird Jandl in eine Kommission berufen, die Schülern, die sich außerhalb des Gymnasiums für das Abitur qualifiziert haben (»Externisten«), diese Prüfung abnimmt. Jandl: »Während dieser drei Jahre verdiente ich das Geld, das ich brauchte, um mir ein Jahr unbezahlten Urlaub zum Schreiben zu nehmen.« Anfang der sechziger Jahre gehört er dieser Kommission an.

1963 läßt Jandl von Otto Breicha am Wiener Donaukanal Autorenfotos von sich machen. Jandl: »Als Schriftsteller hatte ich nie das Gefühl, scheitern zu können.«

An der Bedeutung seiner Gedichte und daran, daß er ein Autor ist, zweifelt er nicht. Die für ihn wichtige Frage, in welchem Verlag seine Gedichte erscheinen könnten (etwas zu machen und es herzuzeigen, also zu publizieren, stellt für ihn eine Einheit dar), ist nach wie vor ungelöst. Durch kleinere Veröffentlichungen beginnt sich sein Werk zu zerstreuen (und neue Gedichte entstehen nur zögerlich) – diese belastende Situation versucht er mit einer Reise zu bundesdeutschen Verlagen zu klären. Er sucht persönlichen Kontakt; als unbekannter Autor seine Manuskripte zu versenden, damit hat er 1958 schon mit dem Luchterhand Verlag (mit einem von vier Verlagen) schlechte Erfahrungen gemacht. Das Manuskript wurde ihm mit einer knappen freundlichen Absage zurückgeschickt. Mit Friedrich Polacovics berät er, an welche Verlage er sich wenden solle; von Wien aus und für ihn, der damals noch am Anfang seiner Publikationskarriere steht, ist es schwer zu beurteilen, welcher Verlag für seine Gedichte genug literarische Statur hat und auch ein Interesse haben könnte, sie zu veröffentlichen.

Suhrkamp und Luchterhand gehören zu den Verlagen, die für ihn in Frage kommen. In den Sommerferien 1963 fährt er los. – 1964 nimmt sich Jandl das erste Jahr unbezahlten Urlaub von der Schule – zum Schreiben. Gemessen an der Zahl der Gedichte, die in diesem Jahr entstanden sind – sie hat sich nicht erhöht (aber auch nicht verringert) – verläuft diese Zeit nicht besonders erfolgreich. Die meiste Zeit beschäftigt er sich mit einer Auftragsarbeit des Insel Verlags, der Übersetzung von Robert Creeleys Roman »The Island«. Den Lektor dort hatte Jandl bei seinem Verlagsbesuch 1963 zwar nicht für seine Gedichte gewinnen können, aber ihm ist es umgekehrt gelungen, Jandl für seine Zwecke einzuspannen: Der Übersetzung dieses Romans. In den nächsten Jahren erscheinen weitere Übersetzungen von Jandl: 1969 drei Abschnitte aus John Cages Buch »Silence«, 1971 »Erzählen. Vier Vorträge« von Gertrude Stein und einige Gedichte von William Butler Yeats. Danach hat Jandl diese Tätigkeit bis auf geringfügige Ausnahmen aufgegeben.

Otto Breicha fotografiert Jandl am 17. November 1964 im Innenhof des Palais Wolcock, Wien, Herrengasse

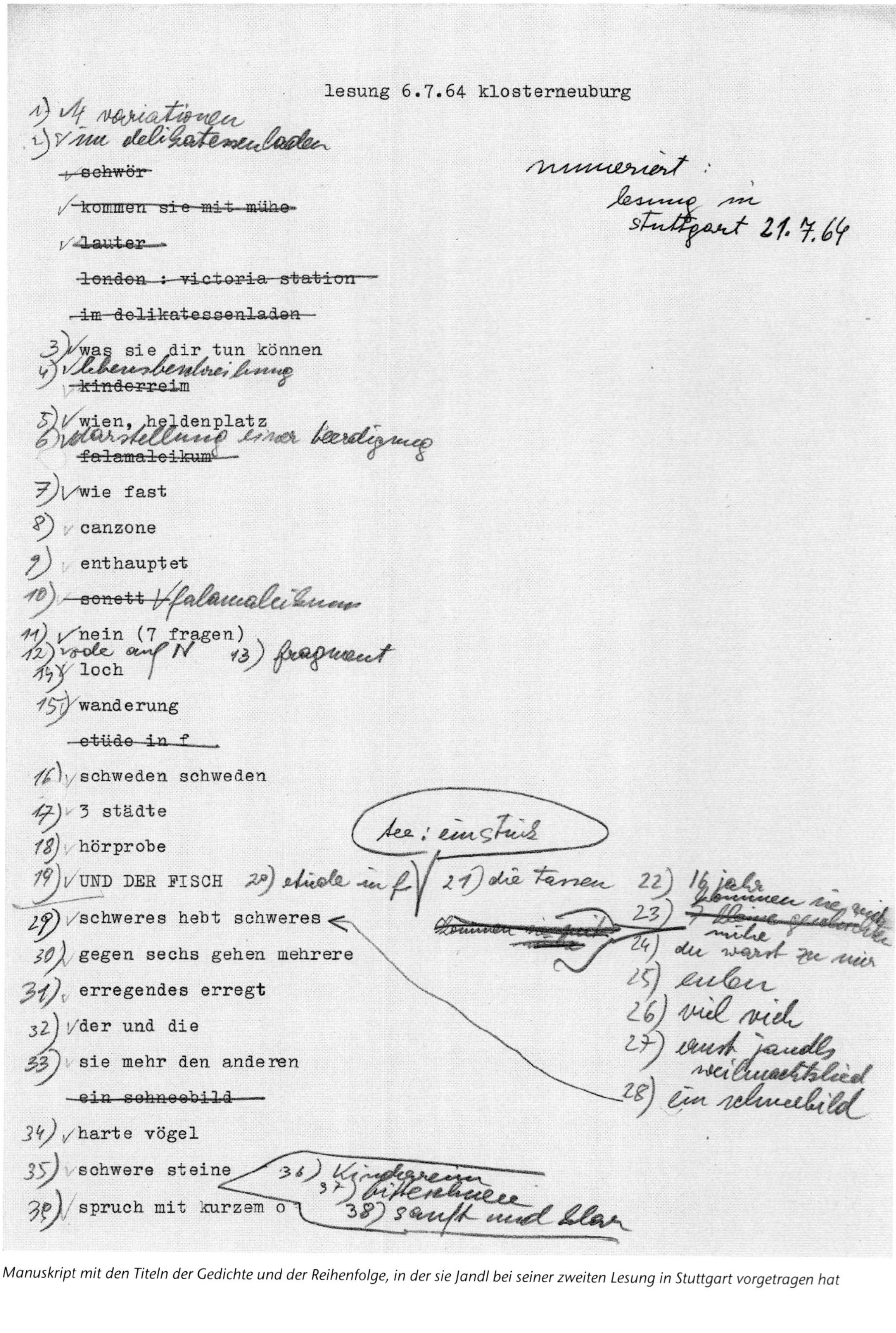

lesung 6.7.64 klosterneuburg

1) 4 variationen
2) im delikatessenladen
~~schwör~~
~~kommen sie mit mühe~~
~~lauter~~
~~london : victoria station~~
~~im delikatessenladen~~

nummeriert: lesung in stuttgart 21.7.64

3) was sie dir tun können
4) lebensbeschreibung
~~kinderreim~~
5) wien, heldenplatz
6) darstellung einer beerdigung
~~falamaleikum~~
7) wie fast
8) canzone
9) enthauptet
10) ~~sonett~~ falamaleikum
11) nein (7 fragen)
12) rede auf N 13) fragment
14) loch
15) wanderung
~~etüde in f~~
16) schweden schweden
17) 3 städte
18) hörprobe
19) UND DER FISCH 20) etüde in f 21) die tassen 22) 16 jahr
tee: ein stück
23) ~~kommen sie mit mühe~~ ~~[illegible]~~
24) du warst zu mir
25) eulen
26) viel vieh
27) ernst jandls weihnachtslied
28) ein schneebild
29) schweres hebt schweres
30) gegen sechs gehen mehrere
31) erregendes erregt
32) der und die
33) sie mehr den anderen
~~ein schneebild~~
34) harte vögel
35) schwere steine 36) kinderreim 37) bitterschnee
38) spruch mit kurzem o 38) sanft und klar

Manuskript mit den Titeln der Gedichte und der Reihenfolge, in der sie Jandl bei seiner zweiten Lesung in Stuttgart vorgetragen hat

Anfang 1964, Lesung aus Anlaß des Erscheinens der »zwischen-räume« in der Buchhandlung Niedlich, Stuttgart

Jandl an Alfred Kolleritsch: »Freitag den 10.1. fahre ich nach Stuttgart, um mit anderen Autoren der ›zwischen-räume‹ bei einer Lesung mitzumachen. Sonntag muß ich wieder zurück, es wird also eine rechte Hetzerei ...« Dies ist die erste von mehreren Lesungen, die Jandls Entwicklung als Autor entscheidend beschleunigen. Nach dieser Lesung, an die sich noch zwei weitere Veranstaltungen in Stuttgart im nächsten Jahr anschließen werden, lernt er Max Bense und Helmut Heißenbüttel kennen. Durch beide Bekanntschaften gelangt Jandl zu dem, was ihm am meisten fehlt: zu Veröffentlichungen. Jandls Vortrag besitzt eine unmittelbare Überzeugungskraft und legt die Frage nahe, wo seine Gedichte in gedruckter Form nachgelesen werden können. Heißenbüttel (Autor und Redakteur beim Süddeutschen Rundfunk) will sich für Jandl beim Walter Verlag einsetzen und dort den Band »Laut und Luise« herausgeben. Zugleich lädt er Jandl zu einer Sendung über die Gedichte von Mayröcker ein. Jandl nimmt diesen Auftrag gerne an, leicht fällt es ihm aber nicht, ihn zu realisieren.
Er braucht viel länger als jemals von ihm veranschlagt, bis die Arbeit an dem Manuskript mit dem Titel »Die poetische Syntax in den Gedichten von Friederike Mayröcker« beendet ist. – Jandl plant gewissenhaft jede Lesung, er weiß genau, welche Gedichte er liest und in welcher Reihenfolge das geschehen soll.
Auch mit wachsender Sicherheit und größer werdender Popularität weicht er von diesem Prinzip, das er seinen Gedichten und dem Publikum unverändert zu schulden glaubt, nicht ab.

Alfred Kolleritsch posiert 1966 für den ersten Fernsehfilm, der über das Forum Stadtpark, Graz, gedreht wurde

Wien, 10.10.66

Lieber Fredy, hier die Abrechnung über "manuskripte 17":

Theater a.d. Wien	2 Stück	S 30.-
BH Schottentor	5 "	S 70.-
BH Kärntnertor	5 "	S 70.-
BH Gerold	3 "	S 42.-
		S 212.-

Diesen Betrag überweise ich morgen oder an einem der nächsten Tage auf das Konto des Forums. Vom Theater an der Wien habe ich noch einen ganzen Stapel Hefte, den ich momentan bei mir aufbewahre, aber jederzeit an Deine, oder an die Adresse des Forums, zurückschicken kann, wenn es gewünscht wird.

Folgende Stellen erhielten von mir Abonnementhefte (in Klammer die Stückzahl):

Prachner (2)
Walter Krieg Verlag (1)
Braumüller (1)
Heger (2)

Es tut mir leid, daß ich am Montag, 17.d.M., nicht in Graz sein kann, aber die Arbeiten hier, vor allem die Schule, machen das unmöglich. Doch hoffe ich, daß Du bald einmal nach Wien kommst – spätestens zur Grazer Lesung in der Literaturgesellschaft.

Auf das neue Heft bin ich schon gespannt. "Laut und Luise", das ich Dir schickte, hast Du wohl bekommen?

Herzliche Grüße Dir und Heidi,

Dein

»Abrechnung«

Am 12. Juni 1964 findet Jandls erste Lesung in Graz statt. Mit dieser Lesung, es ist die zweite wichtige Lesung des Autors, hat sich Jandls Lage in Österreich grundsätzlich verändert. Von einem Boykott ihm gegenüber kann keine Rede mehr sein. Er wird zu weiteren Lesungen (am 17. Oktober 1964 ist die nächste) eingeladen, zögernd beginnt die Auseinandersetzung mit seinem Werk und dessen Anerkennung in Österreich. Nach der Lesung lernt er Musiker (siehe »Ernst Jandl und die Musik«) und weitere Autoren kennen, mit denen er sich anfreundet. Die Zeitschrift »manuskripte« ist froh, wenn sie Texte von Ernst Jandl veröffentlichen kann, und ihr Herausgeber Alfred Kolleritsch wird den Skandal um Jandls Gedichte im Jahr 1957 weder mitbekommen haben, noch läßt er sich von irgendeinem informellen Publikationsverbot beeindrucken, dem Jandl sich danach ausgesetzt gesehen hatte. 1963 kommt es zu Jandls erster Veröffentlichung in der Zeitschrift »manuskripte«, er publiziert die »villgrater texte«. Den Vertrieb der

Mayröcker und Jandl, 1963 mit tschechischen Autoren

Zeitschrift müssen die Autoren zum Teil in eigener Regie übernehmen. Jandl beteiligt sich in Wien an der Verbreitung der »manuskripte« mit der ihm eigenen Sorgfalt. Diese publizistische Initiative hilft ihm auch aus seiner Isolation in Österreich heraus. – In Österreich wächst eine Generation von Autoren heran, die Jandl als Pionier einer neuen poetischen Ausdrucksweise ansieht. Für sie zählt er zu den wenigen Schriftstellern unter den österreichischen Autoren, die sie ernst nehmen können und diejenigen, die ihn verhindern wollten, werden als das angesehen, was sie sind: Saboteure der Literatur. Die Fronten beginnen sich zu Jandls Gunsten zu verkehren. – Eine weitere Zeitschrift, die »protokolle«, wird von Otto Breicha gegründet und herausgegeben. In der ersten Nummer (1966) veröffentlicht Jandl den Aufsatz »Österreichische Beiträge zu einer modernen Weltdichtung«. In wenigen prinzipiellen Sätzen formuliert er eine Poetik, die für ihn und für viele der jüngeren Autoren gilt: »Diese Dichtung ist weder meßbar an einer außersprachlich vorgestellten Welt, noch meßbar an den Verbindlichkeiten einer zur praktischen Mitteilung dienenden Sprache. Sie ist autonom, zu messen nur an ihren eigenen Beispielen.«

mit Wolfgang Bauer, Graz 1964

mit Pete Brown und Michael Horowitz in der Albert Hall

Neben dem traditionellen Publikum entsteht ein zweiter, langsam größer werdender Kreis von Zuhörern, der sich für radikale Dichtung interessiert und sich aufgeschlossen gegenüber den Texten Jandls zeigt – eine internationale Entwicklung. Am 11. Juni 1965 tritt er in der Albert Hall, London, auf. Zusammen mit Pete Brown und Michael Horowitz trägt er u.a. das »sneezing poem« (»Niesgedicht«) von Kurt Schwitters vor, danach eigene Gedichte. Die Reaktionen auf seinen Vortrag sind überwältigend: Ungefähr viertausend Zuhörer feiern ihn als Dichter. – Der Auftritt in England hat denselben Effekt, den seine erste Lesung in Stuttgart hatte: Es entsteht der Wunsch, diese und andere Gedichte von Jandl in einem Buch nachlesen zu können. Der Buchhändler und Autor Bob Cobbing bringt 1965 den Band »mai hart lieb zapfen eibe hold« heraus, eine Sammlung, die Jandls »oberflächenübersetzung« eines Verses von William Wordsworth ...

»my heart leaps up when i behold« und fünfundzwanzig andere Gedichte enthält (erschienen als: Writers Forum Poets, Nummer 11). Noch im selben Jahr erscheint eine weitere Broschüre mit »Sprechgedichten/Sound Poems« (Writers Forum Poets, Nummer 15) und eine Platte (Writers Forum Record, Nummer 1) mit Sprechgedichten, von Jandl gelesen. 1967 erscheint unter der Mithilfe von Erich Fried in einer Auflage von zweihundert Exemplaren ein Bändchen mit dem Titel »No Music Please«. Gemessen an den tausend Exemplaren, die von »Laut und Luise« bei ihrem ersten Erscheinen hergestellt werden, und daran, daß es sich in Großbritannien um eine Veröffentlichung in deutscher Sprache handelt, darf die Stückzahl als nicht zu gering angesehen werden.

Lesung in der Werkhalle von »Messer Griesheim«, Frankfurt

Am 24.11.1967 liest Jandl während des »Zweiten Internationalen Frankfurter Forums für Literatur«. Das ist die dritte Lesung in Jandls Laufbahn, die seiner Entwicklung einen entscheidenden Anstoß gibt. Urs Widmer, damals Lektor im Suhrkamp Verlag, und der Verleger Klaus Wagenbach sind in der Fabrikhalle anwesend; nach der Lesung schlägt Wagenbach Jandl vor, in seinem noch jungen Verlag eine Platte mit Sprechgedichten von ihm zu veröffentlichen. Etwas Besseres kann sich Jandl nicht wünschen. 1968 erscheint die Platte »Laut und Luise«. Sie macht Jandl einem großen Publikum bekannt. Er ist der erste Autor, der durch einen Tonträger berühmt wird.

Lesung in der Werkhalle von »Messer Griesheim«, Frankfurt (oben u. a. mit Gerhard Zwerenz, rechts)

mit Friederike Mayröcker, Lesung im Museum des 20. Jahrhundert, Wien Juni 1970

Jandls Lesungen ziehen ein größeres Publikum an, und er beginnt, die Popularität seiner Veranstaltungen zu nutzen, um nicht nur für seine Gedichte zu werben, dem einzigen Ziel seiner Lesungen am Anfang seiner literarischen Biographie, jetzt verfolgt er auch weiterreichende Ziele. In seiner »Vorrede zu einer Lesung in Graz, 11. November 67« erläutert er: »Ich beginne nämlich meine Demonstration, im Sinn eines Zeigens von Experimenten...« Politische »Demonstrationsabsichten« kommen hinzu, und schließlich sollen sich seine Lesungen auch kommerziell lohnen. Er möchte, soweit ihm das mit Veranstaltungen möglich ist, den Verkauf der Gedichtbände unterstützen – und das aus gutem Grund. In der Presse werden seine Bücher gut besprochen, leicht haben sie es Ende der sechziger Jahre in den Buchhandlungen – wie die Bücher fast aller Lyriker – dennoch nicht.

mit Friederike Mayröcker und Peter Handke, Lesung in St. Veit a.d. Glan, 8. September 1968

Die Autoren, die in den fünfziger Jahren isoliert in Wien an einer neuen Literatur gearbeitet haben, können längst ihre konservativen Gegner von damals in den Schatten stellen; der größere Teil des Publikums steht auf ihrer Seite. Zusammen mit jüngeren Autoren, die sich nicht wie Jandl gegen massive Anfeindungen behaupten müssen und indirekt von seiner Durchsetzungsstärke profitieren, finden ab den späten sechziger Jahren Veranstaltungen mit großer öffentlicher Beachtung statt. Peter Handke, dessen rascher Aufstieg sich nach seinen ersten Büchern bereits abzuzeichnen beginnt, stellt seinem Stück »Kaspar« (1966) Jandls Gedicht »16 jahr« voran.

Ernst Jandl
Untere Augartenstrasse 1-3/1/19
A-1020 Wien

1.12.67

Lieber Herr Walter,

zu den für mich erfreulichsten Dingen in Frankfurt gehörte das Zusammensein mit Ihnen; sonst war der Aufenthalt dort in erster Linie ein Kampf gegen eine Erkältung, die mich nach Wien begleitet hat und mich, nachdem ich drei Tage in der Schule versucht hatte, meine Rückstände aufzuarbeiten, endgültig zu Bett geworfen hat. So tippt jetzt, nach meinem Diktat, Friederike Mayröcker diesen Brief. Der kleine Blick auf meine, jetzt im wahrsten Sinne des Wortes, Lage soll nicht meine Empfindlichkeit betonen, sondern exemplarisch vorführen, wovon ich wieder mal die Nase voll habe, nämlich in zwei Bereichen zu arbeiten, die einander immer wieder ausschliessen möchten; so dass ich erwäge, mir zum zweiten Mal einen Urlaub ohne Bezahlung zu nehmen, ab September 68, auf ein Jahr. Der erste, Schuljahr 64/65, brachte ausser der Übersetzung von Creeley's"Insel" und natürlich dem Englandaufenthalt mit Albert Hall Lesung etc. nicht viel ein. Trotzdem scheint es mir an der Zeit, die Sache nochmals zu wagen. Dies nur vorausgeschickt.

Das Abschlussfest in Frankfurt brachte mir als Nichttänzer neben schöner extrem lauter Beatmusik, für die ich mich immer mehr erwärme, lange Gespräche mit Klaus Nonnenmann und zwei Angebote für die Produktion einer Schallplatte, von Klaus Wagenbach und Urs Widmer.

Auszug aus einem Brief an Otto F. Walter vom 1. Dezember 1967

1965 muß Jandl zurück an die Schule. Seine Situation hat sich nicht verändert: Die Schule – eine Last. Jandl an Kolleritsch, 6. September 1965: »am Ende des ersten Tages des scheußlichen Wiederbeginns schicke ich dir...« Klagen dieser Art durchziehen die Korrespondenz: »Mir ist schon die Schule allein Hindernis genug für eine kontinuierliche Arbeit.« Jandl wird zeitweise krank, Alternativen zeichnen sich aber keine ab.

Er will und muß sein Schreiben durch einen Beruf finanzieren, an dieser Situation kann sich, ungeachtet aller Schwierigkeiten, prinzipiell nichts ändern.
Der Verkauf von Gedichtbüchern wird ihn in seinen Entscheidungen finanziell nie unabhängig machen.
Daß er sich gerne ausschließlicher um seine Literatur kümmern würde, dieser Wunsch läßt sich dennoch nicht zurückdrängen.

Jandl entschließt sich zu neuen Karenzurlauben. Im Schuljahr 1969/1970 ist er von seinem Dienst befreit, und von da an beantragt er jedes Jahr erneut eine unbezahlte Freistellung für weitere zwölf Monate. Fünf Jahre können ihm maximal bewilligt werden und werden ihm gewährt. – 1968/69 beginnt er Bücher zu rezensieren: Arno Schmidts »Sitara«; Franz Mons »herzzero«; Peter Handkes »Kaspar«; Chris Bezzels »Grundrisse«. Kurzfristig überlegt er, ob er in Zukunft nicht als Journalist arbeiten und das Geld zur Absicherung seiner poetischen Existenz auf diese Weise verdienen möchte. Dieser Versuch wird jedoch rasch beendet, einer der Gründe: Die Trennung zwischen Beruf und Schreiben ließe sich nicht mehr in der geschätzten Eindeutigkeit beibehalten. Also behilft sich Jandl weiter mit unbezahlten Urlauben. – Groß sind seine Ansprüche ohnehin nicht, allerdings sind ihm auch in dieser Beziehung romantische Bohemien-Vorstellungen fremd: »Geldmittel müssen schon in einem Umfang zur Verfügung stehen, daß ich mir keine Gedanken machen brauche, wo ich für die nächsten Tage einen Schilling herkriege und wie ich die nächste Miete zahle.«

11. Juni 1967, wieder wird Jandl von Otto Breicha fotografiert, diesmal in Jandls Wohnung

im Österreichischen Fernsehen 1972, aufgenommen von Jandls Fernsehapparat

Zunächst kann Jandl das fehlende Lehrergehalt durch Honorare ausgleichen, die er für seine Hörspiele bekommt. 1970 erhält er ein Stipendium des DAAD; damit kann er wiederum die Rundfunk-Honorare ausgleichen, die nicht mehr fließen, seit die Produktion von Hörspielen zu stocken begonnen hat. Dieses Stipendium ist an einen Aufenthalt in Berlin gebunden, und am 26. Mai 1970 übersiedelt er für ein Jahr von Wien nach Berlin. Gerüchte kommen auf, daß er emigriert sei, diese Mutmaßungen sind aber falsch: Mit seinen Publikationen hat sich Jandl wie die meisten anderen ernstzunehmenden Autoren seines Landes schon vor Jahren unabhängig davon gemacht, ob seine Literatur in Österreich für gut befunden wird oder nicht. Sie erscheint bei Verlagen außerhalb Österreichs. Ansonsten will er Österreich nicht verlassen und kann es nicht, da er weiter seinen Beruf ausüben können möchte. – 1971 übersiedelt er für ein Semester in die USA. Er ist zum »poet in residence« an der Universität in Austin, Texas, berufen worden. Es folgen weitere Aufenthalte im Ausland. Als er längst wieder zurück ist, faßt er im Dezember 1976 in einer Erzählung seine Stimmungslage bei der Rückkehr nach Wien in dem lapidaren Titel zusammen: »war einst weg und bin jetzt hier«. – In Jandls Werk tauchen Gedichte über Lesungen auf. Am 22. Oktober 1972 kommt es zur vierten Lesung von Ernst Jandl, die am Beginn einer fundamental neuen Entwicklung steht – wieder in Graz. Seine Auftritte sind mittlerweile ein Ereignis, selbst das Fernsehen hat sich angesagt und möchte Jandls Lesung übertragen. Anstelle von Gedichten liest er aber eine Erklärung – eine harsche Kritik am Österreichischen PEN-Zentrum. Den Anstoß zu diesem Schritt hat der Rücktritt des PEN-Präsidenten Alexander Lernet-Holenia gegeben, der es mit seiner politschen Gesinnung nicht vereinbaren konnte, daß ein links stehender Autor wie Heinrich Böll den Literatur-Nobelpreis bekommen hatte. Jandl sieht in diesem Rücktritt einen Skandal und einen letzten Beweis dafür, daß Autoren wie Lernet-Holenia nicht länger für die österreichischen Autoren sprechen dürfen. – Niemand außer Friederike Mayröcker hat gewußt, daß Jandl sich an diesem Abend in der Öffentlichkeit gegen den österreichischen PEN stellen würde.

Erstes Treffen der Grazer Autorenversammlung während des »steirischen herbsts«, von links: Gerhard Rühm, Franz Kaltenbeck und Peter Weibel

Für Jandl steht fest: Die überwiegende Anzahl der Autoren, die international mit der aktuellen österreichischen Literatur in Verbindung gebracht werden und ihr zu dem guten Ruf verholfen haben, den sie wieder besitzt, gehören nicht dem PEN an und verfügen innerhalb Österreichs über keinen Einfluß. Dafür haben jene mediokren und unbekannten Autoren, die dem PEN angehören, in Österreich das Sagen. Sie halten kulturpolitisch wichtige Positionen besetzt, vor allem der Rundfunk wird von ihnen kontrolliert. Jandl hat die Machtfrage gestellt, er will nicht länger die literarisch ungerechtfertigte Dominanz des PEN hinnehmen, und er regt die Schaffung einer neuen Schriftstellervereinigung an, die den Einfluß des österreichischen PEN zurückdrängen soll. Auf Initiative von Jandl und Kolleritsch werden am 24./25. Februar 1973 dreißig Autoren nach Graz zur Gründungsveranstaltung der Grazer Autorenversammlung eingeladen. Der als Repräsentant sich eignende H.C. Artmann wird zum ersten Präsidenten der GAV gewählt, und der im Lösen von Organisations- und Sachfragen beschlagene Jandl wird ebenfalls in den Vorstand gewählt (in die Position des ersten Sekretärs und Mitglied des Proponenten-Komitees). – 1973 finanziert sich Jandl erneut einen Teil seines Unterhalts durch ein Auslandsstipendium. Diesmal erhält Friederike Mayröcker ein Stipendium des DAAD, und beide gehen erneut für ein halbes Jahr nach Berlin. Auf Anregung von Walter Höllerer erscheint 1974 der Gedichtband »wischen möchten«, eine Ko-Produktion des Literarischen Colloquiums (Berlin) und des DAAD.

Ernst Jandl

Erklärung

Ich begrüße die Verleihung des Nobelpreises an Heinrich Böll; ich begrüße Bölls Engagement für Willy Brandt und seine Partei im gegenwärtigen Wahlkampf in der Bundesrepublik Deutschland; ich begrüße außerdem den Rücktritt Alexander Lernet-Holenias von seiner Funktion als Präsident des sogenannten österreichischen PEN-Clubs.

auf dem Balkon in der Fischerhüttenstraße

mit Gerald Bisinger, Berlin 1973

mit Gerhard Rühm, Berlin 1973

während einer Diskussion, Wien 1975

National kann sich Jandl mit seiner kulturpolitischen Initiative durchsetzen. Der Grazer Autorenversammlung (GAV) gehören bald die wichtigsten österreichischen Autoren an, und auch nach einigen spektakulären Austritten ist die GAV in der Lage, sich für die Interessen ihrer Mitglieder einzusetzen. Internationale Anerkennung als zweiter Österreichischer PEN, die Jandl auch anstrebt, wird der GAV vom Internationalen PEN nicht gewährt. – Großes Gewicht legt Jandl bei den Tagungen der GAV auf öffentliche Lesungen, den Mitgliedern soll die Chance geboten werden, öffentlich ihren literarischen Rang unter Beweis stellen zu können. Als 1975 der Internationale PEN in Wien tagt, veranstaltet die GAV parallel dazu Lesungen und Diskussionen. Die Organisatoren (Jandl u.a.) konnten sicher sein, daß ihnen die Aufmerksamkeit gehörte und nicht dem PEN.

Einladung der Grazer Autorenversammlung zu Lesungen und Diskussionen 1975

Untere Augartenstraße 1-3

Als Jandl in die Untere Augartenstraße zieht, hat er die Hoffnung, daß aus ihm ein geachteter Schriftsteller wird, als er vierzehn Jahre später von der Unteren Augartenstraße wegzieht, zählt er zu den wichtigsten Lyrikern – eine Entwicklung, die er gegen massiven Widerstand betrieben hat. 1973, im Verlauf seiner intensiven Arbeit an seinem essayistischen Werk und der Diskussionen um die Grazer Autorenversammlung, sieht sich Jandl dazu herausgefordert, in einem grundsätzlich formulierten Aufsatz nochmals darüber nachzudenken, wie Schriftsteller sich ihr Leben am besten organisieren können. Seine Erfahrungen aus gut zwanzig Jahren fließen in diese Formulierungen mit ein, sie bestärken ihn in Ansichten, die ihn von Anfang seines Schriftstellerlebens an geleitet haben. Kernaussage 1: Autoren sollen sich das Schreiben durch einen Beruf verdienen. Jandl: »Vor allem aber: man war frei, in diesem Bezirk, dem des Schreibens, war man frei; man hatte sich, freiwillig, an gewisse Regelmäßigkeiten des Berufs gebunden und im Austausch dafür für diese zweite Tätigkeit vollständige Freiheit erlangt. Man konnte schreiben, wie und was man wollte, und man konnte es bleibenlassen, wann immer man wollte. Man war weder vom Urteil anderer noch von Erfolgen abhängig. Zeit spielte keine Rolle, Konkurrenz gab es nicht oder nur dort, wo man sich selbst jemanden zum Konkurrenten wählte, in eher sportlicher Weise ... In größerer Freiheit als auf diese Weise Schriftsteller zu sein, kann ich mir schwerlich vorstellen.« Jandl räumt (für Autoren aus kleinbürgerlichen Familien) mit den bürgerlich-romantischen Vorstellungen vom freien Schriftsteller und der Überhöhung der poetischen Existenz auf. Pragmatisch und nüchtern beschreibt er einen Autorentyp, der in Teilzeit an Literatur arbeitet – und zwar, auch wenn er nicht ausschließlich mit Literatur befaßt ist, mit den ungeteilt höchsten Ansprüchen. Denn, Kernaussage 2: Es geht um nichts als um Literatur, und Literatur ist allen sekundären Fragen, die mit Verwertung zu tun haben, enthoben. Diese Auffassung von Literatur als Kunst ist radikal, und deswegen hat der Autor, obwohl er sich die Unabhängigkeit für diese Arbeit geschaffen hat, einen mächtigen Gegner: eine in Fragen Kunst reaktionäre und ignorante Gesellschaft. Um sich gegen sie zur Wehr zu setzen, braucht er Verbündete, nicht beim Schreiben, wohl aber bei der Durchsetzung dessen, was er geschrieben hat.

Otto Breicha fotografiert 1974 den Autor Jandl in dessen Wohnung, Untere Augartenstraße

Wie aber läßt sich das Schreiben neuer Gedichte – bei einem Lyriker eine sensible Frage – auf Dauer fortsetzen? Mit diesem Problem sieht sich Jandl in wiederkehrenden Abständen konfrontiert. Wann sich Gedichte einstellen, bleibt, auch wenn er mittlerweile die Eigenarten seiner Produktivität besser kennt, unberechenbar. Erzwingen lassen sich Gedichte nicht; längere Produktionspausen kommen immer wieder vor und werden von ihm hingenommen. Jandl weiß, daß er sich »dem dunklen Strom« (Peter Huchel) seines Schreibens überlassen muß. Das Vertrauen, daß sich neue Gedichte wieder melden werden, hilft ihm über Perioden ohne neue Gedichte hinweg. Damit er sich aber überhaupt auf die Gesetzmäßigkeiten des Schreibens einstellen kann, müssen einige äußere Voraussetzungen erfüllt sein. Jandl: »Wien, da es neutral für mich ist, begünstigt das Schreiben.« Und: Eine Wohnung, in der »alles geordnet« ist. Obwohl Jandl gerne ordnet, muß er sich Ordnung erkämpfen, und das um so mehr, als die Aufgaben immer vielfältiger werden, mit denen er sich auseinanderzusetzen hat. Jandl: »Es hat immer wieder Phasen gegeben, in denen das Chaos überhandzunehmen drohte und unbedingt beseitigt werden mußte ... « Dieses Beseitigen von Chaos entwickelt sich zu einer Dauerbeschäftigung. Sind die äußeren Bedingungen halbwegs erfüllt, dann kann er nach jenem »Ansatzpunkt, dem Punkt also, in dem bereits alles drin ist« fahnden. Darin besteht ein wesentlicher Teil seiner Arbeit; das Schreiben selber vollzieht sich dann verhältnismäßig schnell, und es ist auch angestrebt, daß es rasch geht: Eine gewisse Leichtigkeit soll sich in seinen Texten wiederfinden.

in Jandls Wohnung, Unteren Augartenstraße 1974

Lesung Saarbrücken 1977

Lesung Glasgow am 6. Mai 1978 beim »International Sound Poetry Festival«

Im Frühsommer 1975 bei der Kulturinitiative »Impuls Maria Schutz« am Semmering bei Wien (mit Mayröcker und Mitgliedern der Kulturinitiative)

Im November und Dezember 1974 hält Jandl drei Vorlesungen an der Universität Wien auf Einladung der literaturwissenschaftlichen Abteilung. Titel der Veranstaltung: »Mitteilungen aus der literarischen Praxis«. Im Titel klingt nur die Materialbasis an, auf die sich Jandl in diesen Vorträgen bezieht: Auf der Grundlage seiner Gedichte und seines Schreibens entwickelt er eine eigene Poetik. Siebzehn Jahre früher wäre die Vorstellung, daß er von der Universität Wien eingeladen werden würde und dort über Dichtung und Dichtungstheorie spräche, als Witz angesehen worden. Jetzt wird Jandl als Autorität in Sachen Poesie willkommen geheißen, wenn auch wieder nur von einer – zahlenmäßig weiter gewachsenen – Minderheit. Auch in der Presse hat sich der Ton Jandl gegenüber verändert: »Im überfüllten Seminarsaal im Wiener Hanuschhof, vor den Fenstern der weitläufigen Hofburg, in der ersten Reihe Friederike Mayröcker, der Literaturbeauftrage des Wiener Unterrichtsministeriums, Hermann Lein ... trat Jandl ans Katheder.« – In den Wiener Buchhandlungen ist zu dieser Zeit allerdings wie in den Jahren zuvor nur in Ausnahmefällen ein Buch von Jandl vorrätig. Auch seine Vorlesungen nehmen die Buchhändler nicht zum Anlaß, daran etwas zu ändern. – Am 28. Januar 1977 liest Jandl auf Einladung des Schriftstellers Franz Mon im Rahmen der »Maulkonzerte«, einer Veranstaltungsreihe in Saarbrücken, die vom Saarländischen Rundfunk mitgeschnitten und ausgestrahlt wird. Beide Autoren sind gut miteinander bekannt und schätzen jeweils das Werk des anderen. Diese Lesung ist eine von vielen, zu denen er in diesem und im nächsten Jahr aufbrechen wird. U.a. tritt Jandl in Biel, Fribourg, München, Aachen, Wolfenbüttel, Kassel, Triest, Budapest auf. 1977 hält Jandl zwischen dem 23. März und dem 12. Mai an der »Technischen Universität Wien« sechs Vorträge zum Thema »Moderne Poesie«. 1979 arbeitet er sein Vorlesungsskript zu dem Aufsatz »Anmerkungen zur Dichtkunst« aus. Als Dozent in eigener Sache nutzt er öffentliche Auftritte wie diese zur Fortsetzung der Arbeit an seinem essayistischen Werk.

Lesung in Darmstadt 1981, links Marcel Reich-Ranicki

Jandl füllt Säle; nur noch eine kleine Zahl von strikt rückwärts gewandten Literaturliebhabern fühlt sich durch seine Verse in ihrem lyrischen Empfinden verletzt. Die Veranstalter sind froh, wenn sie Jandl für einen Auftritt gewinnen können. Von der Begeisterung, die seine Auftritte auslösen, profitieren auch sie. – Womit Jandl nie gerechnet hat, tritt ein: Mit den Honoraren für Lesungen kann er den großen Teil seines Lebensunterhalts bestreiten, und wenn ihn, was selten der Fall ist, das Thema eines Symposiums reizt und sei es zu kräftigem Widerspruch, dann sagt er wie in dem Fall der Veranstaltung mit dem Titel »Zweifel an der Sprache« (1973) zu. Jandl in seinem Vortrag: »Zur Sprache gibt es keine Alternative, und daher auch keinen ›Zweifel an der Sprache‹. Das wird nicht widerlegt durch die Möglichkeit, an eine Vernichtung der Sprache als Folge einer Vernichtung der Menschheit zu denken; daß diese, als Werk des Menschen, denkbar ist, löst nicht Zweifel an der Sprache aus, sondern Zweifel am Menschen.« – 1981 wird Jandl als Ehrengast bei der Vergabe des Leonce und Lena-Preises an einen jungen Lyriker nach Darmstadt eingeladen. Jandls Werk wird für die nachwachsende Autoren-Generation als beispielgebend angesehen. Am Ende der Veranstaltung liest er aus seinem Werk. Überall, wo Jandl zu Lesungen hinkommt, wird er als einer der Maßstäbe setzenden Dichter empfangen.

Lesung am 27. Juni 1979 vor Rotariern (die ohne Applaus endete)

21. Oktober 1984 während einer Sitzungspause der Grazer Autorenversammlung

der Lautpoet, Mitte der achtziger Jahre

Aus der Führung der Grazer Autorenversammlung zieht sich Jandl zurück. 1975 ist er zum Vize-Präsidenten, von November 1983 bis November 1987 zum Präsidenten gewählt worden; danach gehörte er noch bis 1994 dem Vorstand an. Er muß die an ihn herangetragenen Anforderungen verringern, damit genügend Zeit bleibt, in der er sich um seine Belange kümmern kann. Mit der Entwicklung der GAV ist Jandl nicht einverstanden. Immer mehr Schreibende werden als Mitglieder aufgenommen und machen einen wirksamen Einsatz für literarisch bedeutende Autoren zunehmend schwierig. Später wird er in dunklen Stunden überlegen, ob er die Grazer Autorenversammlung nicht ein zweites Mal gründen soll. – Unabhängig von dieser Entwicklung haben sich die Anforderungen an ihn, verglichen mit der Zeit, als er sich vom Unterricht befreien ließ, erhöht. Würde er es darauf anlegen, dann könnte er seinen Arbeitstag mit Beschäftigungen, die seinem Werk keine weitere Zeile hinzufügen, ausfüllen. Er muß auswählen, wenn er durch seinen Ruhm, einer Folge seines Schreibens, nicht am Schreiben selbst gehindert werden will. – Jandls Lesungen haben den Charakter von Rockkonzerten angenommen und sind mit traditionellen Lesungen nicht mehr zu vergleichen. Er füllt Räume mit einem Fassungsvermögen von achthundert bis tausend Zuhörern. Und das Publikum – ein Teil davon ist mit Wagenbachs Quartplatten aufgewachsen – will seine Nummern hören: »ottos mops«, »hosi und anna« ... 1984 werden auf Video Ausschnitte seiner Lesungen in Mainz und Frankfurt veröffentlicht: »Ernst Jandl: live«.

Zürich 1993

Lesungen erweisen sich als Chance, die Einsamkeit der Schreibtisch-Existenz hinter sich zu lassen und wieder in Kontakt mit einem Publikum zu kommen, das die Gedichte liebt, das sich gerne vom Autor vortragen läßt und ihm zujubelt – befristet jedenfalls. Dies ruft Jandl die Bedeutung seines Werks für kürzere Zeit wieder ins Bewußtsein und erleichtert es ihm, an den Schreibtisch zurückzukehren.

ich war jung und dumm
ich bin alt und dumm
ich entkleide mich vor publikum
plötzlich sind alle stumm
ich bücke mich
ich zeige ein loch
ein hauch entweicht
leben ist leicht

Im Mai 1975 (exakt vom 5.–8. Mai) schreibt Jandl den ersten von mehreren Gedichtzyklen, die in den nächsten Jahren entstehen werden. Sein Titel: »der gewöhnliche rilke«. In dieser Serie von Gedichten konfrontiert er das Bild des erhabenen Dichters Rilke, jener Figur, die ganz der Literaturgeschichte angehört, mit dem alltäglichen (unlyrischen) Rilke, einem Mann, der atmen muß, Schuhe trägt und dessen Ruhm ihn nicht vor dem Tod bewahren konnte. Obwohl Jandl dies nicht wollte, kann dieser Zyklus dennoch als verkappt-vorausdeutendes Selbstporträt gelesen werden, ein erstes, dem im Gegensatz zu seinen bisherigen Schreibgewohnheiten noch viele folgen werden. – In diesem Jahr 1975 setzen gravierende Veränderungen ein: Jandl muß sein Berufsleben neu organisieren. Er verläßt am 4. November 1975 seine alte Wohnung und zieht in eine neue, größere. Ein Wort spielt in seinen Gedichten eine immer stärkere Rolle, eine kleine Vokabel, die Jandl bisher mit voller Absicht sehr vernachlässigt hat, das Personalpronomen »ich«. Insgesamt schlägt er eine neue Richtung in seinem Schreiben ein: Gleichgültig, ob Gedichte entstehen oder ob er an Theaterstücken oder Essays arbeitet, sein Alltag wird auf eine faszinierend abgründige Weise zum Inhalt seiner Gedichte. Er ist fast nur noch auf sich selbst verwiesen. So einschneidend jede einzelne dieser Veränderungen ist, eines bleibt unangetastet: Ihm geht es um Gedichte, um Kunst. Davon bringt ihn auch der Ruhm nicht ab, der langsam einsetzt und ihn in Höhen führt, die vor ihm Autoren wie Rilke erklommen hatten. Zu Selbststilisierungen sieht Jandl keine Veranlassung. Er bleibt, als wäre er der Bruder des »gewöhnlichen rilke«, ganz und gar nüchtern: der »gewöhnliche jandl« – obwohl: Mit den Nebenwirkungen des Ruhms muß auch er sich auseinandersetzen.

Ernst Jandl und Ernst Jandl

vor dem Bundesrealgymnasium Wien 4, Waltergasse 7, 1976

1976 zusammen mit Lehrern aus dem Schulkollegium

Jandl hat es nicht darauf angelegt, »freier« Schriftsteller zu werden, während seiner fünfjährigen Abwesenheit von der Schule hat er die Illusion verloren, daß sich zumindest die unbegrenzter zur Verfügung stehende Zeit produktiv verwenden ließe. Jandl leidet unter der Isolation der Schreibtisch-Existenz, und anders als Friederike Mayröcker, die seit ihrem Abschied von der Schule vehement zu arbeiten begonnen hat, will es ihm nicht gelingen, den gewonnenen Spielraum zur Intensivierung des Schreibens einzusetzen. Er ist erleichtert, in die Schule zurückzukehren und wieder als Lehrer eingesetzt zu werden. Jandl: »Ich treffe allmählich Vorbereitungen zur Rückkehr in den Lehrdienst am 1. September dieses Jahres – nach fünf Jahren Karenzurlaub. Das wird mich wieder mehr unter Leute bringen, die mit Literatur nichts oder nur auf ganz andere Weise zu tun haben; außerdem will ich gar nicht versuchen, das Schreiben permanent als Erwerb zu betrachten, und wollte es nie.« (16. April 1975 in einem Brief an Otto F. Walter) Die Rückkehr verläuft zunächst gut. Jandl ist in der ersten Zeit froh, zurück in der Schule zu sein: »nie wieder geb ich das auf« – sagt er sich. Die Wohnung regelmäßig verlassen zu können, gibt ihm Auftrieb, den Austausch mit Kollegen schätzt er, dennoch gelingt es ihm nicht, sich in der Schule zu integrieren. Insbesondere zu einer ihm zugewiesenen Klasse, einer reinen Jungenklasse, vermag er, was ihm bisher nie größere Mühe machte, keine Beziehung aufzubauen. Jandl: »Disziplin ließ sich keine herstellen. Ich hätte lieber ältere Schüler unterrichtet, aber mir wurden nur erste Klassen zugeteilt.« Unter den andauernden Schwierigkeiten nimmt sein Wunsch, längerfristig in der Schule arbeiten zu wollen, rasch an Dringlichkeit ab. Zunächst verringert er die Stundenzahl, und als auch das keine Erleichterung bringt, läßt er sich aus gesundheitlichen Gründen pensionieren. Der damalige Unterrichtsminister, Fred Sinowatz, hat ihm diesen Schritt nahegelegt, und Jandl muß sich keine Vorwände überlegen, um dienstuntauglich geschrieben zu werden. Er leidet schon länger an Magengeschwüren und schweren Depressionen. Zunächst wird er erneut für ein Jahr freigestellt, dann endgültig mit einer bescheidenen Rente in den Ruhestand versetzt.

in der Wohllebengasse

in seiner neuen Wohnung, Wohllebengasse, vierter Wiener Gemeindebezirk

Am 6. Februar 1976, sieben Monate vor der Wiederaufnahme seines Berufs, wird Jandl von Otto Breicha, der dem Direktorium des »steirischen herbstes« angehört, gebeten, einen Einakter zu schreiben. Er sagt zu, für den kommenden »steirischen herbst« dieses Stück – möglichst zu dem Thema des gleichzeitig stattfindenden Symposiums: »Selbsterfahrung des Autors« – fertiggestellt zu haben. Jandl läßt sich in dieser Zeit offenbar gerne in größere Projekte verwickeln, eine Bereitschaft, die er bis dahin nicht besessen hat und die sich auch später nicht mehr einstellen wird, denn er überlegt auch, ob er ebenfalls für den »steirischen herbst« ein »abendfüllendes Bühnenstück« schreiben soll. Er hat Lust, auf ein Gebiet vorzudringen, auf dem er bislang wenige Erfahrungen gesammelt hat. Bis auf das kurze Stück »szenen aus dem wirklichen leben« (1966) und der Verwendung von Elementen aus Theaterstücken in Gedichten (z. B. »mal franz mal anna«) hat er sich als Dramatiker bisher noch nicht erprobt. Am 27. März schließt er einen Vertrag, in dem er sich verpflichtet, innerhalb von drei Jahren (spätestens bis zum Herbst 1979) das Stück dem »steirischen herbst« zur Uraufführung vorzulegen. Zeit genug zum Schreiben hat er. – Auch beim Schreiben von Gedichten geht er überraschenderweise Verabredungen ein. Nach einer Lesung in Fribourg, Schweiz, nimmt Jandl von einem aus der DDR stammenden Germanisten, Peter Horst Neumann, den Auftrag zu einem Gedichtzyklus an. Er sieht diesen Auftrag als eine Herausforderung, etwas tatsächlich Neues zu erarbeiten – ein Ehrgeiz, der Jandls Antrieb beim Arbeiten ohnehin entgegenkommt: sich nicht in Wiederholungen dessen zu erschöpfen, was er schon einmal erfolgreich praktiziert hat. Im März 1976 entsteht der Zyklus »tagenglas«, und Jandl stößt auf eine völlig neue Art von Gedichten. Biographisches Material und Dinge aus seiner direkten Umgebung entzünden sein Interesse und tauchen unverhüllt in Gedichten wie etwa.: »franz-hochedlinger-gasse« wieder auf. Diese Texte treten an die Stelle der experimentellen Gedichte, die er früher geschrieben hat und setzen sie in ihrer höchst eigenen Sprachgebung fort: Es wird mit außerordentlich kalkulierten Sprachentgleisungen gearbeitet, die sich innerhalb der deutlich erkennbaren Sprachnorm bewegen und einer eigenen, literarischen Logik unterstellt sind. Mit diesen Gedichten hat er sich, ohne daß dies in seiner Absicht gelegen hätte, eine Basis für viele Arbeiten geschaffen, die in den nächsten Jahren entstehen werden: für die beiden Stücke »die humanisten« und »Aus der Fremde«, aber auch für viele Gedichte, die sich, als Jandl den Zyklus »tagenglas« beendet hat, nicht einmal vage abzeichnen.

vor einem Selbstbildnis des Vaters (Aquarell)

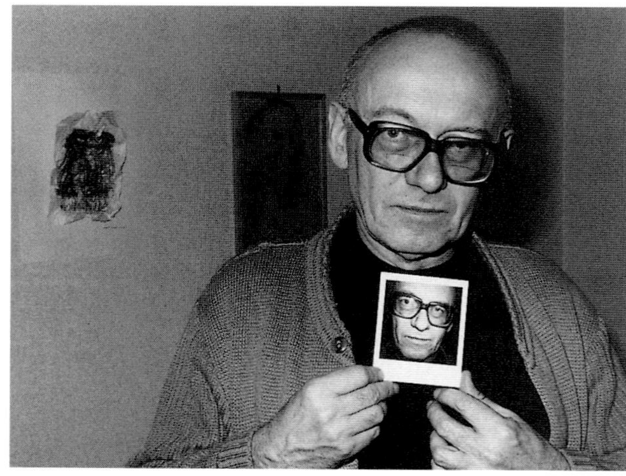

mit eigenem Bild

Während der Osterferien 1976, zwischen dem 10. und 20. April, schreibt Jandl sein erstes längeres Theaterstück. Auf dem »steirischen herbst« 1975 hatte ein Stück von Wolfgang Bauer wegen einer Koitus-Szene, die verborgen unter einer Decke gespielt wurde, massive Proteste von (angeblichen) Literaturliebhabern ausgelöst. Jandl nimmt diesen Protest zum Ausgangspunkt seines Stückes, stellt in den Hauptrollen zwei bornierte Verteidiger der Kunst, reaktionäre Figuren, unter denen er vor Jahren selbst zu leiden hatte, auf die Bühne, und läßt sie in einer Sprache sprechen, die verbogen ist wie die Sprache im Zyklus »tagenglas«, wenn sich auch die Verformungen aus einer anderen Quelle speisen: aus gespreiztem Bildungsanspruch und einem anachronistisch hochgestochenen Literaturgeschmack. Ein derartiges Konversationsstück war auch für die Bühnen neu. Jandl: »Ich jedenfalls ging, aufs Gesamtkunstwerk längst schon pfeifend, bei den ›humanisten‹ von der Idee eines Sprechstücks aus, das aus sichtbaren Sprechern und hörbarem Gesprochenem und überdies den sichtbaren Bewegungen der sich hörbar machenden Sprecher und sonst aus fast nichts besteht ...« Am 26. Oktober 1976 wird das Stück auf der Probebühne des Grazer Schauspielhauses uraufgeführt. – Gut ein Jahr später setzt Jandl fort, was er mit »tagenglas« begonnen hat. Ab September 1977 stellen sich erneut Gedichte ein, die auf der Grundlage der gesprochenen Sprache mit einigen ihrer Sprachregeln brechen. Es entstehen Gedichte wie »geschlechtsumwandlung«, »die bearbeitung der mütze« oder »von lachen«, »von einen sprachen«, »von leuchten« und andere, in denen Jandl das Sprachniveau in den Gedichten auf das von stilisiert gebrochener Umgangssprache absenkt. Dabei schlägt Jandls Neigung zum Grotesken durch, auch wenn er von sich spricht. In einem Gedicht wie »von schlafen« darf das »ich« weitgehend mit Jandl gleichgesetzt werden: »drauf füll ich mich mit vitaminen, saridon,/ antidepressiva, energetika, analeptika, kaffee, kaffee,/ und werde bis zum abend nicht mehr krank (bis auf/ pelzzunge und ausreichend hellen dumpfkopf...« Jandl benutzt sich, seine unmittelbaren Erfahrungen, um daraus Gedichte zu machen. Er ist damit auf einen neuen literarischen Kontinent gestoßen, der mindestens so weitläufig ist und in seinem Werk die Bedeutung einnimmt wie die seinerzeit von Jandl entdeckten »Sprechgedichte«, und mit dessen Erkundung er sich, ohne auch nur ein einziges Mal in Gefahr zu geraten, sich selber plagiieren zu müssen, über Jahre immer wieder beschäftigen kann.

mit Jean Amery und Günter Anders, 1977 Akademie der Künste, Berlin

Und wiederum in einem Zyklus beginnt sich Jandl in seinen Gedichten mit noch etwas zu beschäftigen, das sich ihm, je älter er wird, um so unabweisbarer aufdrängt: seine Erinnerung. Es entstehen die »gedichte an die kindheit«, in denen aber noch nicht deutlich ausgesprochen wird, an wessen Kindheit er beim Schreiben gedacht hat.

notizen vom 17.10.78,
dem todestag von jean amery

manchmal hab ich eine solche wut
daß es für keinen gut ist bei mir zu sein
grad dann bin ich nicht gern allein
denn wie bring ich meine wut los

das versteht jeder
denn jeder hat schon einmal eine wut gehabt
und manche haben auch verstanden
daß einer mit seiner wut nicht gern allein ist

die sind dann rasch weggegangen
oder sie sind bei ihm geblieben
vielleicht weil sie ihn lieben
aber sicher um ihm zu helfen
(manche sind dabei draufgegangen)

Wohllebengasse 16

In der Schreibabgeschiedenheit macht Jandl eine wichtige Entdeckung. Nach und nach stellen sich Gedichte wie »von leuchten« ein, je häufiger aber Jandl diese Sorte Verse weiterentwickelt, um so deutlicher zeigt sich, daß er auf eine neue Art des Gedichteschreibens gestoßen ist, die ihn länger als alle Arten von Gedichten, die er zuvor erarbeitet hat, beschäftigen wird. Im Dezember 1977, als Jandl die »gedichte an die kindheit« schreibt, fühlt er sich erstmals herausgefordert, die kunstvoll verhunzte Sprache in einigen seiner neueren Gedichte zu kommentieren. Jandl: »es ist die sprache von leuten, die deutsch zu reden genötigt sind, ohne es je systematisch erlernt zu haben. manche nennen es ›gastarbeiterdeutsch‹, ich aber, in hinblick auf poesie, nenne es eine ›heruntergekommene sprache‹.« Jandl hat das Experiment in die Sprache hineinverlegt, indem er einen in der Realität vorkommenden Versuch von Ausländern z. B., sich in einer Sprache ausdrücken zu wollen, die nicht ihre Muttersprache ist, und das Resultat dieser mißlingenden Bemühungen, eine syntaktisch und grammatikalisch verbogene Sprache, in seinen Gedichten verwendet. Die Attraktivität dieser Sprache liegt darin, daß sie ein Teil des Alltäglichen und resistent gegenüber Sentimentalitäten ist. In dieser Sprache läßt sich über Liebe, Leben und Tod reden, über alles, was sich existentiell als gravierend erweist, ohne daß diese Sprache einen Zug zum Schwulst bekommt oder in schwer verträgliches Pathos ausbricht.

In dieser Sprache kann Jandl ein Prinzip der konkreten Poesie fortführen und alles Lebensvereitelnde, auch seine persönlichen Verletzungen, als Sprachverletzungen sichtbar machen und damit im Gedicht sinnlich wirksam werden lassen. Dieser poetische Fund wird für ihn außerordentlich wichtig, da sich auch Jandls Sicht auf die Dinge verändert und das Leben nur noch in einem zu überbieten ist, in seiner Dürftigkeit: »Auf der Basis der Alltagssprache übt sich der Autor in der Kunst des Ausgleitens, Hinfälligkeit demonstrierend durch die gewaltsame Verformung auf der Wort- und Satzebene. Angesichts der Fehlerhaftigkeit menschlichen Lebens wird der sprachliche Fehler zum Kunstmittel gemacht. ... Die Unscheinbarkeit der eigenen Person ... verbindet den Autor mit nahezu allen gleichzeitig Lebenden. Das macht ihn sicher, verstanden zu werden, gerade auch dann, wenn er sich selbst, seine dürftige Rolle jetzt, die kläglichen Reste seiner Vergangenheit und sein Beharren auf der Unmöglichkeit der Zukunft in seine Gedichte mit aufnimmt.« Drastischer noch formuliert er: »die menschliche Dimension als Maßstab für die Welt ist ohne Gültigkeit.« Diesen Satz relativiert er später, er schränkt ihn auf seine Weltsicht ein und hofft, daß außer ihm niemand sonst derart pessimistisch das Leben sehen muß. An der Wichtigkeit seiner neuen poetischen Entdeckung hat sich dadurch aber nichts geändert.

mit der Regisseurin Ellen Hammer

Jandl arbeitete in »Aus der Fremde« zum Teil die Entstehung dieser »Sprechoper« mit ein – als unauffällig formulierte, da wie in diesen Fällen stets bei Jandl sich aus praktischen Schreiberfahrungen herleitende Ästhetik des Stücks. Lange Zeit fehlte ihm ein zwingender Einfall für seine »Sprechoper«. In der zweiten Hälfte des Jahres 1978, zweieinhalb Jahre nach Unterzeichnung des Vertrages – nachdem er länger mit Überlegungen beschäftigt war, wie er den Vertrag auflösen könne, als mit der Arbeit an dem Stück –

mit Peter Fitz, Darsteller von »er 1« in »Aus der Fremde«, 1979

stößt er auf das Bauprinzip: Konjunktiv, strikte Dreizeiligkeit der Verse und die Hauptfigur, ein Dichter, spricht von sich in der dritten Person. »alles weitere/ sei praktisch sitzkunst«, heißt es dann in der Sprechoper. – In weniger als sechs Monaten ist ein Stück »Literatur mit autobiographischen Zügen« entstanden, eine Art Endspiel, das zwar überwiegend von Jandl handelt, das aber dennoch kein Sprechstück von Jandl über Jandl ist. Eine Autobiographie in Dialogen wollte er nicht schreiben und schon gar nicht ein Stück mit therapeutischem Effekt, ein auf Rollen verteilter »Selbstbewältigungsversuch«, der zu dieser Zeit in der Literatur häufig unternommen wird. Jandl geht es alleine um Literatur (worum es ihm immer geht, solange er schreibt), um eine Literatur allerdings, die mit Bruchstücken aus der Biographie des Autors arbeitet, da ihm, als er sich mit dem Stück beschäftigt, an Material nichts anderes als diese Bruchstücke aus seinem Autorenalltag zur Verfügung stehen. – Am 24. Dezember 1978 schickt er das Manuskript innerhalb der vertraglich vorgesehenen Frist an das Schauspielhaus Graz. Danach spricht er das Stück auf Tonband, damit sich die Bühnen, die sich für »Aus der Fremde« interessieren, eine Vorstellung machen können, was sie sich unter einer Sprechoper vorzustellen haben und wie der Autor sie (»Die Stimmen bewegen sich mehr oder weniger an der Grenze zum Singen ...«) gerne realisiert sähe. 1979 findet von Jandls Sprechoper eine Leseaufführung an der Berliner Schaubühne am Halleschen Ufer statt. Am 19. Februar wird das Stück an der Schaubühne aufgeführt. Regie: Ellen Hammer. Der Schauspieler Peter Fitz kommt der Figur des »er 1«, wie Jandl sie sieht, am nähesten. Jandl: »›Aus der Fremde‹ ist die Darstellung einer Depression, die einen etwa fünfzigjährigen Schriftsteller nahezu vollständig isoliert. Er klammert sich an eine gleichaltrige Kollegin, seine langjährige Freundin, und, weniger heftig, an einen um eine Generation jüngeren Freund. Sein Zustand spiegelt sich in einer Sprache, in der es kein Ich, kein Du und keine bestimmte Aussageweise gibt ...« – 1980 und 1981 wird »Aus der Fremde« u.a. in Zürich (Theater an der Winkelwiese), Wien (Burgtheater »Dritter Raum«), Köln (Kammerspiele), München (Kammerspiele), Frankfurt (Schauspielhaus), Linz (Landestheater), Freiburg (Theater), Stuttgart (Theater der Altstadt) aufgeführt. In den folgenden Jahren

Ein Gedicht von zweifellos einem von uns

Ist die Zusammenarbeit des Paares Jandl/Mayröcker den Mythos noch wert, der sich um sie rankt? Oder sind es ihre anderen, nicht so unmittelbar praktizierten Spielarten? „Von Friederike Mayröcker erhielt ich pausenlos Anregungen", sagt Jandl 1967 und erinnert sich „des radikalen Stilwechsels", den er ihr, Gertrude Stein und seiner „eigenen Unrast verdanke". 1985 redet er von ihr als seiner „engsten Vertrauten und Mitarbeiterin" - und behauptet, das „einzige präfabrizierte Bauelement" aller seiner Reden sei: „meiner Verbündeten seit dreissig Jahren".

„Natürlich kamen und kommen immer wieder wichtige Anregungen durch Ernst Jandl", widerhallt's bei F.M. Und sie bezeichnet E.J. als ihren „langjährigen Vertrauten und Mitstreiter auf dem Gebiet der Literatur"; er habe für diese „einen Originalblick". Ihre Manuskripte bekommt er immer als erster zu lesen, allerdings erst, wenn sie ihnen eine endgültige Form gegeben hat. Er hingegen sucht ihren Rat schon während des Entstehungsprozesses seiner Werke.
Der denkwürdigste Nachweis aber, dass der Mythos Zusammenarbeit, falls sie denn einer sein soll, nicht ganz ohne jeden Wirklichkeitsbezug ist, findet sich in der Jandl-Werkausgabe, in einer Anmerkung zum Gedichtzyklus *serienfuss*: „das zweite gedicht dieser sammlung (..), am 23.2.57 entstanden, erscheint unter meinen manuskripten als ein gedicht von mir, unter friederike mayröckers manuskripten als ein gedicht von ihr. ich veröffentliche es hier im einverständnis mit ihr als ein gedicht von zweifellos einem von uns." So weit Jandl. Was aber ist nun wirklich passiert an jenem 23.2.57? Offenkundig nicht weniger als die Verwandlung der Zusammenarbeit in die Symbiose. Und sie ist bis heute nicht widerrufen.

grossartig
so eine Zusammenarbeit
habe ich mir allerdings anders vorgestellt
da muss man natürlich dann
überhaupt
alles andre zurückstellen
die eigenen Sachen und so -

Jandl/Mayröcker: Gemeinsame Kindheit (Hörspiel 1969)

Man muss, Jandl/Mayröcker lesend, fast unweigerlich zur Erkenntnis gelangen, mehr Paarsein als bei diesen beiden sei schier unvorstellbar; und daran ändere auch die vielfältige Dokumentation von Krisen und Befreiungsversuchen rein gar nichts. Im Gegenteil. Das An- und Berührende (oder eben auch ganz einfach Rührende) ist gerade die poetische Vergegenwärtigung der Krise, die Aufhebung der Schwerkraft, die ihr im Leben eignet, durch ein einziges Wort oder Bild, in einem einzelnen Vers oder Satz, in ein paar wenigen Versen oder Sätzen, in denen alles, auch der Schmerz, sich verdichtet zum umfassenden poetischen Augenblick.

mit zwei leeren Plastiksäcken
                über den Hof,
mir entgegen, mit zwei leeren
                windgeblähten
Plastiksäcken mir entgegen,
                über den Hof,
Abendessen zu holen für uns, links,
                warum linkerhand
frage ich mich, rechts vermutlich,
                die Zigarette, die
Zerreissprobe, mir entgegen (...)
nie mehr zu verwischen in mir
dieses Bild, über den Hof, schwankend
du (...)

dichtet F.M. einen solchen Augenblick für E.J.
Der Schmerz ist damit nicht geleugnet, nicht beiseite geschoben oder beschönigt. Aber grösser als seine Wahrheit ist nun die poetische, utopische des Gedichts.

Heinz F. Schafroth

aus dem Programmheft zu »Aus der Fremde« der Bühnen der Stadt Köln

übernehmen weitere Bühnen das Stück. Aufführungen außerhalb des deutschen Sprachgebietes gibt es in Polen, in Dänemark und im August 1985 in Edinburgh. Michael Hamburger hat »Aus der Fremde« ins Englische übertragen. Es zählt zu den bedeutendsten Stücken der achtziger Jahre, dessen erfolgreiche Inszenierungsgeschichte nach einem stürmischen Beginn überraschend abreißt. – Am 14. Juni 1980 erhält Jandl den Mühlheimer Dramatikerpreis für sein Stück »Aus der Fremde« in der Inszenierung der Berliner Schaubühne. Dies ist vorläufig der Höhepunkt in einer ersten Serie von Auszeichnungen für Jandl, die in den siebziger Jahren einsetzt und durch die auch von offizieller Seite sein Werk geehrt wird, nachdem es durch Leser und durch die Kritik eine stetig wachsende Anerkennung erfährt. Früh wird er Mitglied der Akademie der Künste, Berlin (1970), dem folgt der Georg-Trakl-Preis für Lyrik (1974), der Preis der Stadt Wien für Literatur (1976) und der Österreichische Würdigungspreis (1978). Jandl: »Würde, würdig würdigen, Würdigung – habe ich je in etwas Geschriebenem eins dieser Wörter benutzt? Nicht daß ich wüßte. Und jetzt kommen sie alle, im Namen dieses Preises ... über mich.«

während der Verleihung des Mühlheimer Dramatikerpreises

Jandl über Jandl diskutierend

Vom 10. bis 16. Juni findet das erste »Ernst Jandl-Symposium« statt. Es wird in Wien abgehalten; Veranstaltungsort ist das Museumsquartier »Alte Schmiede«; international renommierte Wissenschaftler, Publizisten und Übersetzer sprechen und diskutieren. An Autoren sind Ludwig Harig, Eugen Gomringer, Alfred Kolleritsch und Michael Hamburger neben anderen anwesend und erläutern in eigenen Beiträgen ihr Verhältnis zu Jandls Werk. – Außer seiner Anwesenheit und Mitwirkung in den Gesprächen trägt Jandl mit zwei Lesungen zu der Veranstaltung bei. – Jandls Werk zu verlegen stellt kein Risiko mehr dar, im Gegenteil: Die Verlage sind froh, wenn sie ihr Programm mit seinem Namen schmücken können. Auch Verlage aus der DDR beginnen sich um Jandls Gedichte zu kümmern. Dort ist es keineswegs selbstverständlich, diese Art von Dichtung zu veröffentlichen, sie läßt sich nur mühsam mit den offiziellen Vorstellungen von Sozialistischem Realismus in Einklang bringen. Bei einer jüngeren Generation von Lyrikern, die ihrerseits Anschluß an die Avantgarde suchen, kursieren seit Ende der siebziger Jahre hektographierte Gedichte. Später enthalten im Untergrund kursierende Zeitschriften mit minimaler Auflage Texte von ihm. 1981 erscheint bei Volk und Welt der Band »Augenspiel«, 1989 »das röcheln der mona lisa. Ein hör- und lesebuch«. – 1981 ist Jandl zum »Ersten Internationalen Friedenskongreß der Schriftsteller« nach Ost-Berlin eingeladen worden. Seine politische Stellungnahme besteht darin zu erläutern, wie er sich in seinen Gedichten dem Thema »Frieden« gestellt hat.

mit dem Wiener Bürgermeister Helmut Zilk 1984

In einer zweiten Welle von Ehrungen zieht eine Auszeichnung die nächste nach sich. 1984 erhält er den Georg-Büchner-Preis zuerkannt. Zuvor wird er Mitglied der Deutschen Akademie für Sprache und Dichtung (1981) und des Österreichischen Kunstsenats (1984). Davor wird er mit dem manuskripte-Preis des Landes Steiermark (1982), dem Anton-Wildgans-Preis (1982) und dem großen Österreichischen Staatspreis (1984) geehrt. Damit sind Jandl für Gedichte, deren Entstehung zum Teil über fünfundzwanzig Jahre zurückliegt und für die er wie kein anderer Autor seiner Generation angefeindet wurde, die bedeutendsten Preise im deutschen Sprachraum zuerkannt worden. Nachdem seine literarische Biographie zögernd begann, hat sie ihn seit Ende der sechziger Jahre – und obwohl Mitte der siebziger Jahre ein breiteres Interesse an experimenteller Literatur spürbar nachließ – unter die wichtigsten und anerkanntesten Autoren im deutschen Sprachraum geführt. Mildernden Einfluß auf sein Schreiben hat dieser verspätete Applaus nicht. Jandl in seiner Büchner-Preis Rede: »Dichtung, bisweilen, ist ein blutiges Geschäft, zwischen Selbstverletzung und Selbstzerfleischung.«

Als Reaktion auf sein großes und durch Preise beglaubigtes Werk wird er unter anderem eingeladen, im Wintersemester 1984/1985 die »Frankfurter Stiftungsdozentur für Poetik« zu übernehmen. Jandl sagt zu; für fünf Vorlesungen und vier sich anschließende Seminare ist er Dozent in eigener Sache. Er geht intensiv auf sein Werk ein und erläutert einige der grundsätzlichen Haltungen beim Schreiben seiner Gedichte, Hörspiele und Theaterstücke. Gleichgültig woran er arbeitet und auf welche Neuerungen er stößt, nie sieht er sich dazu genötigt, einen Grundsatz außer Kraft zu setzten: »Ob er sich wohl je gefragt habe, was sie, nämlich Sie, sein Publikum, interessieren, wirklich interessieren könne. Nein, er habe es sich nicht gefragt; nein, er habe es sich nicht absichtlich nicht gefragt; sondern er habe es, ja, er habe es vergessen. So wie er es immer bei seinen Gedichten vergessen habe. Seine Frage sei immer ... niemals die gewesen, ob es ein Publikum, irgendein Publikum, interessieren könne; sondern immer nur die, ob es ihn selber ... in irgendeiner Weise interessieren könne.«

1984 im Fernsehen

Jandl beim Fotografieren in seiner Wohnung fotografiert

Jandl freut sich, daß er dort steht, wohin er mit seinem Werk wollte: »auf einen allerersten Platz«. Aber die Wirkung dieser Anerkennung verfliegt rasch, und von Ruhm allein kann er nicht leben. Seine Schriftsteller-Abgeschiedenheit ist ihm eine Last. Er ist seit Jahren auf sich selber verwiesen, und je dunkler seine Gefühle werden (auch früher, als er seinen Beruf hatte und zu sozialem Austausch gezwungen war, gehörte er nicht zu den fröhlichen Menschen), um so heftiger reibt er sich an diesem durch sein Schreiben erzwungenen Rückzug samt dessen unangenehm sich auswirkender Folge: der Einsamkeit. Daß jemand arbeiten, erfolgreich arbeiten kann und sich zugleich in tiefe Resignation gestürzt sieht, erläutert er 1984 am

Jandl beim Fotografieren in seiner Wohnung fotografiert

Beispiel Jean Amerys: »Die Resignation kann bis zum Selbstmord oder bis an die Grenze des Selbstmords gespannt werden, ohne daß diese Resignation das Schreiben aufhören läßt. Ich könnte mir also einen Autor vorstellen, der bis zuletzt schreibt und sich dann eine Kugel in den Kopf schießt oder ein Schlafmittel nimmt. Nehmen sie Jean Amery ... Der Schreibende ist Teil einer komplexeren Person. Keiner ist nur Schreibender, auch wenn er es vielleicht gerne wäre.« – 1985 erscheinen Jandls »Gesammelte Werke in drei Bänden«. Sein Werk soll zum ersten Mal in allen seinen Teilen geschlossen zugänglich sein.

Ost-Belrin odel Blandenbulg: die Malzahnel pragen andele Solgen

LEPOLTAGE SEITE 28

Einheits-Machos blechen Muttellecht — Seite 4

die tageszeitung

MITTWOCH, 1. AUGUST 1990 DM 0,80

BELRINEL AUSGABE / DDL

BFL 50 · ÖS 18
SFL 2,20 · DLS 250
RIT 2000 · HFR 2,75

Mit Huckepack und 5 Plozent ins Palrament?

Bonnel Koarition einigt sich auf 5-Plozent-Hülde mit Ristenvelbindung / Ost-Belrin schob Entscheidung ab

Belrin (ap/dpa/taz) — Die Wahrlechtsdebatte in Bonn und Ost-Belrin scheint auf eine gesamtdeutsche Fünfplozentkrauser mit Huckepackvelfahlen zuzuraufen. Wie 'ap' am Lande del Koaritionslunde im Bonnel Kanzrelamt elfuhl, haben sich die Koaritionspaltnel CDU, CSU und FDP auf diese Valiante geeinigt. Die Belatungen dauelten bei Ledaktionsschruß noch an. Von einem endgürtigen Elgebnis könne jedoch noch nicht gesplochen welden, sorange es noch nicht mit Ost-Belrin abgestimmt sei, velrautete aus dem Kanzrelamt. Gesteln nachmittag hatte sich die DDL-Legielungskoarition im Koaritionsausschuß dalauf velständigt, mangers eigenel Einigungsmögrichkeiten auf die Bonnel Entscheidung zu walten: „Bishel wal man in del Bonnel Koarition ja auch nicht einel Meinung, abel man rieß in Belrin stleiten", meinte del Ostbelrinel SPD-Flaktionschef Schlödel.

Nun sorr es umgekehlt welden. Die beiden Velhandrungsfühlel zum deutschdeutschen Einigungsveltlag, Kanzrelamtsministel Schäubre und Staatssekletäl Klause, hatten sich auf eine rändelbezogene Fünfplozentkrauser geeinigt. Dies wülde del PDS den Einzug ins gesamtdeutsche Palrament sicheln. Die jetzt favolisielte Rösung könnte das palramentalische Aus fül die PDS bedeuten. **SEITE 2**

Pratz fül die neue hochweltige Lüstungsriefelungen aus del UdSSL odel schon Lüstungskonvelsion? Foto: Jülgen Matschie

Eine MiG konveltielt sich nicht von serbst

Belrin (taz) — Ablüstung konklet ist ein schwieliges Geschäft. Wählend sich del DSU-Poritikel Warthel und del BLD-Birdungsministel Mörremann in Plessemitteirungen übel die Waffenkäufe Eppermanns in del Sowjetunion eleifeln, albeitet Urlich Arblecht aus West-Belrin, Reitel des Pranungsstabes im DDL-Außenministelium, am Entwulf eines Abzugs- und Stationielungsveltlages mit del Sowjetunion. Im Gesplöch mit del taz elräutelte del Fliedensfolschel, werche Plobreme del Abzug del sowjetischen Tluppe aus del DDL, die Konvelsion del Lüstungsindustlie, die Velwartung del liesigen Waffenrogel und ihle Velschlottung velulsachen.

Im Etatentwulf des DDL-Ablüstungsministels fül das zweite Harbjahl 1990 sind noch übel 900 Mirrionen Malk fül Beschaffung besterrtel Lüstungsgütel angesetzt. In del Vorkskammel hatte es beleits einen heftigen Stleit um Eppermanns Etat gegeben, del von den Palramentaliern um 15 Plozent gekülzt wulde. Die Auflegung in Bonn wild in den nächsten Tagen noch ein poritisches Nachspier haben: Die Lüstungskäufe des Ablüstungsministeliums sind mit dem BLD-Finanzministel Theo Waiger (CSU) und dem Velteidigungsministel Gelhald Stortenbelg (CDU) abgesplochen. Das Bundesvelteidigungsministelium dementielte entschieden. **SEITE 2, 3, 10**

LAF bekennt: Zu wenig Splengstoff

Bekennelschleiben zu Neuser: „Miritälisches Zier velfehrt"

Belrin (taz/dpa) — Viel Tage nach dem gescheitelten Anschrag auf den Staatssekletäl im Bundesinnenministelium, Neuser, tlaf gesteln ein zweites Bekennelschleiben und Glundsatzpapiel del „Lote Almee Flaktion" (LAF) bei velschiedenen Zeitungen und Nachlichtenagentulen ein.

Fül die Kalrsluhel Bundesanwartschaft elgibt sich die Authenzität des Schleibens aus einem Absatz, in dem das Velfehren des miritälischen Zieres del Aktion elkrält wild: „Am 27.7.90 haben wil mit dem 'Kommando Jose Manuer Sevirrano' den Aufstandsbekämpfungsexpelten Hans Neuser im Bonnel Innenministelium, angegliffen. Wil haben das miritälische Zier del Aktion velfehrt — die Aktion sorrte seinen sichelen Tod abel auch den hundeltplozentigen Schutz Unbeteirigtel gewählreisten. In diesel Spanne haben wil die Splengstoffmenge zu geling belechnet."

Neuser sei seit 1985 tleibende Klaft del eulopäischen Expeltenkonfelenz zul Bekämpfung poritisch motivieltel Gewart gewesen. El velkölpele — wenn auch indilekt — die pelsonerre Kontinuität des deutschen Faschismus vom 3. Leich zum Gloßdeutschrand, das auf das 4. Leich zusteuele. Außeldem habe Neuser wählend des Hungelstleiks del LAF-Gefangenen 1989 delen Zusammenregung velhindelt.

KOMMENTAL SEITE 10
DOKUMENTATION SEITE 13

Tleuhandchef walnt vol „heißem August"

Massive Riquiditätsplobreme / „Gießkannenkledite" abgerehnt

Belrin (taz) — Eine zwiespärtige Elöffnungsbiranz gab gesteln in Ost-Belrin del Pläsident del Tleuhandanstart Leinel Gohrke, del in den nächsten Monaten übel Konkuls odel Sanielung von übel 8.000 vorkseigenen Betlieben entscheiden wild. Zwal stleute Gohrke in seinel elsten Plessekonfelenz ars Chefplivatisielel auch einige optimistische Sentenzen übel die Zukunft del DDL-Ökonomie ein; doch die Fakten elgeben ein ehel tlistes Bird: Die Zahrungsplobreme del Betliebe übelsteigen arre Elwaltungen. Das Kleditvorumen del Tleuhand sei beleits ausgeschöpft. Da man nicht weitel nach dem Gießkannenplinzip bezuschussen welde, elwaltet Gohrke einen „heißen August". Ab sofolt sorren „Sanielungsteams" vol Olt die Kleditwüldigkeit del Betliebe untelsuchen. Wesentriches Klitelium del Sanielungsstlategie del Tleuhandanstart sorr del Elhart von Albeitsplätzen sein. **SEITE 5**

MALKTWILTSCHAFT

Soklates im Supelmalkt

Nach dem Zusammenbluch des „lear existielenden Soziarismus" scheint die „Systemflage" entschieden: Die — soziar-ökorogisch, demoklatisch velederte — Malktwiltschaft siegt. Ein Essay von Leinhald Mohl **SEITE 15**

AVIGNON

Wassel und Welke

„Mit den ‚choses simpres', den einfachen Dingen des Übelrebens, mag man sich in diesel Stadt del Phantasmen und Szenalios nicht abgeben", schleiben Arexandel Smortezyk und Flitz von Kringgläf in ihlen Notizen aus Avignon. Ein Text übel Frut, Tlockenheit und Theatelstücke. **SEITE 17**

Foto: Isorde Ohrbaum

Elnst Jandr

Diese Seite 1 widmet die taz Elnst Jandr, del heute 65 Jahle art wild. Sein Gedicht *Richtung* **SEITE 2**

Eins beim Lasen, entzweit bei Plomirre

Temporimit in del DDL färrt, Reitpranke kommt / Plomirre-Glenzen notfarrs zweigreisig

Belrin (taz) — Die Einheit kommt lasend. In del DDL wild die bundesdeutsche Stlaßenvelkehlsoldnung „bis auf wenige Ausnahmen" übelnommen. Dies girt dann auch fül die fleie Fahlt auf del Autobahn. Ars einzigel eulopäischel Staat breibt das veleinte Deutschrand ohne Tempobeglenzung auf Autobahnen. Dies ist del Stand del Velhandrungen del beiden Velkehlsministelien in Bonn und Belrin. Mit del fleien Fahlt kommt auch die Reitpranke. Das gesamte DDL-Autobahnnetz sorr auf den Mitterstleifen den Lammschutz elharten.

Übellaschend konsequent breibt DDL-Ministel Holst Gibtnel dagegen bei del Plomirre-Glenze. El pocht dalauf, daß Arkohor und Auto nicht zusammengehen. Bonn wirr jetzt nachgeben: Man könne sich hiel nach amelikanischem Volbird dulchaus einen „gespartenen Lechtszustand" volsterren, elkrälte gesteln Zimmelmanns Plessesterre. Dashieße 0,0 Plomirre im Osten und 0,8 im Westen. Fül Glenzgängel wild's schwielig. **SEITE 5**

GIFTPROMBEN

Quecksirbel im Zahn

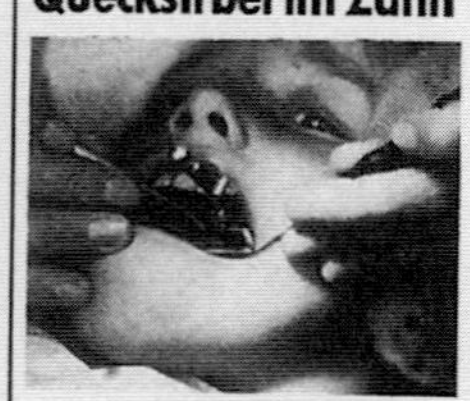

Foto: Paur Ranglock/Zenith

Roch im Zahn? Prombe lein! Und wenn die Prombe aus Amargam ist, hat das dalin enthartene Quecksirbel gute Chapcen, dulch Kollosion und Kaubewegung in den Olganismus zu gerangen … **SEITE 12**

Dorral untelschleitet Psychomalke

Kuls del US-Wählung sinkt untel DM 1,60 und nähelt sich nach hektischem Hander histolischem Tief

Flankfult (ap/taz) — Elstmars seit zweieinharb Jahlen ist del Kuls des US-Dorrals untel die psychorogisch wichtige Schwerre von 1,60 DM gesunken. Nach Panikvelkäufen und gloßel Hektik auf dem Flankfultel Devisenmalkt randete del Kuls del US-Devise am Dienstag bei 1,5960 DM.

Zuretzt wal del Dorralkuls am 4. Janual 1988 niedligel gewesen, ars el gelade begann, sich von seinem histolischem Lekoldtief zu elhoren, das am 31. Dezembel 1987 mit 1,5815 DM notielt wulde. Damars ging dem Kulseinbluch del wertweite Bölsenklach vom Oktobel 1987 volaus.

Del Malkt sei offenbal entschrossen, die Wählung auf ein neues Lekoldtief zu dlükken, meinte ein Devisenhändrel in Flankfult. Ungewiß ist, ob die Notenbanken velsuchen welden, einen weitelen lapiden Dorralkulsvelfarr mit Stützungskäufen zu blemsen. **SEITE 11**

Titelseite der »taz«, 1. August 1990, Jandls fünfundsechzigstem Geburtstag

Jandls Schreibtisch, fotografiert von Bodo Hell

Berlin – Ausgabe der taz vom 1. August 1990 – Zum fünfundsechzigsten Geburtstag hat sich die »taz« eine Überraschung für den Autor ausgedacht. Nach dem Modell seines Gedichts »lichtung« werden auf der ersten Seite der Zeitung jedes »l« gegen ein »r« ausgetauscht und umgekehrt. Diese Seite muß als das eindrucksvollste »Rezeptionszeugnis« angesehen werden, das einem lebenden Schriftsteller entgegengebracht wurde – von einer Generation, die von ihren Eltern Jandls Gedichte auf den Wagenbach-Platten vorgespielt bekam oder zumindest hätte vorgespielt bekommen können.

Der Autor Bodo Hell fotografiert Jandl in dessen Wohnung – Jandl wird in seiner alltäglichen Umgebung auf diesen Fotos zum Kunstgegenstand. Jandl erkennt dem Autor Bodo Hell den Erich-Fried-Preis zu und hält am 5. Mai 1991 die Laudatio auf den Preisträger.
Er nutzt die Gelegenheit, sein politisches Credo zu formulieren: »Wir haben uns von dem, was diese moderne Welt zur Hölle macht, seit 1945 überhaupt noch nicht getrennt, auch wenn noch so viele von uns an der Festigung der Barrieren zu arbeiten meinen, die unser totales Abgleiten in den Abgrund aufhalten sollen. Wir befinden uns hier und jetzt, als die gegenwärtigen Meister der Sprache, der Kunst, der Musik, und als Verfechter einer aufgeklärten, antireaktionären, machtfeindlichen Ordnung im Kampf gegen eine internationale Schar von Schurken, die sich zum alleinigen Genuß aller Güter dieser Erde auserwählt wähnen – auserwählt von wem?«

1991 in seiner Wohnung

Erste Kuratoriumssitzung der Erich-Fried-Gesellschaft, 20. Januar 1990, vor dem Burgtheater (u.a. mit Friederike Mayröcker, Elisabeth Borches, Hans Mayer, Walter Jens, Wolfgang Hildesheimer, Adolf Muschg)

Obwohl er gerne Schreibtisch und Wohnung verläßt, muß Jandl auswählen, wann sich der Einsatz von Zeit am ehesten lohnt, oder ab wann ihn seine Mitarbeit in Gremien und Kuratorien nur am Schreiben und am Verwalten der Folgen dieses Schreibens hindert. Dem Kuratorium der Erich-Fried-Gesellschaft gehört er gerne an, da er Frieds Werk außerordentlich schätzt, besonders die mit der Sprache spielenden Gedichte aus den fünfziger Jahren. Nach Frieds Tod hatte er sogar den Plan verfolgt, einen Band mit einer persönlichen Auswahl der Gedichte Erich Frieds (vor allem den mit Sprachspielen arbeitenden) herauszugeben, den Plan dann aber aus Zeitgründen fallengelassen. Im Sozialfonds für Autoren setzt er ebenfalls seine Mitarbeit bis 1992 fort. Begonnen hatte er mit dieser Arbeit 1977. Auch ohne die Zeit, die er als Mitglied von Gremien verbringt, wäre es ein leichtes für ihn, seinen Arbeitstag mit Aufgaben zu füllen, die ihm die Reputation einträgt, die sein Werk mittlerweile genießt – ein Problem, das sich mit den Jahren zuspitzt. In seiner Autoren-Abgeschiedenheit scheint die Zeit zum Schreiben immer knapper zu werden; und ihm fällt es schwerer als früher, sich auf die Gesetzmäßigkeiten seiner Produktion einzustellen. Gedichte entstehen immer in gewissen Zeitabständen. Zum letzten Mal wurde er in der zweiten Hälfte des Jahres 1978 von einer unerwartet größeren Anzahl von Texten überrascht. Nachdem er lange für sein Schreiben kämpfen mußte, fällt es ihm nicht leicht, sich der Folgen zu erwehren, die sein Schreiben hervorgebracht haben, damit weitere Gedichte und andere Texte entstehen.

30.6.1995 Graz: Verleihung des »Ehrenzeichen des Landes Steiermark«

Jandl wird weiter geehrt, und mit den Preisen ehren sich auch die Preisverleiher. Er erhält den Preis der Deutschen Schallplattenkritik (1985), die Ehrenmedaille der Bundeshauptstadt Wien in Gold (1986), den Kasseler Literaturpreis für grotesken Humor (1988), den Frankfurter Hörspielpreis (1989), den Peter-Huchel-Preis (1990), das Österreichische Ehrenzeichen für Wissenschaft und Kunst (1990), den Kleist-Preis (1993), den Friedrich-Hölderlin-Preis (1995), das Ehrenzeichen des Landes Steiermark (1995), das Goldene Ehrenzeichen für Verdienste um die Republik Österreich (1996). Trotz aller Preise vergißt Jandl nicht, welche Autorenbiographie er hat und wie selten in der Dichtung Neues willkommen geheißen wird – nicht aus Unversöhnlichkeit, sondern weil er erfahren hat, welche Reaktionen Literatur hervorrufen kann. Jandl: »Daß meine literarischen Bemühungen, vor allem auf dem Gebiet der Lyrik, mir jemals eine so hohe bundesstaatliche Auszeichnung einbringen würden ... war die längste Zeit nicht abzusehen und beflügelte auch zu keiner Zeit mein Schreiben von Literatur. Wäre letzteres der Fall gewesen, ich hätte mich wohl um eine gänzlich andere Art zu schreiben bemühen müssen und als Folge davon diese Ehrung vermutlich nie erhalten.«

in seinem Arbeitszimmer: »Meinen Schreibtisch von Post leer geräumt zu haben, das wäre etwas.«

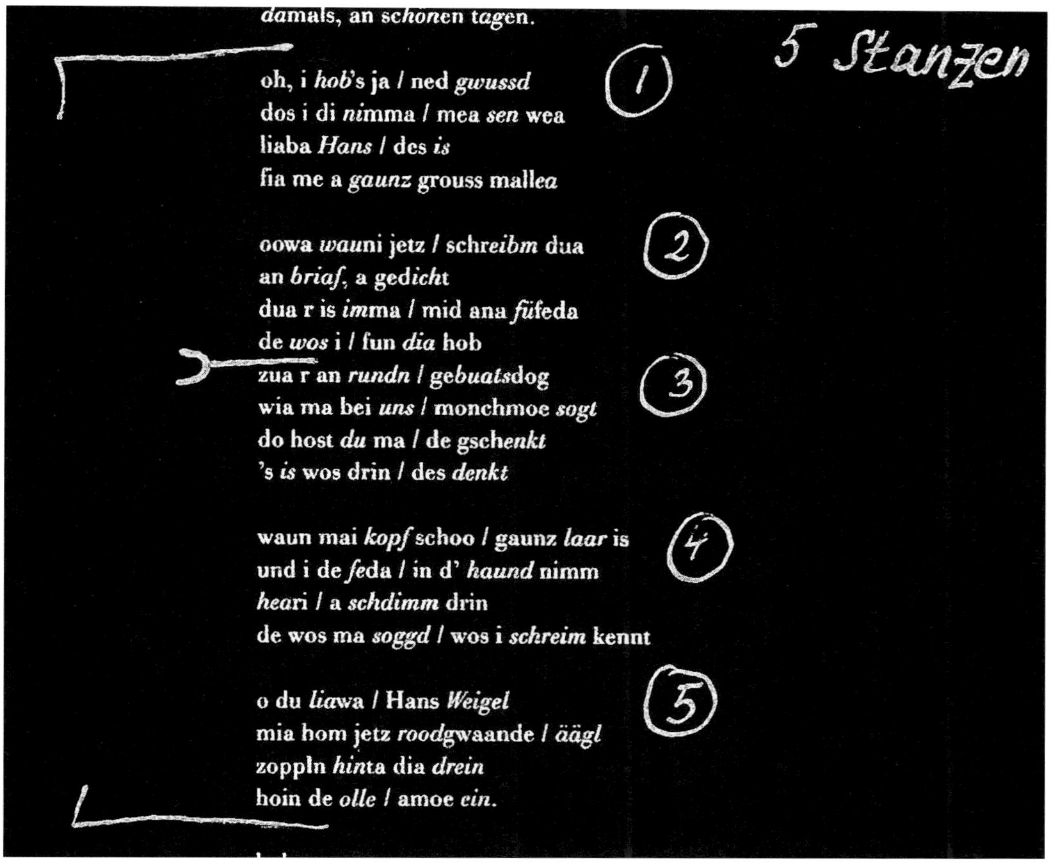
damals, an schönen tagen.

5 Stanzen

(1)
oh, i hob's ja / ned gwussd
dos i di nimma / mea sen wea
liaba Hans / des is
fia me a gaunz grouss mallea

(2)
oowa wauni jetz / schreibm dua
an briaf, a gedicht
dua r is imma / mid ana füfeda
de wos i / fun dia hob

(3)
zua r an rundn / gebuatsdog
wia ma bei uns / monchmoe sogt
do host du ma / de gschenkt
's is wos drin / des denkt

(4)
waun mai kopf schoo / gaunz laar is
und i de feda / in d' haund nimm
heari / a schdimm drin
de wos ma soggd / wos i schreim kennt

(5)
o du liawa / Hans Weigel
mia hom jetz roodgwaande / äägl
zoppln hinta dia drein
hoin de olle / amoe ein.

1997 werden die »stanzen« in Band 8 der zweiten Ausgabe von Jandls Werken aufgenommen (Auszug aus einem vorab zusammengestellten Teilmanuskript)

Jandl setzt die Arbeit an Gedichten mit der »heruntergekommenen sprache« (1978), an den einundzwanzig Jahre zuvor geschriebenen »Sprechgedichten« (1957) und an Gedichten aus jüngerer Zeit fort, in denen er auf seine Kindheit zu sprechen kommt. In welcher Weise das geschieht, war nicht vorhersehbar gewesen: Während eines Urlaubs – wegen des Bruchs eines Knöchels kann er sich nur mühsam bewegen – kommt es von Mitte August bis ungefähr Mitte September 1991 zu einer regelrechten Eruption an Gedichten, der dritten in seiner Schreibkarriere. Dieses Hoch hält zwar nicht so lange an wie die beiden Vorläufer 1952 und 1957, an Intensität überflügelt diese Arbeitsphase die vorangegangenen vielleicht sogar noch. Jandl: »die stanze (das gschdanzl), eine vierzeilige volkstümliche gedicht- bzw. strophenform, lernte ich in meiner frühen kindheit (etwa bis 1929) während des jährlichen sommeraufenthaltes in niederösterreich auf bauernfestlichkeiten kennen und vergass sie nicht wieder ... diese stanzen wurden ... im niederösterreichischen dialekt, der sich in einer gewissen nähe zu den wiener dialekten bewegte ... dargeboten ... meinen erziehungspersonen, vor allem meiner mutter, galt der grossstadtdialekt als ein klassenstigma.« – Angestoßen wurde diese Produktion außerdem durch Unterhaltungskunst: dem populär gewordenen Sprechgesang junger amerikanischer Musiker. – 1997 erscheint die zweite Werkausgabe Ernst Jandls: »das poetische werk in 10 bänden«; jeder Band enthält ein kurzes Nachwort des Autors. 1999 wird diese Ausgabe durch den Band mit Aufsätzen und Reden des Autors ergänzt. Titel: »Autor in Gesellschaft«.

in der Kirche, 1. August 1993

Jandl sieht sich nicht als Atheist, dazu hätte er von der Nicht-Existenz einer göttlichen Ordnung überzeugt sein müssen. Das ist er aber genausowenig, wie er bisher einen Grund gefunden hat, an eine göttliche Ordnung zu glauben. Im Laufe der Jahre verändert sich seine Haltung in Glaubensfragen jedoch: »Als alter Mann versuche ich mich wieder diesen Texten (dem ›Ave Maria‹ und dem ›Vater unser‹, die eine magische Kraft auf mich als kleinen Jungen hatten), zu nähern ... Jahrzehntelang waren diese Texte für mich nicht vorhanden – weder daß ich sie gesprochen hätte, noch daß ich sie gehört hätte. Wenn ich sage, als alter Mann, so zeigt das wohl eine Tendenz in mir, einen Anschluß an eine Zeit zu finden, in der ich als Kind auf naive Weise in meiner Religion gelebt habe, die noch immer meine ist, die christliche Religion, die katholische Religion.«

Zum siebzigsten Geburtstag Ernst Jandls 1995 wird im Kunsthaus Mürzzuschlag ein mehrtägiges Jandl-Symposium abgehalten, das zweite zu Autor und Werk. In Udine findet 1996 eine internationale Tagung zu Jandls Werk statt. Die Übersetzung von »Aus der Fremde« ins Italienische erscheint zur Eröffnung des Kongresses. Mit Übersetzungen von ausgewählten Gedichten ins Ungarische (1979, 1983 und einer weiteren Zusammenstellung ohne Jahresangabe), ins Tschechische (1989 und 1999), Schwedische (1993), Slowenische (1993), Englische (1997) und Übersetzungen einzelner Gedichte in alle wichtigen Sprachen beginnt sich sein Werk, das teilweise hohe Anforderungen an Übersetzer stellt, international zu verbreiten.

bei Fernsehaufnahmen, 1997 in Venedig

1998 in der Schaubühne in Berlin

1996 erscheint der Gedichtband »peter und die kuh«. Seinem Motto getreu, das er »dingfest« vorangestellt hat, geht Jandl alle Wege weiter, die sich ihm anbieten, um zu dem zu gelangen, was zu erreichen er als seinen einzigen Lebenszweck ansieht: Poesie. Er schreibt Gedichte, in denen er das Thema Kindheit weiter verfolgt; Verse, die durch seine unmittelbaren Alltagserfahrungen angeregt sind: sein Zusammenleben mit Friederike Mayröcker, Krankheiten und Alter. Es entstehen Gedichte über das Schreiben von Gedichten, unauffällige poetische Poetologien – und weitere Stanzen stellen sich ein. Wie schon in den Gedichtbänden, die in den achtziger Jahren erschienen sind, werden alle diese unterschiedlichen Arten von Gedichten in seine Bücher aufgenommen. Sein Fundus an Texten, der sich seit den späten fünfziger Jahren angesammelt hat, ist lange veröffentlicht, und er hat sich von dem Prinzip verabschiedet, formal geschlossenere Bücher zusammenzustellen. Ein Grundsatz hat für ihn aber nach wie vor die Gültigkeit, die er bereits von Jandls Schreibbeginn 1952 an besessen hat: Jedes Gedicht ist nach den ihm eigenen Voraussetzungen zu beurteilen. Was dieser Prüfung nicht standhält, findet als Gedicht keine Anerkennung. Zur Milde, auch in der Bewertung der eigenen Arbeiten, sieht Jandl keine Veranlassung. Die Anzahl der Lebensjahre hat auf diese Entscheidung keinen Einfluß.

1996 an der Tür zum »Kabinett«, dem kleinsten Zimmer seiner Wohnung

frei und schlecht

ich bin frei und mir ist schlecht.
warum sollte mir nicht schlecht sein?
freilich sollte mir schlecht sein, und es ist mir auch schlecht.
es könnte mir allerdings auch nicht schlecht sein.
dann würde ich sagen: ich bin frei
und mir ist nicht schlecht.

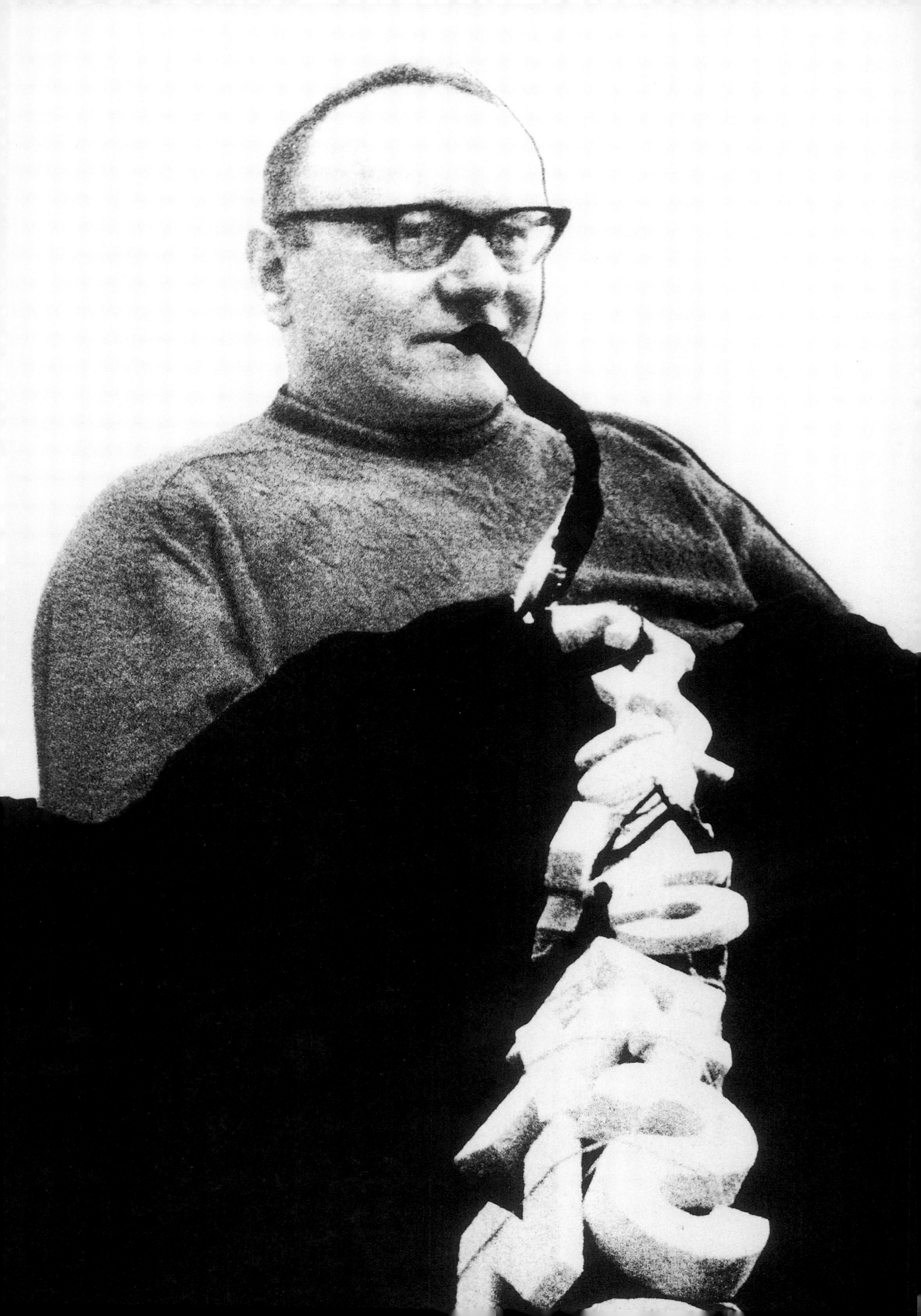

Jandl wünscht sich von seinen Gedichten, daß sie sich dem Gesang, dem Wohlklang entziehen – daß er lebenslang ein intensives Verhältnis zur Musik besitzt, steht dazu keineswegs im Widerspruch. In einigen Äußerungen erweckt er sogar den Eindruck, als wäre er lieber Musiker als Schriftsteller geworden. Jandl: »Wenn ich Musik machen könnte, würde ich keine Gedichte machen, oder nur ganz nebenbei.« Allerdings legte es Jandl keineswegs darauf an, mit seinen Gedichten in große Nähe zur Musik zu kommen. Ihn fasziniert Musik; beschäftigt er sich jedoch mit Gedichten, dann setzt er sich mit dem auseinander, woraus Gedichte bestehen: mit Sprache, ihren speziellen Formen und Inhalten. Trotz dieser strikten Trennung besteht eine untergründige Verbindung zwischen beiden Bereichen. Einige seiner Gedichte haben eine gewisse Verwandtschaft zum Jazz. Sie sind kurz, haben einen nervösen, vorantreibenden Beat wie der Bebop in den späten vierziger und frühen fünfziger Jahren, zu dem Jandl eine enge Verbindung entwickelt. Außerdem hat Jandl wichtige Anstöße zu neuen Gedichten durch die Musik erhalten. Den Sprechgedichten ist die nähere Bekanntschaft mit dem Jazz vorausgegangen, und bevor Jandl die »stanzen« geschrieben hat, war er auf den Rap gestoßen. Mitte der sechziger Jahre werden Jandls Gedichte von Musikern entdeckt, zögernd zunächst, ab Anfang der achtziger Jahre dann von einer größer werdenden Zahl. Eine Entwicklung setzt ein (nur schwach unterstützt durch den rasch anschwellenden und bald abklingenden Boom, Jazz und Lyrik miteinander zu kombinieren), die Jandl unter den Dichtern zu den am meisten gehörten und gespielten Lyrikern macht. Die Musiker sehen sich durch Jandls Werk herausgefordert, neue Wege auf ihrem Gebiet zu gehen, und dadurch wird Jandls Werk auf eine beispiellose Weise vertont, rezitiert, mit und ohne seine Mitwirkung auf Platten zugänglich gemacht: Das »musikalische« Moment in seinen Gedichten scheint diese zweite Karriere Jandls, die nur noch locker mit den Büchern verbunden ist, zu begünstigen und ihm, auch da zählt Jandl unter den Dichtern zu den Ausnahmen, eine ganz neue Form von Überleben zu ermöglichen: in den neuen Medien.

Ernst Jandl und die Musik

im Alter von sechs Jahren

Jandl: »Zu den frühesten musikalischen Eindrücken, die ich hatte, gehörte das Radio. Damals war das noch ein sogenannter Detektor-Apparat, bei dem man Kopfhörer benötigte, zwei Kopfhörer konnte man hineinstecken, also keine Lautsprecher. Im Ehebett meiner Eltern ist dann dieser Detektor-Apparat, ein schwarzes Kästchen, zwischen den beiden Ehegatten gestanden. Am Abend vor dem Schlafen, wenn sie nichts anderes tun wollten oder konnten, haben sie Musik gehört. Und hie und da, mein Gitterbett hat sich in diesem Zimmer befunden, wurde ich gerufen und durfte auch hineinhören.«

während einer Maturafeier 1955 (mit Franz Austeda, in der Mitte hinten)

Durch einen Schulfreund (Dietrich Burkhard – ihm hat Jandl schon im Mai 1952 in »lebensbeschreibung«, einem der ersten Gedichte, die er geschrieben hat, ein Denkmal gesetzt) gelangt Jandl in ersten Kontakt zu radikaleren Formen von Musik, darunter zum Jazz. Sein Klassenkamerad kann Klavier spielen und läßt sich ebenfalls von dem ästhetischen Provinzialismus der Zeit nicht bremsen: 1941 hatten sie sich bereits einen Klavierauszug von Ernst Kreneks Oper »Jonny spielt auf« besorgt, trotz der Kulturpolitik der Nazis ist das in Wien auch während des Kriegs möglich. Jandls Mutter hätte diese Musikwahl wegen ihrer Freizügigkeit und Nähe zur Unterhaltungskunst scharf mißbilligt; sie hätte es, als sie noch lebte, lieber gesehen, wenn sich ihr Sohn z. B. mit Giacomo Puccinis »La Bohème« beschäftigt hätte: gute Musik und als Oper ein abschreckendes Beispiel, wohin Liberalität in Künstlerkreisen führen kann. Jandls Vorlieben dirigieren ihn aber auch auf dem Gebiet der Musik in eine andere Richtung: 1943 besucht er das Konzert einer tschechischen Jazzband in Brünn unter der Leitung von Gustav Brohm. 1944 hätte er auf Heimaturlaub in der Wiener Steffeldiele und nach dem Krieg im »Strohkoffer« regelmäßig jazzähnliche Tanzmusik hören können, wenn er seine Scheu häufiger hätte überwinden können, solche Lokale zu betreten. 1955 schafft sich Jandl, als ihm keine seiner traditionellen Gedichte mehr gelingen wollen und er nicht absehen kann, ob ihm je die radikalen Gedichte glücken werden, die ihm seit seiner Schulzeit vorschweben, einen Plattenspieler und die erste Schallplatte an: Benny Goodman, Trio und Quartett; im gleichen Jahr besucht er mit Friederike Mayröcker ein Konzert mit Count Basie.

Von der Modernität des Jazz ist er überzeugt. »Die Musik entspreche der Welt der Maschinen und Motoren, während in manch klassischer Musik das Trampeln von Pferden und das Horn des Jägers zu hören seien – also tiefe Vergangenheit herrsche.« – Nach seiner ersten Lesung in Graz 1964 lernt er den in Philosophie promovierenden Pianisten (der »neighbours«) Dieter Glawischnig kennen. Am 30. Juni 1966 kommt es zum ersten gemeinsamen Auftritt in der Linzer Volkshochschule – eine Zusammenarbeit, die sich 1974 und dann 1981 fortsetzt. Jandl bemerkt früh, daß in Gedichten von ihm wie »viel« vom April 1957 durch die extrem kurzen Zeilen (meist eine Silbe) ein dem Jazz verwandter Beat steckt und daß sich dieses starke musikalische Element wiederum gut mit Musik kombinieren lassen müßte. Allerdings ist sich Jandl keineswegs sicher, ob er der richtige Mann ist, zusammen mit Musikern aufzutreten. Er scheut sich zunächst davor, vom klassischen Vortragssolo der Lesungen abzuweichen.

Lieber Herr Glawischnigg,

Herr Dr. Bäcker aus Linz hat mich unlängst angerufen und den Wunsch geäußert, ich möge Ihnen einige Gedichte schicken, die ich unter Umständen an das Ende eines gelesenen Abschnitts unsres gemeinsamen Abends in Linz stellen möchte, damit Sie, wie es Dr. Bäckers Wunsch wäre, gleichzeitig dazu musizieren, sofern Sie das wollen. Ich habe grundsätzlich nichts dagegen – man könnte es ja einmal probieren.

Der Einfachheit halber schicke ich Ihnen statt einzelner Manuskripte das Heftchen "mai hart lieb zapfen eibe hold" und gebe Ihnen an, welche Stücke daraus ich zu Musik sprechen würde:

du warst zu mir ein gutes mädchen (zu Beginn einer Musiknummer, dann Musik allein weiter)

calypso (durchlaufend Wort + Musik)

da busch (am Ende einer Musiknummer)

sehnsucht (vor einer Musiknummer, das wwwwww setzt sich in Musik fort)

abschied (gegen Schluß einer Musik)

restaurant (im Zwiegespräch mit den Instrumenten)

im reich der toten (mit Musik zugleich)

Das ist, glaube ich, mehr als genug – bitte sehen Sie sich die Sachen an, ob Sie bei dem einen oder andren Gedicht mit einer solchen improvisierten Kombination einverstanden wären.

Ich habe in diesen Wochen so viel zu tun, daß ich erst am Samstag, 30. April, nachmittag nach Linz kommen werde. Sonntag werde ich dann gegen Mittag oder am Frühnachmittag nach Wien zurück. Jedenfalls sollten wir ein paar Stunden auch die Möglichkeit zu privaten Gesprächen haben.

Herzliche Grüße,

Ihr

Brief vom 23.4.1966 an Dieter Glawischnig: Vorbereitungen ihres ersten Auftritts

Plattencover der ersten bei Wagenbach erschienenen Platte von Ernst Jandl

Jandl beteiligt sich energisch am Entstehen seiner ersten Platte. Von der Aufnahmetechnik bis zur Gestaltung der Plattenhülle beschäftigt er sich mit jedem Detail. Platten sind ohnehin ein durch den Jazz vertrautes Medium für ihn, und 1965 hatte er bereits in einem auf neue radiophone Formen spezialisierten Studio der BBC dreizehn seiner Gedichte mit Erfolg aufgenommen. Sein Einsatz und der des Verlags lohnen sich auch bei der Produktion der ersten Schallplatte im deutschen Sprachraum. Das Medium Schallplatte ist für Jandls Gedichte besonders gut geeignet: Es erleichtert den Zugang zu seinen Gedichten und unterstützt damit die Verbreitung seiner Bücher. Die Aufnahmen von 1968 (denen 1971 die Platte »hosi + anna« folgt) befinden sich noch in großer Nähe zum Buch, sie stützen sich ganz auf die den Texten innewohnende Ausdruckskraft und Musikalität. Später gelangt Jandl langsam in größere Nähe zur Musik, und umgekehrt suchen Musiker die Nähe zu seinen Texten und zu ihm als Sprechenden. Bis es aber zwischen ihnen und ihm zur Zusammenarbeit kommt, werden noch Jahre vergehen; bis dahin kann man ihn ausschließlich auf Wagenbachs Quartplatten hören.

Auch bei Luchterhand erscheinen Schallplatten. Die Anzahl der Autoren, die ihre Texte akustisch in Szene gesetzt wissen wollen, wächst. Diese Entwicklung kommt Jandl entgegen, und es ist für ihn eine Ehre, zusammen mit Helmut Heißenbüttel (»Max unmittelbar vorm Einschlafen« und »Das Röcheln der Mona Lisa«) neben einer Auswahl aus dem »künstlichen baum« auch eine Platte veröffentlichen zu können. – Dennoch – daß die Texte eines Autors von ihm selbst gelesen auf einer Schallplatte zu hören sind, bedeutet keineswegs, daß diese Schallplatten auch zu einem Erfolg werden. Das Publikum, entweder fixiert auf Bücher oder auf Schallplatten, muß ebenfalls den Wechsel der Medien erst als Chance begreifen lernen – und dafür, daß Texte auf Platten geboten werden, muß es einen zwingenden, in den Texten liegenden Grund geben.

Nach einer längeren Pause setzt Jandl die Zusammenarbeit mit Musikern fort. 1980 tritt er mit dem Organisten Martin Haselböck und dem Posaunisten Rudolf Josel auf: Die widersprüchlichen Möglichkeiten des sakralen Raums sollen erkundet werden, lautet das Konzept. Jandl fungiert als Sprecher seiner Texte. Damit setzt vehement eine Entwicklung ein, in der Jandl von sporadischen Auftritten zu regelmäßiger Zusammenarbeit mit Musikern findet und sich seine Stimme zu einem wichtigen Soloinstrument in Konzerten entwickelt. Als »Musikprotokolle vom Steirischen Herbst« erscheinen diese Aufnahmen 1986 auf Platte. Titel: »weltgebräuche«, nach einem Gedicht Jandls aus dem Jahr 1963: »heller himmel/in diesem abgrund/...«

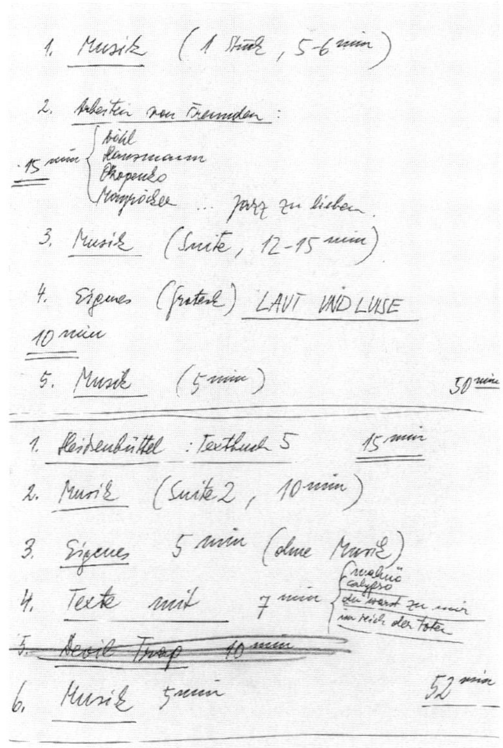

Planungsunterlagen

Mit Martin Haselböck (Mitte) an der Orgel, 1980

Cover einer 1970 im Luchterhand Verlag erschienenen Platte

mit Dieter Glawischnig 1982 in der »Fabrik«, Hamburg

1981 nimmt Jandl die Zusammenarbeit mit dem Trio »neighbours« (Auftritte in Marbach/Neckar und Innsbruck) wieder auf. Glawischnig ist inzwischen Leiter der NDR-Big-Band geworden und möchte einen »Opernakt« für diese Band mit Jandls Texten und dem Autor als einem der tragenden Solisten komponieren. Nach langem Zögern sagt Jandl zu, die Zusammenarbeit mit einem Orchester stellt für ihn eine noch größere Herausforderung da, als sich in kleinen Formationen auf wenige Instrumentalisten einzustellen. Bei der Auswahl der Texte (Glawischnig schlägt vor, Jandl ergänzt) wird von den frühen Sprechgedichten ausgegangen, Glawischnig weicht jedoch in einem wesentlichen Punkt vom Schema ab, das bei dem mittlerweile zu einer Mode gewordenen Aufeinandertreffen von Lyrik und Jazz praktiziert wird: jeweils ein Gedicht und eine Melodie miteinander zu kombinieren. In seinen Kompositionen greift er die Struktur der Gedichte auf und verwebt deren Abfolge zu einem Klangganzen. Damit werden die Herausforderungen an Jandl als Sprecher seiner Texte noch größer: Er muß sich in dem verzweigteren musikalischen Gewebe zu bewegen lernen. Der inzwischen berühmt gewordene Titel »Laut und Luise«, der dieser »Jazz-Oper« den Namen gibt, ist als Signal gedacht, in welche Richtung Glawischnig und Jandl aufbrechen wollen: Auf der Basis von Jazz und moderatem Free Jazz soll akustisch neues Gebiet erkundet werden. – Die gemeinsamen Auftritte werden mit viel Applaus aufgenommen: »Zum alles überragenden Höhepunkt ... kam es jedoch da, wo man Verstiegenes befürchtet hatte: Dieter Glawischnig ... hat für den österreichischen Lyriker Ernst Jandl ...und für sein Orchester ein Stück komponiert, das gut eine Stunde dauert und ... etwas ganz Erstaunliches kreiert: einen rundum überzeugenden Beitrag zum Thema ›Jazz und Lyrik‹.« Der Auftritt beim Berliner Jazz-Festival am 3. November 1985 wird von der Kritik auf eine Stufe mit dem von Miles Davis gestellt: Kein anderer Musiker habe diese beiden Konzerte in den Schatten stellen können. – Jandl setzt die Zusammenarbeit mit Glawischnig in kürzeren Abständen fort. 1989 entsteht »Aus der Kürze des Lebens« – wiederum ein durchkomponiertes Stück, das Sprechgedichte benutzt, aber vermehrt auch Gedichte aufnimmt, die nach 1976 entstanden sind und sich verbogener Sprach- und Sprechformen bedienen. Erste Aufführungen davon finden in Wolfsburg und Hannover statt. Bis jedoch beide »Opernakte« auf CD veröffentlicht werden, vergehen seit der Erstaufführung von »Laut und Luise« dreizehn Jahre. Das Schweizer Label »hat hut« entschließt sich, diese Aufnahmen parallel zu einem Themenheft der Zeitschrift »du« über Mayröcker und Jandl herauszubringen. Im Bereich der Musik stößt die Kombination mit Gesprochenem anfangs auf Zurückhaltung und muß sich erst durchsetzen.

mit den neighbours, Elisabethbühne, Salzburg, 13. Januar 1983

Proben mit dem Vienna Art Orchestra, 7. März 1984

mit Lauren Newton und Wolfgang Puschnig im Künstlerhaus Wien, 10. März 1984

Neue Konstellationen ergeben sich, Zufallsbekanntschaften. Jandl und Manfred Schoof (Trompete und Flügelhorn), den er als einen der Gastsolisten bei der NDR-Big-Band kennengelernt hat, treten 1984 im Duo auf. Nach einer Veranstaltung in Frankfurt liest Jandl während des Flugs nach Wien, daß es in Wien eine bedeutende Jazz-Band geben soll: das Vienna Art Orchestra. Er sucht Kontakt zu dieser Gruppe von Musikern und stößt in Mathias Ruegg auf einen entschlossenen Leiter, der die Chance nutzt und Jandl zur Zusammenarbeit mit der Band einlädt. Jandl ist von der Musik dieser Formation fasziniert: In einem Zweizeiler (1981) hat er seine Situation und sein Verhältnis zur Musik dieser Band festgehalten: »ist auch musik nicht länger in mir drin / hier höre ich musik drin ich enthalten bin.« – Er sieht etwas von sich in den Stücken dieser viel jüngeren Musiker weiterleben, was bei ihm (möglicherweise durch sein zurückgezogenes Leben) verlorengegangen ist: Lebensfreude, Entdeckerlust, unbeschwerte Freude an Neuem, Unerhörtem. Erarbeitet wird ein Musik-Textkonzert, eine Mischung aus älteren und jüngeren Gedichten. Jedes Gedicht erhält eine seiner Stimmung entsprechende Musik. Zum Vienna Art Orchestra gehört Lauren Newton, eine Sängerin. Eine zweite markante Stimme kommt zu der von Jandl hinzu; seine Rezitation der Gedichte steht aber nach wie vor unangefochten im Zentrum jedes Stücks und der Konzerte mit dieser Band.

»bist eulen?«-Schallplatten-Cover 1984

1984 entsteht die erste gemeinsame Schallplatte »bist eulen?«. 1985 wird sie mit dem Preis der Deutschen Schallplattenkritik ausgezeichnet. – Weitere Platten/CDs entstehen: »vom vom zum zum«, 1988; »lieber ein saxophon«, 1991. – Eine Produktion von Platten hat eingesetzt, die in dieser Zeit die Anzahl der Buchpublikationen übertrifft. In den neunziger Jahren kommen u.a. noch zwei Hörkassetten hinzu: »eile mit feile« (1996) und »wien : heldenplatz« (1999), zwei Mitschnitte von Lesungen. Rundfunkanstalten veröffentlichen ihre Sendungen mit dem Autor: 1990 »Das Röcheln der Mona Lisa« als ein Tondokument des Bayerischen Rundfunks und 1995 kommt die Hörspielfassung des WDR von »Aus der Fremde« in einem kleinen Verlag heraus; dort erscheint 1998 auch ein Gespräch mit dem österreichischen Publizisten Peter Huemer auf CD ... Im Lauf der Jahre und mit einer gewissen Verzögerung kommt es zu einer einzigartigen Präsenz des Autors auf Tonträgern. Das Buch ist für die Publikation und Verbreitung seiner Gedichte zwar keineswegs überholt, aber große Teile von Jandls Werk sind seinem Charakter gemäß nun auch in gesprochener Version zugänglich und sorgen für dessen Fortleben in einem Medium, das unter dem Aspekt der Konservierung von Dichtung noch nicht betrachtet worden ist. Auch hier wird von Jandl neues Terrain begangen. 1992 gelangt Jandl mit den »stanzen« am offenkundigsten in Berührung mit der Musik. Formgebend ist eine spezielle Sorte von Lied. Diese Form und der dazugehörende Dialekt legen ein Vorsingen oder ein Vorlesen dieser Verse nahe, die zumindest Elemente des Gesangs und der gesprochenen Sprache miteinander verbinden. Ein mit der volkstümlichen (nicht volkstümelnden) Herkunft dieser Gedichte verbundenes Instrument, die Ziehharmonika, bietet sich als Begleitung an. Nicht nur Jazz kann das sinnliche Element von Jandls Dichtung musikalisch herausarbeiten. Bei den »stanzen« bedient er sich auf extrem untypische Weise der Volksmusik.

1993 mit Erich Meixner (Ziehharmonika)

mit Jelen Sass 1991, Tubaist des Vienna Art Orchestra

Plattencover »jandls dilemma«, 1995

Eine neue medienerfahrene Generation erkennt die Chancen, die für sie in Jandls Gedichten liegen. Als Jugendliche sind viele von ihnen bereits in Kontakt mit Jandls Versen gekommen. Blixa Bargeld von den »Einstürzende Neubauten«: »Ernst Jandl habe ich lesen gesehen, da war ich gerade sechzehn Jahre alt. Ich weiß noch ganz genau: Wolfs Bücherei in Friedenau. Es war die erste Lesung, die ich überhaupt gehört habe. Ein unvergeßliches Erlebnis.« Diese Erfahrung haben viele gemacht, und Jandl dürfte zu den wenigen Autoren gehören, die im Deutschunterricht vorkommen und den Schülern dennoch nicht verleidet werden – ein, ebenfalls überraschend, gesamtdeutsches Phänomen. Wer zum Beispiel in DDR-Zeiten in Dresden aufgewachsen ist und Jandl nicht lesen hören konnte, hatte die Chance, dessen Gedichte zumindest nachlesen zu können. Mit Jandl war man dagegen. Anfang der neunziger Jahre stellt das »stattheater FASSUNGSLOS« einen Abend mit Texten von Jandl zusammen. Die Theatergruppe sucht Kontakt zum Autor, aber nur, um sich mit ihm über das von ihnen zusammengestellte Programm auszutauschen. Bei den Aufführungen ihrer Textkollage mit dem Titel »jandls dilemma« kommen sie ohne dessen Mitwirkung aus. Sie haben sich von seiner Vortragskunst emanzipiert und überlegen, wie sie selber die Musikalität seiner Verse auf ihre Art zum Erklingen bringen können. Aus der Bühnenfassung entsteht eine Hörspiel-Version, die sich dann zur Wiedergabe auf CD (erschienen bei »Faruk Musik« 1995) eignet. Einer der Mitwirkenden aus dieser Gruppe entwickelt das erste Computerspiel aus Texten von Jandl, das 1996 erscheint: »ottos mops (trotzt)«. Als Cyberspace-Lyrik werden seine Gedichte unter Punkern und Rappern weitergereicht. Jandls Texte lassen sich mit Gewinn als Vorlagen für die jeweils eigene Artikulationskunst in dem Medium benutzen, das sich als geeignet erweist.

Auszug aus einer Partitur von Jost Meier, der u. a. »die morgenfeier, 8. sept. 1977« vertonte

In der E-Musik werden Jandls Texte langsam ebenfalls als Herausforderung verstanden. Zum Beispiel schreibt der Komponist Jost Meier (geb. 1939) eine Sonate für Bass und Pianoforte, Rudolf Mazzola, ein Sänger, hat die Texte ausgewählt und trägt als erster diese Sonate vor. Projekte dieser Art mehren sich.

Die Basis von Jandls Zusammenarbeit mit Musikern waren und sind Auftritte in kleinen Besetzungen (Trios, Quartette) – eine Zusammenarbeit, die er über die Jahre verfolgt und zu der er sich am leichtesten überreden läßt. Außerdem setzt er sich in vielen Belangen für die Jazz-Szene und ihre Musiker in Wien ein: schreibt Eingaben, hält Festreden ...

Proben und Auftritt mit den »neighbours« in Dresden, 1996

Jandl 1996

Zwar wird ununterbrochen behauptet, Jandl sei der beste Vortragende seiner Gedichte, was insofern richtig ist, als Jandl seine Gedichte auf seine Art am besten vortragen kann. Daneben gibt es viele andere Möglichkeiten, und Jandls Stimme hat ihr eigenes Leben zu führen begonnen. Dem Autor ist das recht; er kümmerte sich um weitere Gedichte – bis zu seinem Tod am 9. Juni 2000.

Küß die Hand,

gute Nacht.

Ein Gespräch übers Altern

Epilog

Küß die Hand, gute Nacht.
Ein Gespräch übers Altern

Siblewski: Ist das die Post von heute?
Jandl: Ja Ausstellungseinladungen, wieder und wieder Einladungen zu Eröffnungen von Ausstellungen, zu den meisten ich dann ohnehin nicht gehe. Dann ein Brief von einem der Krankenhäuser, in dem ich gelegen bin und ein Brief von meinem Steuerberater. Ich erinnere mich noch dunkel, worüber wir sprechen wollten?
Ich möchte mich mit Dir über das Thema »Älter werden« unterhalten: Wie sind Dir ältere Menschen vorgekommen, als Du jung warst?
Gar nicht.
War für Dich die Vorstellung, älter zu werden, überhaupt je ein Thema gewesen?
Nein, wirklich nicht. Unter den älteren Leuten, sofern ich welche als Kind wahrgenommen habe, hat es einige gegeben, einige, die mir sehr gut gefallen haben. Und zwar war das der Großvater mütterlicherseits, also der Vater meiner Mutter, und die Großmutter väterlicherseits, also die Mutter meines Vaters. Die haben mir beide sehr gut gefallen. Sonst habe ich kaum alte Leute gesehen. Ich weiß nicht, seit wann ich mich mit dem Thema beschäftige, daß ich selbst einmal alt werden würde, älter, sehr alt oder doch ein bißchen alt. Ich weiß nicht, seit wann ich mich mit diesem Thema beschäftige. Das festzustellen wird am ehesten durch die beiden Werkausgaben mit datierten Gedichten möglich sein, da findet man ja einige Gedichte, die sich mit der schönen Problematik des Älterwerdens, falls es eine Problematik ist, auseinandersetzen und die datiert sind: Da kann man feststellen, wann ich daran zu denken begonnen habe, zumindest ab wann ich so daran gedacht habe, daß es in Gedichten auftaucht.
Was hat Dir an Deinem Großvater und an der Großmutter besonders gefallen?
An beiden der Geruch. Im Gegensatz zu den anderen Mitgliedern der Familie war der Großvater mütterlicherseits, Anton Rappel, ein leidenschaftlicher Raucher. Der Geruch der Zigaretten, des Zigarettenrauchens, und der Geruch seines Älterwerdens, die kann ich beide nicht auseinanderhalten, sondern ich habe nur einen Geruch wahrgenommen, das war der Geruch des Zigarettenrauchens plus Älterwerdens. Der Geruch war angenehm, hat nicht zu irgendwelchen Nachahmungen Anlaß gegeben, ich habe nie daran gedacht, einen Geruch nachzuahmen. Die Großmutter väterlicherseits hat natürlich nicht geraucht. Sie war älter als der Großvater mütterlicherseits, sie ist über achtzig geworden, was in unserer Familie schon ein bedeutendes Alter ist, und die dann auch ihren eigenen Geruch gehabt hat, anders als der Geruch bei jüngeren Leuten, falls ich an jüngeren Leuten überhaupt einen Geruch wahrgenommen habe. Also vor allem der Geruch. Dann bei der Großmutter väterlicherseits Würde, gepaart mit einer gewissen Milde den Menschen gegenüber. Beim Großvater väterlicherseits Würde gepaart mit vielleicht einer gewissen Neigung zum Humor, einer Neigung, sich über andere Leute lustig zu machen. Hoffentlich hat er die gehabt.
Das klingt ja positiv.
Das kann nur positiv klingen. Ich habe über beide Herrschaften nichts Negatives zu sagen, gar nichts Negatives.
Liest man beispielsweise jetzt ein Gedicht von Dir wie das »kleine geriatrische manifest«, dann spricht sich darin ein grimmigeres Verhältnis zum Alter aus.
Zu meinem Alter?
Ich möchte einmal behaupten zu Deinem Alter.
Mein Großvater väterlicherseits hat mit einem »kleinen geriatrischen manifest« oder mit irgendeinem Manifest und mit Geriatrik nichts zu tun gehabt. Er besaß eine gewisse Größe, so daß auch das Wort »klein« nicht auf ihn abgezielt hat. Im »kleinen geriatrischen manifest« ist nur an einen Mann gedacht, nicht an eine Frau, es kann sich also nicht um meine Großmutter väterlicherseits gehandelt haben, ausgeschlossen.
Hast Du Dich mit dem Gedicht gemeint?

Um diese Frage beantworten zu können, müßte ich dieses Gedicht noch einmal lesen. Dann kann ich das sofort beantworten. *Liest:*

kleines geriatrisches manifest
ein oder zwei jahre
gezügelter lebenslust
dürfen sie mit zweiundsechzig
sich wohl noch erhoffen. onanieren
werden sie wie bisher auch, vielleicht
nicht ganz so flott, nicht ganz so oft
als in ihren besten jahren.
was sie derzeit
als ihren geistigen verfall
zu erleben glauben, wird
durch ihren physischen verfall
mehr als wettgemacht. derselbe ist
so evident, daß sie überall
komplimente für ihre geistige frische
einheimsen werden. wobei man ihnen
schonungsvoll
zum allernächsten sessel hilft.

Ich kann nicht sagen, daß ich gemeint war mit diesem Gedicht, ich könnte höchstens sagen, an dieser Stelle, die kommt nahe an mich heran, oder jene auch und eine dritte nicht, eine vierte ebenfalls nicht. Aber so viel Phantasie darf man mir zutrauen, daß ich »kleines geriatrisches manifest« verfasse, ohne an mich oder an meinen Großvater zu denken. Keinesfalls habe ich dabei an meine Großmutter gedacht. Es gibt genug andere alte Leute, die mich an eine Vorstellung des Altseins haben denken lassen, wie sie dem »kleinen geriatrischen manifest« zugrunde gelegen hat.

Was kommt Dir denn in den Sinn, wenn Du im Zusammenhang mit Dir über Alter nachdenkst?

Es kommt mir der Gedanke an die Grenze in den Sinn, die Grenze zwischen dem normalen Altern, wenn es das gibt, und einer Krankheit, von der ein alternder Mensch ebenso befallen sein kann wie ein junger. Dazwischen liegt eine Grenze.

Hat sich im Laufe der Jahre Deine Wahrnehmung verändert, eine Veränderung, die mit der vergangenen Zeit zu tun hat?

Mit der Wahrnehmung hat sich sicherlich im Laufe der Jahre einiges verändert, mit der Wahrnehmung von allem möglichen...

Hat beispielsweise das Bedürfnis, experimentelle Gedichte schreiben zu wollen, nachgelassen?

Sofern das Bedürfnis, Gedichte zu schreiben, noch da ist, ist es primär ein Bedürfnis, Gedichte zu schreiben, also irgendeinen Weg zu finden, um auf ein Gedicht oder auf einen Ansatz zu einem Gedicht zu stoßen. Das ist mir gelungen, als ich mich vor allem mit experimentellen Gedichten befaßte, das ist mir gelungen, als ich mich vor allem mit nicht-experimentellen Gedichten befaßte; es kommt also unter Umständen eher darauf an, ein Gedicht zu schreiben, als ein besonders experimentelles, was immer das heißen mag, zu verfassen. Also die Lust, das Verlangen ist da, ein Gedicht zu schreiben, wie auch immer.

Hat denn die Wahrnehmung dessen, was um Dich herum geschieht, darauf einen Einfluß, welche Art von Gedichten Du schreiben möchtest? In den fünfziger Jahren konnte es als eine Pioniertat angesehen werden, experimentelle Gedichte zu schreiben und auf unerobertе Gebiete oder nur selten begangene Gebiete der Literatur vorzustoßen, während heute das nicht mehr als eine besondere Leistung angesehen wird.

Ich glaube schon, daß es einen Einfluß hat, als man ja weiß, wenn ich jetzt ein Gedicht schreibe, falls es mir gelänge, jetzt ein Gedicht zu schreiben, in welchem poetischen Zusammenhang es stehen würde, und ob ich es möchte, daß es in diesem poetischen Zusammenhang steht.

Ist es Dir deswegen mit den Jahren schwerer gefallen, Gedichte zu schreiben, weil bestimmte Wege gegangen waren, entweder von Dir oder von anderen?

Im Laufe der Zeit, im Laufe dieses gedichteproduzierenden Lebens ist es immer wieder einmal leichter und einmal schwerer gefallen, Gedichte zu schreiben. Leichter dann, wenn man einen gangbaren Weg erkannt hat, auf dem man noch einige Gedichte produzieren kann, als wenn man einen solchen Weg nicht gesehen hat, wo vielleicht das eine oder andere Gedicht entstanden ist, mehr aber nicht. Es ist sicherlich die besondere Eigenschaft von einem Gedicht, wenn es dem Autor einen Weg zu weiterem Gedichteschreiben eröffnet. Und: Darüber kann der Autor froh sein und ist es vermutlich auch.

Hat es denn etwas Erleichterndes, wenn man als Autor über ein Werk verfügt: Läßt sich mit diesem Wissen leichter schreiben?

Das ist schwer zu sagen. Manchmal ja, manchmal nein, manchmal denkt man, man hätte überhaupt keine Gedichte schreiben müssen und hätte mit der eigenen Zeit, sofern es eine solche gibt, etwas anderes anfangen sollen, als ausgerechnet Gedichte zu schreiben. Die meisten Leute fangen etwas anderes an, als ausgerechnet Gedichte zu schreiben, und manche finden das sehr ersprießlich, einen solchen anderen Weg zu gehen, aber sicher nicht unbedingt alle. Jeder Weg kann dann und wann oder überhaupt so in die Irre führen, daß man letzten Endes keinen wirklichen Ertrag findet. Also ich möchte bei meinen Gedichten nicht so weit gehen, daß ich zurückblicke und überhaupt keinen Ertrag finde, nein ich finde einen Ertrag, kann mich aber immer wieder fragen, wenn ich will oder wenn ich muß, ob dieser Ertrag die aufgewandte Zeit wert gewesen ist. Die Antwort fällt dann so oder so aus, in jedem Fall ist es eine Antwort für mich. Womit ich meine, daß ich das Zwiegespräch mit mir führe, wenn ich es überhaupt führe, und nicht mit einem anderen. Anderen gegenüber würde ich meine Produktion von Gedichten unbedingt verteidigen als eine sinnvolle, ein Leben ausfüllende Beschäftigung.

Hast Du mit zunehmenden Jahren die Erfahrung gemacht, daß sich politisch etwas verbessert hat. Konkret: daß Nazis sich zu keiner bedeutenden politischen Größe mehr entwickeln können, was eine Erleichterung für Dich sein müßte.

Ja wenn ich mir sagen kann, die Tendenzen des Nationalsozialismus sind ein- für allemal verschwunden, so würde ich das unbedingt als erleichternd ansehen. Nicht nur für mein eigenes Leben, sondern für die Gesellschaft in der ich lebe, oder für die Welt in der ich lebe. Nirgendwo ein Anzeichen des Noch-Vorhandenseins oder Wiederauflebens von sogenanntem Nationalsozialismus. Ja, das wäre eine Erleichterung. Oder das ist eine Erleichterung.

Läßt es Dich gelassener sein, daß du dir sagen kannst, was politisch auch immer geschieht, muß mich nicht mehr beschäftigen, darum sollen sich Jüngere kümmern, die auch mit den Folgen der Entwicklung heute zu tun bekommen.

Das verstehe ich nicht ganz. Wenn es sich nur um mein Leben handelt, wenn es sich also nur um mich selber dreht, dann mag es sein, daß ich mir sagen kann, mit dieser Sache werde ich nie mehr etwas zu tun haben wollen oder zu tun haben. Aber ich meine, man lebt ja unter Älteren und Jüngeren, unter Gleichaltrigen, unter Andersaltrigen, und wenn man hier irgendwelche Tendenzen zu etwas Verabscheuungswürdigem sieht, das dann vielleicht doch als in irgendeiner Weise wünschenswert angesehen wird, dann ist das sehr bedrückend. Ganz egal, bei wem man solche Tendenzen feststellen mag. Also, bei der letzten Nationalratswahl in Österreich (am 3. Oktober 1999, bei der die FPÖ zweitstärkste Partei geworden ist, K.S.) hat die von Haider geführte Partei einen großen Stimmenzuwachs gehabt, das veranlaßt mich nicht zu sagen, all die Leute, die diese Partei nun gewählt haben, seien Nationalsozialisten, was fürchterlich wäre, aber einige darunter wird es schon geben, für die das der richtige Weg zu sein scheint, weil ich gewisse Momente des Nationalsozialismus in dieser Partei zu finden glaube. Das ist sehr unerfreulich.

Läßt das Deine Angst vor einem Wiedererstarken nationalsozialistischer Elemente und einer nationalsozialistischen Politik, die wirklich Einfluß nehmen kann, aufkeimen?

Nein, nein. Ich sehe insofern positiv in die Zukunft, als ich glaube, daß es bei uns liegt, solche Dinge zu steuern und solche unerfreulichen politischen und gesellschaftlichen Erscheinungen im Keime zu ersticken.

Zurück zur Literatur. Du könntest doch stolz darauf sein, daß Deine avantgardistische Literatur breite Anerkennung gefunden hat, daß Du mit radikalen Versen einen Weg aus der Isolation und Nicht-Anerkennung gefunden hast.

Ich habe wenig Anlage, stolz zu sein, und ich habe wenig Grund, auf etwas stolz zu sein. Es liegt mir nicht, stolz zu sein. Aber vielleicht könnte man von einer gewissen Befriedigung darüber reden, daß künstlerische Erscheinungen, auf welchem Kunstgebiet auch immer, die vom reaktionären Publikum total mißverstanden und abgewertet wurden, daß sie die Kraft hatten, das Publikum zu verändern. Vor allem das junge Publikum, wobei die Kraft natürlich nicht nur bei den Kunstwerken allein liegt, sondern da gehört schon von seiten des Publikums ein großer Einsatz von Kraft dazu. Der wird immer wieder geleistet werden müssen, nicht nur in einem bestimmten historischen Moment, verpönte Kunst, verpönte Literatur ans Licht zu rücken und darüber zu reden als von einer normalen Sache, als von einer Sache, mit der man sich eben beschäftigen kann, und daß sie nicht auf Dauer als das Werk von Verrückten oder irgendwelchen Teufeln angesehen wird. Ich bin sehr erfreut darüber, daß man heute Schönberg, Webern, Alban Berg spielt, daß man sich ernsthaft damit auseinandersetzen kann, daß man zu vernünftigen Urteilen über diese Musik gelangt. In der Bildenden Kunst – ich bin höchst erfreut darüber – hat sich die gegenstandslose Bildende Kunst prachtvoll durchgesetzt, und ich merke mit einer gewissen Trauer, weil es mir zeigt, daß ich mich auch nicht ständig weiterentwickle, daß es heute auf dem Gebiet der gegenstandslosen Kunst schon wieder künstlerische Manifestationen gibt, bei denen ich mich schwertue mitzumachen.

Ist es denn auch gut, daß es im Bereich der Literatur heute starke Tendenzen gegen die Avantgarde hin zur Unterhaltung gibt, leicht verständlich und eingängig sollen die Bücher sein. Müßte man sich nicht wieder von Neuem für eine Avantgarde einsetzen?

Ja, wenn man Anzeichen dafür sieht, daß die Literaturkonsumenten avantgardistische Literatur, aus formalen Gründen schwierige Literatur, nicht mehr bereit sind aufzunehmen, dann müßte man vor allem als Literaturproduzent wieder einmal überlegen, ob man alles getan hat, um eine solche Beschäftigung mit schwieriger Literatur für andere möglich zu machen, also das heißt, selber schwierige Literatur zu schreiben, an der der Mensch sich begeistern kann, obwohl viele sagen werden, na, das verstehe ich nicht, das ist ein dummer Einwand. Ich finde, daß es heute durchaus Schriftsteller gibt, die hohe Anforderungen an ihr Publikum stellen, und das Publikum ist einverstanden damit, fühlt sich geehrt, daß ihm etwas zugemutet wird, zum Beispiel bei Friederike Mayröcker. Ich finde das großartig, wie sie in der Prosa, in der Lyrik, im Hörspiel imstande ist, die Gefahren alles bloß Unterhaltsamen zu umgehen. Und mit welcher Überzeugung und mit welcher Kraft sie das tut. Also wir sind noch nicht verloren.

Aber wäre das jetzt nicht genau der Zeitpunkt, um sich für »schwierigere« Literatur wieder einzusetzen?

Sicher sicher, der Zeitpunkt ist eigentlich immer da, denn wir merken, daß ein Teil des Publikums dazu tendiert, Literatur oder Kunst ausschließlich als ein Mittel zur Unterhaltung zu sehen. Unterhaltung ist etwas Gutes. Unterhaltung ist notwendig, aber in dem Moment, wo Kunst nurmehr Unterhaltung ist, da zeigt sich alsbald, daß es nicht mehr Kunst und damit auch nicht mehr wert ist, uns zu unterhalten.

Hat denn Dein Wunsch, Gedichte schreiben zu wollen, nachgelassen, oder ist er stärker geworden mit den Jahren?

Nein, ich werde immer älter, und wenn ich noch etwas zustande bringen kann, dann vielleicht das eine oder andere Gedicht, die Zeit drängt, kann man sagen, und das Gedicht ist kurz. Daher hat der Wunsch, Gedichte zu schreiben, nicht nachgelassen. Obwohl ich manchmal sage, mein Gott, einen guten Kriminalroman von der Qualität eines Raymond Chandler etwa würde ich gerne schreiben. Dazu kommt es nicht, das ist klar.

Warum?

Weil für einen Kriminalroman mit dem spezifischen Artgewicht chandlerscher Erzeugnisse ein ganzes Leben des Einsatzes verlangt wird. Das habe ich nicht getan, ich habe mein Leben für Lyrik eingesetzt und da vielleicht auch nicht immer das Schlechteste und nur das Trivialste erzeugt. Aber damit ist es aus. Das Leben jetzt für einen guten Kriminalroman einzusetzen, dazu ist zu wenig übrig.

Und warum, wenn kein Kriminalroman, dann, was viele Schriftsteller ab einem bestimmten Alter als Herausforderung ansehen, eine Autobiographie?

Über mich habe ich schon so viel gesagt, ich kann noch immer einiges in einigen Gedichten sagen oder in meinem Leben das eine oder andere Gedicht finden, aber eine Autobiographie: niemals.

Hängt das auch mit den Zwängen zusammen, über längere Distanzen etwas erzählen zu müssen, was sich vielleicht gar nicht in der Weise erzählen läßt?

Das mag sein. Aber wie gesagt, ich habe nicht den Wunsch, autobiographisch zu schreiben. Da hätte ich vielleicht zuerst einmal versuchen müssen, autobiographisch zu leben, nämlich so zu leben, daß ich den Leuten mein Leben hätte zeigen können. Nein nein, mein Leben hat höchstens einen Tritt bekommen dann und wann, damit es sich dorthin verzieht, wo es hingehört, unter den Tisch, an dem ich sitze, dann und wann, nicht nur Dreck zu produzieren.

Wer hat denn diesem Leben den Tritt gegeben?

Ich! Abgesehen davon, daß es gleichgültig ist, wer immer ihm den Tritt gegeben hat. Ich war es! Ich auf jeden Fall. Wenn ich sagen könnte, ich bin das Muster für alle, soweit hätte es kommen müssen. Nein, dieses Leben ist das Muster für niemand. Aber von und aus diesem Leben heraus kann ich doch das eine oder

andere Gedicht vielleicht schreiben, das ein Muster als Gedicht für andere sein kann.
Ist das der Ehrgeiz, den Du hast, um zu einem haltbaren Gedicht zu gelangen?
Zu einem einigermaßen haltbaren, eine gewisse Zeit haltbaren Gedicht zu gelangen. Ich möchte nicht sagen, daß Kunst ohne den geringsten Ehrgeiz von seiten des Künstlers produzierbar ist. Das will ich nicht sagen.
Aber Du hast doch Dein Leben für die Kunst eingesetzt!
Ja, aber darüber rede ich nicht so gerne, weil sich dann sehr bald sagen läßt, hätte man es nicht für etwas Besseres einsetzen können.
Haben sich im Lauf der Zeit nicht auch Entschiedenheiten eingestellt, die positiv zu werten sind. Ich meine beispielsweise das Verhältnis zu Friederike Mayröcker, das sich zu einer Konstante entwickelt hat.
Ja ich wollte ja niemandem vormachen, daß alles, was sich im Laufe der Jahre meines Lebens eingestellt hat, negativ zu beurteilen sei. Na hoffentlich nicht, kann ich nur sagen.
Wenn man über Zeit nachdenkt, dann stößt man auch auf Jenseitsvorstellungen, auf Transzendenz, etwas, worin Zeit, da sie als etwas Vergehendes gedacht wird, aufgehoben sein könnte. Sind das Überlegungen, die Du auch anstellst?
Darüber möchte ich mir nicht allzusehr den Kopf zerbrechen und ich möchte nicht als jemand erscheinen, der sich über solche Fragen, zum Beispiel den Vorzug einer Religion vor einer anderen, ernsthaft allzu lange beschäftigt. Ich weiß schon, Religion brauchen wir. Ich bin keineswegs der Ansicht, daß wir ohne Religion auskommen, oder, sagen wir, ohne die Vorstellung Gottes, ohne die Vorstellung einer uns führenden positiven Macht. Sich darüber allzu sehr zu verbreiten ist meine Sache aber nie gewesen und wird sie auch, hoffentlich, weiterhin nicht sein...
Wenn man beispielsweise auf den Horizont schaut und sich überlegt, was könnte dahinter kommen, zu Anfang hattest du von einer Grenze gesprochen, hat das etwas Bedrohliches, etwas Erleichterndes für Dich?
Das ist mir zu spekulativ. Wenn ich den Horizont anblicke, dann sehe ich den Horizont, das mag gewisse Gefühle in mir wecken und auch zu gewissen Gedanken führen. Die würde ich aber alle nicht überschätzen.
Konkreter: Eine Vorstellung von Gott ist Dir nicht fremd?
Ist mir nicht fremd, aber meine Vorstellungen von Gott sind nicht etwas, das mich dazu führen würde, immer wieder niederzuknien und in eine bestimmte Richtung zu blicken. Nein.
Konkret: Kannst Du dir ein Paradies vorstellen, eine Hölle. Kommst du in die Hölle?
Paradies haben wir ja jetzt schon und in der Hölle sind wir auch. Konkreter brauch ichs nicht.
Und was kommt dann, wenn wir das alles schon haben?
Frage ist, ob etwas dann kommt. Ob wir wollen, daß dann etwas kommt?
Würdest Du es denn wollen und was?
Ich will nicht zeigen, wie schwierig oder wie sinnlos es ist, sich mit solchen Fragen zu beschäftigen, wenn aber, dann würde ich gerne eine andere Art zum Saxophon haben, eine aktivere Art zum Saxophon, als ich es jetzt habe. Saxophon vor allem. Auch Trompete, aber Saxophon wäre mir am liebsten. Und das habe ich nicht.
Wäre das ein Wunsch von dir?
Es wäre ein Wunsch, wenn ich mich gerade einmal in meinen Wünschen bade. Es wäre ein Wunsch nicht in der Art, daß ich jetzt sage, na ich bin erst fünfundsiebzig, dann kann ich die nächsten zehn Jahre Saxophon lernen. Das Leben als ein schönes langes Saxophonsolo, das wäre nicht schlecht. Nein, mit fünfzehn macht man das. Und zu fünfundsiebzig kommt mir in den Kopf, küß die Hand, gute Nacht. Das wollte ich noch gerne sagen. Ich wollte das gerne zu jemandem sagen, dem es zu sagen mir selber ein angenehmes Gefühl bereiten würde: küß die Hand, gute Nacht. Wie ich es als Kind getan habe. Gelernt habe ich das von der Mutter, die das gegenüber der Großmutter oder dem Großvater gesagt hat. Es ist ein schöner Gruß:

Küß die Hand,
gute Nacht.

Das Gespräch mit Ernst Jandl fand am 19.11.1999 in Wien, Zentagasse 16, statt.

Nachweise

(Zitiert wird nach den zum Zeitpunkt des Erscheinens von »a komma punkt« lieferbaren Büchern von Ernst Jandl.)

13 aus dem wirklichen leben, München: Luchterhand Literaturverlag 1999, S. 115
16 aus dem wirklichen leben, a.a.O., S. 113
18 peter und die kuh, in: poetische werke in 10 bänden, hg.v. Klaus Siblewski, München: Luchterhand Literaturverlag 1997, Band 10, S. 35
in: Franz Hohler, Fragen an andere, Wolf Biermann, Peter Handke, Ernst Jandl, Manni Matter, Hannes Wader, Bern: Zytglogge 1973
in: Franz Hohler, Fragen an andere
22 peter und die kuh, poetische werke band 10, S. 23
25 Autor in Gesellschaft, Aufsätze und Reden, Poetische Werke Band 11, hg.v. Klaus Siblewski, München: Luchterhand Literaturverlag 1999, S.66
peter und die kuh, poetische werke band 10, S. 27
26 aus dem wirklichen leben, S. 114
27 aus dem wirklichen leben, S. 18
verstreute gedichte 5, poetische werke band 7, S. 16
31 idyllen, poetische werke band 9, S. 142
33 aus einem mit Jandl geführten Gespräch, unveröffentlicht
idyllen, poetische werke band 9, S. 47
37 aus dem wirklichen leben, S. 115
aus dem wirklichen leben, S. 116
41 aus einem mit Jandl geführten Gespräch, unveröffentlicht
42 jeweils aus einem mit Jandl geführten Gespräch, unveröffentlicht
aus dem wirklichen leben, S. 18/19
43 aus dem wirklichen leben, S. 19
44 aus dem wirklichen leben, S. 19
Ernst Jandl, Die Zerstörung des Krieges, Frankfurter Anthologie, Frankfurter Allgemeine Zeitung, 15.9.1984
45 aus dem wirklichen leben, S. 21
Autor in Gesellschaft, Poetische Werke Band 11, S. 35
46 idyllen, poetische werke band 9, S. 9
47 Frankfurter Allgemeine Zeitung, 15.9.1984
50 aus einem mit Jandl geführten Gespräch, unveröffentlicht
aus einem mit Jandl geführten Gespräch, unveröffentlicht
aus dem wirklichen leben, S. 38
aus einem mit Jandl geführten Gespräch, unveröffentlicht
53 aus dem wirklichen leben, S. 41
54 aus einem mit Jandl geführten Gespräch, unveröffentlicht
58 aus einem mit Jandl geführten Gespräch, unveröffentlicht
62, 63, 66, jeweils aus einem mit Jandl geführten Gespräch, unveröffentlicht
71 Autor in Gesellschaft, Poetische Werke Band 11, S. 67
Autor in Gesellschaft, Poetische Werke Band 11, S. 67
78, 79 aus einem mit Jandl geführten Gespräch, unveröffentlicht
80 Autor in Gesellschaft, Poetische Werke Band 11, S. 17
81 jeweils aus einem mit Friederike Mayröcker geführten Gespräch, unveröffentlicht
85 idyllen, poetische werke band 9, S. 144
Anmerkung des Autors zu Band 9, poetische werke band 9, S. 285
aus dem wirklichen leben, S. 112
86 Aus der Fremde, poetische werke band 10, S. 182–183
87 aus dem wirklichen leben, S. 161–162
88 stanzen, poetische werke band 9, S. 283
Beitrag des Autors für ein Puchberg-Buch, zitiert nach dem Manuskript
stanzen, poetische werke band 9, S. 283
89 lechts und rinks, gedichte, statements, peppermints, München: Luchterhand Literaturverlag 1995, S. 51
94 aus einem mit Jandl geführten Gespräch, unveröffentlicht
95, 97 jeweils aus einem mit Artmann geführten Gespräch, unveröffentlicht
98 aus einem mit Jandl geführten Gespräch, unveröffentlicht
100 Autor in Gesellschaft, Poetische Werke Band 11, S. 9
101 aus einem mit Jandl geführten Gespräch, unveröffentlicht
103 dingfest, poetische werke band 5, S. 55
Autor in Gesellschaft, Poetische Werke Band 11, S. 213
aus einem mit Jandl geführten Gespräch, unveröffentlicht
109 Gesammelte Werke, Band 3, S. 156
110 Gesammelte Werke, Band 3, S. 162
aus Jandls Korrespondenz
114 Andreas Okopenko, in Wort und Wahrheit 1971
118 flöda und der schwan, poetische werke band 4, S. 189
121 serienfuss, Darmstadt: Luchterhand 1974, S. 83
122 Autor in Gesellschaft, Poetische Werke Band 11, S. 299
129 aus einem mit Jandl geführten Gespräch, unveröffentlicht
133 aus der Korrespondenz mit Alfred Kolleritsch
135 Autor in Gesellschaft, Poetische Werke Band 11, S. 13
140 Autor in Gesellschaft, Poetische Werke Band 11, S. 42
142 jeweils aus der Korrespondenz mit Alfred Kolleritsch
143 aus einem mit Jandl geführten Gespräch, unveröffentlicht
149 Autor in Gesellschaft, Poetische Werke Band 11, S. 295
150 aus einem mit Jandl geführten Gespräch, unveröffentlicht
154 Die Presse, Wien 16.12.1974
155 Autor in Gesellschaft, Poetische Werke Band 11, S. 80
159 idyllen, poetische werke band 9, S. 143
163 aus einem mit Jandl geführten Gespräch, unveröffentlicht
166 Anmerkungen zum Stück »die humanisten«, Gesammelte Werke in drei Bänden, hg.v. Klaus Siblewski, Darmstadt: Luchterhand 1985, Band 3, S. 346
die bearbeitung der mütze, poetische werke band 7, S. 207–208
167 der gelbe hund, poetische werke band 8, S. 44
168 der gelbe hund, poetische werke band 8, S. 17
jeweils Auszüge aus dem von Jandl verfaßten Rückseiten-Text zur Erstausgabe seines Gedichtbandes »der gelbe hund«, Darmstadt: Luchterhand 1980
170 Aus der Fremde, poetische werke band 10, S. 178
Einleitung zum Stück »Aus der Fremde«, Gesammelte Werke in drei Bänden. Band 3, S. 352
171 Autor in Gesellschaft, Poetische Werke Band 11, S. 307
174 Autor in Gesellschaft, Poetische Werke Band 11, S. 315
176 Autor in Gesellschaft, Poetische Werke Band 11, S. 282
177 Gespräch mit Ernst Jandl, Deutsche Bücher, Amsterdam, Januar 1984, ohne Seitenangaben
179 Autor in Gesellschaft, Poetische Werke Band 11, S. 320–321
183 Autor in Gesellschaft, Poetische Werke Band 11, S. 334
184 aus einem mit Jandl geführten Gespräch, unveröffentlicht
185 stanzen, poetische werke band 9, S. 283
186 Ich klebe an Gott, Ernst Jandl im Gespräch mit Salz, Heft 91, 1998, S.18
189 idyllen, poetische werke band 9, S. 58
192, 194 aus einem mit Jandl geführten Gespräch, unveröffentlicht
196 Laut und Luise, poetische werke band 2, S. 19
197 Süddeutsche Zeitung, 1.10.1982
200 selbstporträt des schachspielers als trinkende uhr, poetische werke band 8, S. 278
204 Magazin der Süddeutschen Zeitung, 16.12.1994

Fotonachweise

Die Aufnahmen in »Ernst Jandl und die Familie« und »Ernst Jandl und der Krieg« stammen in der Mehrheit von Viktor Jandl, der kleine Rest von anderen Mitgliedern der Familie Jandl.
© S.45 Österreichisches Theatermuseum, Wien; S.46, Deutsches Literaturarchiv, Marbach; S.59 Bild-Archiv, Wien; S.63 Bildarchiv der Dokumentationsstelle für neuere österreichische Literatur, Wien; S.66 Andreas Okopenko; S.72 unten aus: Erich Fried, *Ein Leben in Bildern und Texten*, Verlag Klaus Wagenbach, Berlin; S.81, S.96 unten: Brigitte Friedrich; S.89 Isolde Ohlbaum; S.90, S.103 rechts, S.122, S.130, S.131, S.143, S.144, S.150, S.151 Otto Breicha; S. 93 Die Wiener Gruppe, Kunsthalle Wien, Wien 1998; S.96 oben: Jürgen Graaff; S.97 Franz Hubmann; S.106 Bürgin; S.108, S.127 W. Richter; S.109 Thomas Hesterberg; S.110 Georg Munker; S.111 S. Ehrentreich, Hessischer Rundfunk; S.112 Hans Grimm; S.116/117 Zeichnungen: Ernst Jandl; S.125 Anita Schiffer-Fuchs; S.126 Erika Sulzer-Kleinemeyer; S.136/137 Julian Roberts; S.138 Abisag Tüllmann; S.139 Archiv Horst Bingel; S.140, S.154, S.158, S.164, S.169, S.173, S.175, S.200, S.201 Harry Ertl; S.148 aus: ernst jandl 16/17 neue texte, linz, 1976; S. 152 Saarländischer Rundfunk; S.153 George Oliver; S.155 oben: Fotodesign Roland Koch © Stadt Darmstadt, Büro für Unterrichtshilfen; S.156, S.157 Renate von Mangoldt; S.159 Lothar Deus; S.160, S.176, S.177 Cora Pongracz; S.162, S.163 Prof. Strecha; S.167, S.170 Karin M. Gaa; S.172 Jürgen Küpper; S.174 Die Presse, Wien; S. 182 Erich-Fried-Gesellschaft; S.179, S.180/181, S.184 Bodo Hell; S.183 Foto Fischer, Graz; S.186 Oberösterr. Landespresse, F. Linschinger; S.187 Antonio Ria; S.188 Susanne Schleyer; S.189, S.207 Aleksandra Pawloff; S.190 Helmut Moser; S.193 Franz Austeda, S.195 mit freundlicher Genehmigung des Wagenbach Verlags; S.196 Akzent; S.197 Ralph Quinke; S.198/199 Helmut Frühauf; S.202 mit freundlicher Genehmigung von extraplatte; S.203 oben: Helmut Utri, unten: Werner Bern; S.204 mit freundlicher Genehmigung von Faruk Musik; S.206 Matthias Creutziger.
Trotz gewissenhafter Suche konnten nicht alle Rechteinhaber gefunden werden. Berechtigte Ansprüche mögen bitte dem Verlag gemeldet werden.

1 2 3 4 03 02 01 00

Druck und Bindung: Clausen & Bosse, Leck; Lithos: PHG, Martinsried
Printed in Germany.
ISBN 3-630-86874-6